棄婦當嫁 下

文創風 115

魚音繞樑 著

目錄

第十九章 …… 005
第二十章 …… 019
第二十一章 …… 039
第二十二章 …… 051
第二十三章 …… 065
第二十四章 …… 079
第二十五章 …… 097
第二十六章 …… 109
第二十七章 …… 129
第二十八章 …… 147
第二十九章 …… 157
第三十章 …… 169
第三十一章 …… 185
第三十二章 …… 201
第三十三章 …… 215
第三十四章 …… 233
第三十五章 …… 253
第三十六章 …… 271
番外　君心如山 …… 291

第十九章

待到十日之後，建州城內也不知道從哪裡來的小道消息，說是京裡來了人，是為重要的人專程到建州尋香。

蘇白芷聽孔方說起時，只淡淡一笑。這些流言蜚語，總是以詭異的速度迅速傳播，轉一圈回來時，早已經面目全非。

「小姐，您可別不放心上，或許這人是為了當今聖上或者宮裡的貴妃娘娘尋香呢！咱們若是能被選中，這身分地位可就大大不同了呀！」孔方晃著腦袋在她身邊嘀嘀咕咕。

靈雙奉茶時，狠狠地瞪了孔方一眼。「小姐這會兒還在忙呢！你一個早上在小姐耳畔嘮叨叨叨的，擾了小姐可怎麼辦！」

從前兩人都只跟著老劉頭喊蘇白芷「姑娘」，可瑞昌這些年，見著了蘇白芷的真本事，便隨靈哲恭恭敬敬喊聲小姐。

孔方脖子一縮，嘻皮笑臉道：「我這不也是著急嘛！這消息是霓裳坊的老趙告訴我的，大有發的掌櫃老李也這麼說。咱們小姐平日不怎麼應酬，這些消息或許還沒我靈光……」

「就知道胡說！小姐平日裡忙著製香，哪裡有空去應付那些俗人。倒是你，今天張三、明兒個李四，倒是擺足了架勢。鼻子裡插蔥，也不怕笑掉人的大牙！」

靈雙同孔方鬥嘴習慣了，原本溫吞的性子，遇上孔方時，倒是難得會刺上幾句。孔方被說得臉上悻悻然。「我這也是為了咱們瑞昌著想。」

「那也不用去尋……去尋那些花娘吧。」

「又不是我尋的，是老趙……」

「好了。」蘇白芷見兩人越說越遠，忙止住了兩人的話頭。「霓裳坊可是我堂哥蘇明燦名下的產業？你近來似乎同他們家的人走得很近？」

「我是見過幾回蘇少爺，他為人挺豪爽的。」孔方解釋道，見靈雙又狠狠地剜了他一眼，索性不說話。

「我知道你為瑞昌做了不少事，如今店裡生意好，你的功勞不小。可你是帳房，這其中的干係，不用我說，你也是明白的。」蘇白芷淡淡道，眼睛卻盯著孔方的雙目，直看得他有些閃躲，她這才垂下眸子。「你說的事兒我記下了，你先出去吧。靈雙，去幫我喊妳哥哥來。」

「是。」兩人應了聲，便一同出了門。

走了不遠，孔方才長長地吐了口氣。「小姐明明不比咱們大多少，可那氣勢壓得我差點喘不過氣來。這般強勢的女子，將來不知道要尋什麼樣的姑爺才能壓得住小姐。」

「會嗎？我倒是覺得小姐一直都溫柔如水，內裡強悍。我看，是你心虛了。」靈雙撇了撇嘴。「每天半夜才醉醺醺地回家，也不知道你談的是哪門子的生意。」

「妳一個姑娘家，懂什麼！」孔方甩了甩袖子，朝天哼了哼。

恰好見靈哲從不遠處走來，他連忙斂了方才的神色，同靈哲打了個招呼。

靈哲原本還想說些什麼，聽靈雙說蘇白芷找他，只略略點了點頭，便走開了。

進了門，見蘇白芷站在桌子旁，方放下筆，紙上墨跡未乾，一個大大的「信」字。靈哲躊躇了片刻，才同蘇白芷說道：「小姐，香品已經準備妥當，您打算何時送去客棧？」

那幾個男人的住處，靈哲早已打探清楚，這幾日已不停有商戶上門送香，倒是蘇白芷，一直不動聲色。

「不急，這些香品暫時先交由你保管，到時候再說。」如今這麼多人上門送香，若是她也跟著去，未免顯得太過熱心，若是太遲去，又怕怠慢了對方。只能選個合適的時機送去，才能顯得不卑不亢。

「好。」靈哲應下了。蘇白芷見他躊躇不動，抬了眉問：「怎麼，還有話對我說？」

「師傅讓我跟您說，最近孔方的情況有些不太對。每日都出去應酬，幾年攢的工錢，這幾個月倒是花得差不多了。師傅點了他幾次，他都不太放在心上，師傅怕孔方這樣，會影響了帳房的正事。」

「這些劉師傅同我說過了。」

蘇白芷邀了他坐下，將桌面上的一盤水晶桂花糕推到他面前。「你愛吃的。我娘特地多做了些，讓我帶來給你。」

姚氏時常會做些吃食來犒勞這幫夥計，近年來，老劉頭帶著靈哲三人在蘇白芷家附近賃了間四合院，兩家人的走動越發頻繁，姚氏也是真心喜歡靈哲三人，靈雙更是一得空便去尋姚氏學刺繡。

「這些年，我一直把你們當作自己的家人，可不論如何，終究不如你和孔方的情誼那麼深。起於微時的感情總是最難得的，若是你得空，便點醒下他。」

蘇白芷輕嘆了口氣。方才她已經很隱晦地提醒了孔方，帳房事關重大，該做的，不該做的，他如今也該明白。

只是這蘇明燦……蘇白芷皺了眉——夫人從她娘親下手，自個兒便從她身邊的親信夥計入手，總不可能是只為了這一張香方？

她一個恍神，卻在三天後發生了大事。

當日，她還在香品鋪子的後院看著《香藥百論》，聽到門外一陣喧鬧的爭吵聲，她走出房門不久，竟見老劉頭揪著孔方的耳朵入門來，還未站定，便一腳踹在孔方的屁股上，孔方一個不著力，撲通一聲跪在地上。

那頭，老劉頭的大嗓門早已在院子裡響起。

「姑娘，我帶著這個畜生來跟您請罪……這個畜生，這個畜生……他不知道上哪裡染的惡習，竟然跟人學賭牌九！將自己攢下的老婆本輸個精光還不打緊，竟然還將鋪子裡的流水錢全部拿去賭！這個畜生！」

老劉頭氣得吹鬍子瞪眼，許是一路揪著孔方的耳朵從香品鋪子的大堂走到後院，前廳的夥計見勢頭不對，兩、三個跟在老劉頭後頭入了後院，這會兒全部伸長了脖頸看著老劉頭怒罵孔方。

蘇白芷見圍著一堆人，孔方耷拉著腦袋，著實不太像話，連忙將老劉頭和孔方都迎進屋子。

屋外的人只聽到屋子裡長時間的沈默，不一會兒，便聽到老劉頭越發怒不可遏的罵聲。

「你個畜生！當初若不是姑娘救你出乞丐窩，你哪裡能有今天！翅膀硬了，心也黑了不成？拿了鋪子裡的流水錢賭輸了不止，還偷鋪子裡的貴重香料拿去典賣當賭資！你……你看我今天不打死你！」

屋子裡瞬間傳來東西碎裂的聲音，乒乒乓乓一陣響，眾人聽得一驚一乍，以為今日孔方會死在暴怒的老劉頭手上，誰知道才一會兒，反倒聽到蘇白芷提高了音調的驚呼。「劉師傅！」

不一會兒，孔方便從屋中奪門而出，眾人只看到孔方左手捂著臉，右手扶著腰，也不知道傷著哪裡了，一瘸一拐地跑出來，隨後而出的老劉頭捂著額頭，指縫間竟滲出血。

一向鎮定自如、從未動過怒氣的蘇白芷扶著老劉頭，此刻氣得臉上煞白，蹙著眉頭冷對孔方，厲聲罵道：「好你個盛孔方！我是被豬油蒙了心，才會在從前如此助你！你賭博、偷竊，如今，竟然還出手毆打恩師！」

「說得好聽！」孔方冷笑一聲。「恩師？我看他就是拿著我們當賺錢的工具！跟在他身邊三年，總是變著法子奴役我們！還有妳，蘇九！我盛孔方為香料行當牛做馬，妳可曾說過我一句好？妳口口聲聲待我如家人，我不過輸了妳些銀子，妳便氣成這般模樣！妳待我如哪門子家人？」

「你……」蘇白芷一句話還未說出，孔方只覺得後頭一陣掌風，人反應過來時，靈雙已經一個巴掌狠地甩在他臉上，氣得全身發抖，眼裡全是淚。

不用千言萬語，就是這一雙眼，就滿是譴責。

孔方一口氣噎在喉嚨口，只覺得心痛不已，待要開口，蘇白芷已經拉過靈雙，攔在她身前。

「盛孔方，你在瑞昌這些年，我待你如何，你知道。今日變成如此情形，多的話，我也不想再說。那些銀子我不再追究，只當是你的紅利。只盼從今往後，咱們互不拖欠，再不相見。」

「妳這話，是要趕我出瑞昌？」孔方仰天長嘯。「家人？好廉價的家人！蘇九我告訴妳，今日不是妳蘇九不要我盛孔方，是我盛孔方不屑與妳為伍！終有一日，妳會後悔！」

「滾！」被蘇白芷攔在身後的靈雙突然爆出一句話。「盛孔方，你給我滾！」

「那邊鬧開了呢。」顧玉婉替蘇明燦斟了杯茶，不由自主地笑。「不枉我花許多功夫安了人在蘇九身邊。方子雖是套不著，可卻給我帶了不少消息來。」

「夫人英明，可我也不差。我就說狗改不了吃屎，乞丐就是乞丐，帶著他稍微玩玩，讓他上了癮，見識見識咱們上等人的日子，他眼界開了，自然慾望就多了……人啊，無慾則剛，可誰能做到？」蘇明燦安安心心地喝了這口茶。

「那些香……你可別忘了，咱們這幾日便要把香品交到趙掌櫃手裡。若是遲了，這御香坊可就是別人的了。」

顧玉婉依偎在蘇明燦懷裡，有一下沒一下地用手指撩撥蘇明燦的胸口，蘇明燦渾身一個激靈，咧了嘴賊笑。「放心。我給了那乞丐一大筆錢，有什麼還弄不到手的。」

「你膽子可真大，到時候若是讓族長知道咱們騙了那丫頭的香，鬧起來可怎麼辦？」

「鬧？鬧唄。一個丫頭片子能幹些什麼？妳可別忘了，咱們族長可是最最好面子的人，這事兒鬧大了，趙掌櫃那兒說不過去。再說，凡事有我爹頂著，他就我這麼一個兒子，他難道不想我有出息呀！」蘇明燦一嘴含住顧玉婉的耳垂，顧玉婉發出一聲極為嬌媚的呻吟聲。

那頭，蘇明燦的手已經不老實，一雙手順著顧玉婉的背慢慢地往上爬，繞到前面，不分輕重地揉搓起來，惹得顧玉婉嬌喘連連。

蘇明燦腦子一熱，橫腰抱起顧玉婉，直接走向了繡床。

羅帶輕分，巫山雲雨，一陣翻滾之後，蘇明燦在最高處時，隱約聽到顧玉婉釋放一般的呼聲。「明……」

那聲「蘇明燁」成了顧玉婉生命裡羞恥而快樂的禁忌所在。

趴在蘇明燦身上的顧玉婉，突然露出一絲晦澀不明的笑，在燭光的照耀下，讓人不寒而慄。

御香坊……若是她能站在成功的頂端，是否能換來他多看她兩眼？

就在孔方離開瑞昌的當天，靈哲翻遍自己住所的所有地方之後，終是沈著臉，跪在蘇白芷的面前。「小姐，咱們的香品……不見了……」

蘇白芷將那幾個香品交給靈哲時，他便知道其中的重要性，所以珍而重之地鎖在一個極為隱蔽的地方，就連靈雙都不知道香品所在，唯獨有一次。

獨獨那一次，他在給香品上鎖時，孔方恰好推門而入……

日防夜防，家賊難防。

「我去找他！」靈哲怒不可遏地想要衝出門去，卻被蘇白芷一把拉住。

「你去找他也沒用。」蘇白芷垂了眸子，眉間緊鎖，許久才說：「如今，只能想別的法子了。」

那一夜，蘇白芷的房裡燭火未熄，靈哲在自己的院子中站了整整一宿，等蘇白芷從屋裡出來時，已經是一天之後，她帶著靈哲，徑直前往趙掌櫃所在的客棧。

客流如織，蘇白芷原本就料想到這幾日定有許多人將香料交到趙掌櫃手中，只是未曾料到，竟是冤家路窄，那迎面走來的，不是蘇明燦又是何人？

「九妹妹也是來尋趙大掌櫃談生意？不如同去？」蘇明燦腆著臉迎上來，斜眼掃視蘇白芷身後的靈哲，頗為不屑地白了他一眼。

忽而又想起什麼，拉著身後的人站到自己的面前，睨著笑道：「孔方，這就是你的不對了。才幾天不見，你怎麼不知道叫人了。從前九姑娘是怎麼教你做事的？怎麼這麼不懂事！來，叫聲九姑娘！好歹主僕一場，見了面怎能如此生分？」

蘇白芷從未見過一個人，能像蘇明燦一般，做賊做得如此坦然。不光坦然，話裡話外都拿著孔方磕磣自己，就像是拿著自己的左右手，甩自己的臉，火辣辣地疼。

她索性不去看蘇明燦，一雙眼只放在孔方身上。兩日不見，他的日子倒像是好了，穿著與從前不同，一件粉白團花寬袖交領曲裾袍，單看料子，這件衣服就抵得上孔方從前一個月的工錢。

只是孔方臉色卻不大好，從前見著人，面上總是掛著笑。如今看著卻是有些倨傲，微微側著頭，隱隱約約還能看到臉上的五指印，雖是消了，可靈雙那一下打得不輕，依稀還有點影子。

見蘇明燦催他，孔方這才心不甘、情不願地上前兩步，作著揖，含含糊糊地喊了聲：「九姑娘。」

蘇白芷冷著臉，略略點了點頭，便想帶著靈哲徑直往趙和德的房間走去。

蘇明燦眼見著奚落蘇白芷不成，只提高了聲調在後頭叫囂著：「自古良禽擇木而棲，識時務者方為俊傑。靠一個女人，能成什麼事兒？你看你，如今跟著我，吃香的、喝辣的，不比從前破衣爛衫的好？」

蘇白芷隱約聽到孔方聲音。「蘇大少說得是。小人一定為您盡心盡力辦事，不讓蘇大少失望。」

「這就對了……哎喲，誰拿石頭打我？」蘇明燦叫了一聲。

蘇白芷在原地等了一會兒，才見靈哲跟上來，走過的地方，地上倒是細細碎碎有些白屑，偏偏臉上又是十分坦然的模樣。

回頭看，蘇明燦正捂著額頭叫罵不已，而孔方則撫著自己的肚子，面色複雜地同蘇白芷眼神交會。

蘇白芷只道靈哲近來跟武館師傅學的拳腳功夫又進步了，微微淺笑一記。

他要她氣憤不已，她偏偏定如禪僧，到時，倒是看看誰怒火中燒。

「做得好，靈哲。只是莫要下手太重，否則蘇明燦指不定就找些地痞流氓尋咱們的麻煩。」蘇白芷吩咐道。

那蘇明燦眼見著蘇白芷在他前頭，捂著腦袋又催促孔方加快速度。跟在蘇白芷後面，幾人一前一後進了屋子。

蘇白芷方進屋，便敏銳地察覺到，屋裡有一陣淡淡的合香，以及一絲很難察覺的藥香。

那一廂，趙和德也不避諱，讓身邊的人伺候他淨了手，更了衣，出去接見蘇白芷同蘇明燦時，兩人早已等了一炷香的時間。

「二位，我要的東西帶來了嗎？」趙和德斂聲道，刻意壓低的聲音讓原本陰柔的聲線有了一絲男子的特質。

「趙……」

「帶來了。」

兩人同時出聲，蘇白芷瞥了一眼蘇明燦，便見蘇明燦以極快的速度，一樣樣地將幾樣香品擺在趙和德面前。

那些香品如此眼熟……熟悉得讓蘇白芷能閉著眼睛，將每一樣香品的配方和製作方法背出來。

「好好，甚好。」趙和德略略看了兩樣香品，點頭讚道：「還未薰燃，便可見這香、這手藝都是上乘，確然不錯，這香可是蘇大公子所製？」

「並非我所製。不過這配方卻是我家傳的。為了這香，我可是幾夜未曾睡著，日夜盯著製香師傅。製成香後，這香也是一力由我保管，就怕中間有什麼差池。」

為了極力證明自己對這幾樣香品的重視，蘇明燦又添油加醋說了許多，說得趙和德直點頭。

蘇白芷在一旁看得心裡只一陣冷笑，面上卻是和顏悅色。「真是難為堂哥一介書生費盡心力學製香。就是堂哥身體好才能熬得住，熬了這麼幾天的夜，臉色倒是紅潤得很。若是阿九，怕是熬上一夜就得累趴下了。」

「九妹妹哪裡的話。」蘇明燦嘴角咧開一個弧度。「做這行的生意，多多少少懂一些。可再怎麼，也比不上九妹妹內行。對了，九妹妹的香品在何處？怎麼見九妹妹雙手空空而來？」

「原本製好了，只是前幾日，不知道從哪裡來的瘋狗，見著我的香便發了瘋一般來搶。」

蘇白芷對著趙和德長長嘆了口氣。「這狗啊，就是無理取鬧、愛湊熱鬧的畜生。一來香品本就要求個純淨，這被狗咬過的香品，我也嫌髒，哪裡還能敢要？二來，這香是要讓人覺得心曠神怡的，無端端卻讓狗盯上了，阿九怕是香品自身也是有問題，所以便棄了那香，重新製了一份，只是這時間怕是趕不上了。」

蘇白芷臉不紅、心不跳地繞了個彎將蘇明燦罵了個體無完膚，眼見著蘇明燦蹙著眉，心中即使有怒火，卻又隱忍不能發的模樣，這才柔聲對趙和德解釋：「此番來，便是希望趙大掌櫃能否行個方便，寬限一、二日？」

「狗？蘇九姑娘的香倒是奇特。」趙和德撫掌笑。「蘇姑娘精益求精，趙某也萬分期待蘇姑娘的合香。既是如此，便多給姑娘一日，明日萬望姑娘能將香品備齊。」

「趙大掌櫃放心，蘇九明日便能送上。」

「那便好。咳咳……」趙和德像是得了風寒，自蘇白芷進門以來，便有些咳嗽。

蘇明燦見狀，連忙從袖裡掏出個藥瓶放在趙和德面前。「前幾日便見趙大掌櫃有些外感風寒，方才進門時，也聞見一些藥味。只是吃藥還需時日，那鼻塞、頭暈還是難過得緊。所以鄙人特地求了大夫，製了這一味醒腦香，可緩解頭痛、鼻塞。」

「有心了。」趙和德揭開藥瓶，略略聞上一聞，果真舒服許多，滿意地點了點頭。

二人在趙和德處坐了片刻，這才雙雙又退了出來。

黑雲壓城城欲摧，眼見著便是一場大雨。蘇白芷將一個一直放在院子裡的花盆小心地移到屋子裡。

靈哲仔細一看，方才發現，那一個花盆中，種著兩種花，瞧著，倒像是水仙和鈴蘭。單單這一個花盆，蘇白芷盡心盡力照顧了許久。可不知為何，這兩株花長得越發差了。

蘇白芷將兩株花移到屋子裡，便一直站在花前不動，怔怔地出了神。

「小姐，今日咱們分明已經準備好香品，為何不今日便交給那位趙大掌櫃，而是明日？」靈哲低聲問道。

「靈哲，你看這兩株花如何？」蘇白芷答非所問。

「應該是熬不過今天了。」那兩株花葉片發黃乾枯，就連花，也呈現一種殘花敗柳的姿態，還未綻放，已然凋零。

「我原以為它們撐不過昨天。」蘇白芷低聲呢喃。「這兩種花明明相生相剋，永遠不能種在一起，《香藥百論》上亦有記載。我卻非要親眼見證一次它們的死亡，才能相信……」

什麼時候，她連花都要小心提防，步步算計。

「靈哲，明日你將香品送去時，瞧瞧趙大掌櫃的臉色如何。若是有什麼情況，你莫要管，只管帶著香品回來便是。」蘇白芷叮囑道。

「那咱們要不要送些治風寒的湯藥與趙大掌櫃，補補身子？」靈哲低聲道。

「補？」蘇白芷失聲笑道：「只怕他這會兒虛不受補。咱們送了東西去，反倒壞了事。」

今日她進屋子時，聞到的那股香氣，想來，他接到一家商行的香，便當場品定了。

若是如此，今日他便會品定蘇明燦送去的香，那明日，他便……

瞧屋外，山雨欲來風滿樓。

第二十章

隔日，蘇白芷起了個大早，便帶著靈雙去了顧雲那兒，特地又帶了新製的雪花香粉送給林氏。

林氏笑得合不攏嘴，顧雲笑著拉過蘇白芷的手。「還是姊姊有法子，娘親這幾日一直愁眉不展，姊姊一來，娘親便開懷了。」

「夫人怎麼了？」蘇白芷低聲問道。

「還能怎麼了？」林氏嘆了口長氣。「不過是些上不了檯面的跳蚤又在蹦躂著丟人現眼。」

蘇白芷聽得雲裡霧裡，顧雲壓低聲音道：「娘親待姊姊如親生女兒，也不怕姊姊知道。曹姨娘底下的一個丫頭近日不知道為何失足落了水，救上來時已經斷了氣，後來才發現，那丫頭……有了。曹姨娘隔三差五地便在爹爹面前說，那丫頭死得冤枉，怕是被人害的。要不是老太太壓著，爹爹都要同娘親鬧翻了……」

蘇白芷聽了一會兒，便明白其中的干係。想來林氏也是個有手段的人，怎麼可能讓那丫頭不似丫頭，夫人不似夫人。曹姨娘如今人老了，淨想些下作的爭寵法子。

「夫人莫氣。阿九陪夫人去花園中走走，散散步可好？」

「好。」林氏左邊站著蘇白芷，右邊扶著顧雲，在刺史府的花園中走了不多一會兒。

三人正說說笑笑，便見不遠處，顧玉婉正愁容滿面地拉著曹姨娘在說著什麼，看樣子是眼淚都快掉下來了。

「咱們換條路吧。」顧雲拉了拉林氏的手。「省得又讓娘心上不舒服。」

「躲什麼？」林氏冷笑道：「我倒是看著這賤人敢明目張膽指著我鼻子說三道四。」

她話音未落，顧玉婉卻是一眼便看到三人當中的蘇白芷，眼前突然一亮，臉上的怨色頓時收了收，竟是大跨步便往蘇白芷的方向走來。

「堂……」蘇白芷福了福身，那個「嫂」字還未出口，顧玉婉便高高揚起她的右手，就在電光石火之間，蘇白芷條件反射地想要將臉避開，卻在最後生生忍住，只略略偏了偏，減緩了那手掌落在臉上的力道。

啪！蘇白芷的臉上瞬間一道紅紅的掌印，只有她知道，其實並不太痛。只是她的皮膚特質，有一點外力作用，便容易起印子。

不挨這一下，她這戲，還真是演不下去呢……

「唉……」蘇白芷捂著臉，痛苦地嚎了聲，便聽到顧玉婉咬牙切齒幾近崩潰的罵聲。

「蘇白芷，妳個狼心狗肺的東西！妳竟連自己的堂哥都算計！若是我夫君有個三長兩短，我便要讓妳全家償命！」

許是曹姨娘都未曾料到顧玉婉會有如此激烈的反應，趕忙拉住顧玉婉，顧玉婉又掙扎了兩下，曹姨娘這會兒卻是不依，低聲罵道：「這裡哪是妳撒潑的地方，妳還救妳夫君不要？」

顧雲拉開蘇白芷，見她臉上的掌印煞是嚇人，哽了聲問：「九姊姊，妳疼不疼？」

蘇白芷捂著臉，輕輕搖搖頭。林氏已是迎上來，看著曹姨娘道：「這就是妳教出的好女兒？嫁了人不在夫家好好待著，倒是跑到娘家來打人？妳倒是同我說說，這是什麼道理？」

「婉兒這也是急火攻了心，夫人莫要怪罪。」曹姨娘面色複雜地望了蘇白芷一眼。

「有什麼事兒，還要回到娘家來打人？打的還不是旁人，正經說起來，阿九這會兒可是婉兒的堂妹妹，她們才是一家人。」林氏拍了拍蘇白芷的手，安慰道。

這話的意思就是：嫁出去的姑娘如潑出去的水。夫家才是她的天，哪有出了事先往娘家跑的道理？跑娘家也就算了，還在娘家出手打夫家的妹妹，這不是要逆天嗎？

顧玉婉聞言，再也顧不得形象，揚起手來作勢又要打蘇白芷，好不容易被曹姨娘攔住，曹姨娘道：「婉兒，妳的事兒，娘大體都知道了，一會兒便替妳去求一求刺史大人。夫人說得對，妳畢竟嫁了人，這麼大的事兒，妳同那邊說過了沒有？蘇家也是大戶人家，這內裡若是有什麼誤會，他們總能解決的。」

曹姨娘的眼神壓了壓，悄悄地往蘇白芷的方向努了努嘴，低聲道：「這事兒分明就是這個骯髒貨給妳下的套子，妳索性將這事鬧到族長那兒去。就算妳有錯在先，可她要害的可是妳夫君的性命！妳看看，族長倒是偏向妳還是偏向她！」

那眼神飄來飄去，蘇白芷只當沒看到，園子裡這麼一鬧，倒是引來不少丫鬟圍觀。

蘇白芷低著頭，好不容易掐出一點眼淚，哽咽著說道：「嫂子妳這是怎麼了？若是有事，咱們在家裡說清楚便好，怎得鬧到了夫人面前，惹夫人笑話？」

廢話，這麼一鬧，曹氏那枕邊風必定要吹起來。到時候不管蘇明燦有沒有事兒，她能肯定的是，顧玉婉要出事了……

「好！妳說得可真好。」顧玉婉冷了聲道：「我今兒個就是來尋妳到族長跟前說說這個理！」

許是氣急失了分寸，顧玉婉一時竟是忘了權衡所有的事情。

在她的眼裡，兒子總比女兒重要，不論如何，她娘親說得對……族長總是偏向她家的，無論如何，蘇明燦總比無依無靠的蘇白芷要好。

在勢力上的錯誤權衡以及對蘇白芷從前所知甚少，讓顧玉婉做下了這最錯誤的一招。最終，使得自己落得夫家、娘家裡外不是人。

「不論說什麼，總得讓九姊姊把臉上的痕消了去吧？」顧雲難得動了怒，攔在蘇白芷面前道：「二姊姊哪裡來這麼大的脾氣，話沒說上兩句便動起手來？從前二姊姊在家時，可一直教雲兒，女子要恭順謙和，如今到了自個兒身上倒是忘記了？」

在這之前，顧雲便特意遣了人去取了散瘀膏來，搽在蘇白芷臉上，蘇白芷「嘶」地一聲倒抽了一口氣，邊推說道：「我還是同堂嫂子先回趟蘇宅吧！瞧嫂子的樣子應是出了什麼大事。」

顧玉婉重重哼了一聲，林氏見蘇白芷暗暗給了她一個眼神，也不便再留住她，只想著等她走後，再把事情弄個清楚。

兩頂轎子方才落到族長的大宅子前，顧玉婉已是大步流星地走了進去。

到了大堂時，蘇白芷才發現蘇清松、李氏已經在裡面，兩人皆是唉聲嘆氣，蘇康寧坐在位置上，面色凝重。

來得正好！蘇白芷幾乎要拍手讚好。

若是只有顧玉婉，按照蘇康寧不喜顧玉婉的脾性，她說的話未必有用。可若是蘇清松在場……他同李氏，可是天生的攪局高手。

這水可是要越來越混濁了。

顧玉婉拉著蘇白芷，面色已經是一軟，做泫然欲泣狀，「撲通」一下，便跪在蘇康寧的面前。「族長爺爺，爹，娘，您們可千萬要為我作主呀！若是夫君出了什麼事，我可如何是好？」

這一瞬間，顧玉婉恢復了從前溫良嫻淑的模樣，這會兒更是添了幾分我見猶憐的動人神態，這轉變……蘇白芷暗自在想：顧玉婉閒時是不是看多了大戲，這會子自己都演上了。

她話音剛落，李氏已是撲上來。「媳婦啊，妳倒是告訴娘親，這到底是怎麼了？一大早燦哥兒的小廝便說，香料鋪子被人封了，燦哥兒也被官府的人帶走了。」

「娘……」顧玉婉扶著李氏，兩人就這麼抱作一團。那哭聲鬧得蘇白芷頭疼，卻是從頭到尾低著頭。

蘇康寧咳了兩聲，兩人方才止住了乾嚎，蘇康寧這才將視線轉向蘇白芷。「幹麼低著頭？」

「阿九怕嚇到族長爺爺。」

「抬起頭來！」蘇康寧喝了一聲，蘇白芷這才抬頭，見蘇康寧漸漸暴怒，又迅速地低了頭。

經過一段時間，蘇白芷白皙臉上的掌痕越發清晰，臉上又抹了一層散瘀膏，看著極為滲人（注）。

蘇康寧看著皺了眉頭怒道：「好好一個姑娘家，怎麼把臉弄成這樣？到底是誰這麼大膽子！」

蘇白芷低著頭，悄悄瞥了一眼顧玉婉。

顧玉婉眼見著蘇康寧的眼色不對。

是，她進門時是不大光彩，或許連蘇康寧都不大喜歡她。可如今她卻是為了自己的丈夫而戰。她可以不愛他，可若是蘇明燦倒了，她的地位，更會不如從前。

就在一瞬間，顧玉婉決定先發制人。

「族長爺爺，您可一定要為我作主。前幾日，九妹妹那兒有個夥計被九妹妹辭退了，夫君見那夥計是個人才，便請了他回來。他也算不錯，一來就給夫君製了幾味香品，夫君因為急著討好從京裡來的那個趙大掌櫃，便把那香品給了他。哪裡知道，今天有官府的人來，說是趙大掌櫃品定夫君的香料後，到如今還昏迷不醒。我們也是今兒個才知道，那趙大掌櫃即是從京裡來的御香局提點大人趙和德……」

顧玉婉抹了一把淚。「如今提點大人昏迷不醒，若是提點大人有個三長兩短，夫君也會跟著陪葬。可這香，分明是妹妹底下的人製的，妹妹的香從未出過岔子，怎麼到了夫君手上，便出了這麼大的事兒？」

「嫂子妳這話，可說的是我特意要害我堂哥？」蘇白芷抬起頭，怒道：「方才嫂子在刺史府內，一言不發便給了我一個大耳刮子，下了阿九的面子，阿九依舊想著要尊敬嫂子，可若是嫂子要給我安這麼大一個罪名，我可大大不依了。

「嫂子方才也說了，那香是被我辭退的夥計做的。燦堂哥既然是做這生意的，自然懂得製香師傅的重要性，怎麼就連一個夥計做的東西都敢給客人用？

「二來，當日我也是和燦堂哥一同去趙大掌櫃處，燦堂哥親口對趙大掌櫃說，這香，是家傳的配方，他慎而重之，全程盯著製香師傅調配出來，爾後更是貼身帶著。這話若是不信，大可問問趙大掌櫃身邊的人。

「三來，阿九只知趙大掌櫃是做生意的，這提點一事，阿九並不知情。今日我還特地遣

注：滲人，使人害怕、毛骨悚然的感覺。

了人送趙大掌櫃要的香去，若是阿九的香有問題，是否連今日的香也有問題？」

「妳分明就是狡辯！」顧玉婉罵道：「那盛孔方一直在妳身邊，當日他被趕出來時，妳瑞昌失竊。那香，分明就是盛孔方盜來討好夫君的。」

「瑞昌確實失竊。可這件事，只有瑞昌的人才知道，不知道堂嫂又是從哪裡得知瑞昌如此秘而不宣的事情？」蘇白芷果斷換了個話題。

「我家有個遠房的表哥就在瑞昌做事！這事便是他同我說的！」顧玉婉梗著脖子道。

「族長爺爺，九妹妹一向同我家有些罅隙，這一次，難保是九妹妹懷恨在心，刻意將盛孔方趕出瑞昌，又讓盛孔方帶著有毒的香品到夫君那兒。這步步算計，不就是九妹妹擅長之事？」

「堂嫂子可真是看得起阿九。可阿九疑問的是，阿九為何要步步算計堂哥？我倆生意並無往來，若說要打壓，就憑今日瑞昌的口碑，恐怕阿九還不用費那個心思吧？」

「夠了！」蘇康寧蹙著眉喝止住兩人的爭吵。

這一廂，卻是心思翻滾。這事情越發扯得大了，他卻能記住，幾年前，蘇白芷便是在這大堂之上，如何抓住蘇清松話裡的錯漏之處，步步逼他露出馬腳。

三年過去，如今的蘇白芷越發大氣沈穩，若是沒有十足的把握脫身，她又如何能出現在這大宅之中？

光是那個掌印，顧氏已經吃了先動手的大虧。

蘇家的家務事，鬧到了顧家，這成何體統？

「人還未救出來，妳們便爭吵不休，有什麼用！」蘇康寧罵道。「如今我已讓人去打探消息，究竟情況如何，一會兒便知。清松你們先出去，阿九留下，我有話問妳。」

「族長爺爺，我夫君他……」顧玉婉依然不停，被李氏強拉，才走開。

等人散去後，蘇康寧這才抬起頭，第一句話，便是單刀直入。

「燦哥兒會不會有事？」

「族長爺爺，您說什麼，阿九不是很明白。燦堂哥如今什麼狀況，阿九也不懂。」蘇白芷低頭道。

「三年前，我便知道妳不是個存害人之心的孩子。不是被逼急了，妳也做不出出格的事。但是，這回卻是牽扯到人命，我只問妳，燦哥兒到底會不會有事？」蘇康寧沈聲問道。

「若是他出事了，我當如何？倘若他未出事，我又當如何？」

既然事情已經放在檯面上，那她再裝，也是沒用的。更何況，她原本就沒想瞞過蘇康寧這隻老狐狸。

「若是燦哥兒沒事，那只當他是買個教訓。若是他當真出了什麼事……」

蘇康寧面色一沈。「那妳就別怪族長爺爺將這事兒從頭徹查到尾。到時候若是真同妳扯上任何關係，蘇家，不一定會保得住妳！」

「保我？哈哈……」蘇白芷仰頭大笑。「若是族長爺爺不介意，可否同阿九走一趟瑞昌。到時候您再看看，保，還是不保我！」

瑞昌香料行今日不知為何關了門，蘇白芷到時，老劉頭特意給她開了門，見到蘇康寧，倒是怔了一怔。

「人呢？」蘇白芷問道。

「關在柴房裡，只等姑娘回來看看，是不是要直接送官。」

蘇白芷邊聽邊走，引著蘇康寧到了柴房門外，老劉頭這頭解釋道：「今兒個他又在鋪子裡四處走動，我看著他將一些亂七八糟的『甜頭』摻到咱們的香料中。靈哲抓著他時，他正在翻咱們的帳簿，當場還從他身上搜出了些名貴香料。量不多，想是平日裡他也東挪西湊，一點點地偷，咱們也不容易發現，攢多了才去賣個好價錢的。」

蘇白芷冷冷地哼了一聲。「招工時，他說自個兒是外鄉人，無依無靠。我瞧著他老實，可沒想到，卻真真是個養不熟的白眼狼。前幾日我來鋪子裡取香料，他便瑟瑟縮縮，眉眼閃躲。」

老劉頭聞言，將柴房的門打開，對著柴房裡縮成一團的男人喝道：「張量，如今姑娘定了，要將你送官，你可還有什麼話說？」

那男人用手擋了下眼睛，待適應之後，見著蘇白芷，便想要撲上來。

蘇白芷一個閃身，那男人只抓到她的袖子，哀聲求道：「小姐，我可是您堂嫂的親表哥。您可不能真將我送官啊！」

蘇白芷甩了甩袖子，好不容易將那男人甩開。「既是親戚，自然不能將你送官。可你在我香料行中已一月有餘，我只想得到你老實的回答。這半個月我要的香料，是否都是由你送到香品鋪子中？」

「是。」那男人點頭道。

「那趁我不注意，在我的香品中偷偷加了丁香水的，是不是你？」

「是。但是……我問過表妹，那丁香水也是日常用的香料，決計是不會有毒的。」

「這些事情，都是我堂嫂讓你做的？」這人倒是老實巴交，被老劉頭用送官的理由嚇了一下，便全盤托出。

「是。表妹只讓我在香料中摻點東西，看看帳本，是我自個兒瞧著香料值錢，才一點點地攢起來賣的。我家夫人即將臨盆……我缺錢……」

那男人泫然欲泣，還要解釋什麼，蘇白芷已然轉身。

「族長爺爺可知道，若是那加了丁香水的香品送與趙提點品定，唯一的結果便是趙提點當場死亡。而我，蘇白芷，則可能因殺人罪受刑，那時必定累及我的兄長考不得功名。事事相生相剋，縱使是堂嫂的無心之失，可那一點點的丁香水，則可能斷送兩條性命。」蘇白芷含著淺笑，仰頭看蘇康寧。

「若是阿九被人判了這殺人罪，族長爺爺可會出面救我？我知道族長爺爺一向做事公允，倘若到時我說了這真相，族長爺爺可會信我？若是族長爺爺信我，又是否能捨得將明燦堂哥交到府衙去？」

「千錯萬錯，是顧氏的錯，與妳堂兄何干？」蘇康寧梗了一下，他一直不喜顧玉婉，私心裡便將所有的過錯推到顧玉婉身上。

蘇明燦……千錯萬錯都是蘇家的血脈。

誠如蘇白芷所說，若當真是蘇白芷出事，或許，他並不會如此盡心去救她……女子天生弱勢，不得功名，又未曾嫁給好夫君，沒有利用價值，他為何要幫？可這話，他卻萬萬不能說。縱然蘇白芷此刻話說得明明白白，可他卻只能裝傻。

「堂兄？」蘇白芷呵呵笑道。「誘惑跟著我三年的夥計背叛我，將我店裡的流水錢輸了個精光，還盜走了我極為重要的香品，這便是骨肉親情的堂兄？」

「所以妳便將計就計，將有毒的香品，全數推給了燦哥兒？」

「誰說那香品有毒？」蘇白芷冷笑道：「我雖學藝不精，可製香過程何其重要，有一絲偏差便會害人。製香當日，我便察覺到那香有問題，所以早就將香換過了。如果我真要害堂哥，那有毒的香，我早讓堂嫂的這位表哥偷走了。」

「妳說了半日，既然那香無毒，為何趙提點又會昏迷不醒？」

「族長爺爺說了半日，總在疑心是阿九害了堂哥。」蘇白芷怒極反笑。「族長爺爺可曾想過，便是因為二伯父，阿九險些連命都搭進去了。」

「妳胡說什麼！」蘇康寧怒道：「我知道妳不滿妳二伯父曾經霸著妳的鋪子，可這人命關天的事兒，哪裡是妳能胡說的。」

「我哪裡胡說！」蘇白芷從袖子裡掏出一封信來交到蘇康寧手中。

蘇康寧越看臉色越黑，蘇白芷反倒越發冷靜。「族長爺爺也看到韓公信中所說，當日若不是阿九命大，逃過了一劫，如今或許早已半死不活躺在床上。光是這信中所說，便能讓二伯父名譽掃地，甚至進監牢，若不是念著這骨肉親情，我何苦憋著這口氣！」

韓斂走之前，她拜託韓斂尋當年那個庸醫的下落，天不負她，就在一個月前，韓斂給她來信，告訴她，那庸醫王守恆因為再次行騙，被官府抓了個正著。韓斂頗費了些心思，方才從他口中得出真相。

當年，就是蘇清松拿錢買通王守恆，讓他務必開個方子，讓落了水的蘇白芷死不了、活不好地吊著。只有吊著，姚氏才會一直依附於他，那香料鋪子，遲早會是他蘇清松的。

哪裡知道，脆弱的蘇白芷一命嗚呼；宋景秋陰差陽錯借了身，續了命。

人心若此，不寒而慄。

「族長爺爺，如今我倒是想問問，這一件件、一樁樁，您是要保我，還是保他們？」蘇家望族，若是這種骨肉相殘的事兒傳了出去，這後果……蘇康寧作為族長，首先顏面掃地的便是他。

蘇康寧捏著那封信，氣得身子直發抖，最後，長長地嘆了口氣，若真如此，蘇明燦最後如何，都是他們一家應得的報應。

可見蘇白芷今日，早不如三年之前，當著眾位族親所在，咄咄逼人。

三年來，她學會了斂其鋒芒，而不是直接將這些證據甩在蘇清松一家人的臉上。

「妳給我看這些，是要如何？」蘇康寧低聲問道。

三年，為了查到當日那個大夫，可以隱忍不發三年。

就連發現香料異常，都是在一個月之前，她卻一直按捺著不動。蘇白芷心中的彎彎繞繞，還有這股忍耐力，就連蘇康寧都感覺拿捏不準。

三年了，她學會了隱鋒，更學會了抓住事情的要害。

她今兒個帶他來此處，定是要避開蘇清松一家。

她究竟要如何？

「若妳真要他們顏面掃地，也不會避開他們帶我來這兒。有什麼要求，妳便說吧！」

蘇清松在族長家的大堂中，等了整整兩個時辰，卻始終等不到族長出來。一家人心急如焚，又不知蘇明燦在獄中此刻如何。

過了晌午，蘇康寧依然不見蹤影，倒是蘇康寧的貼身小廝出現，讓蘇清松一家回去等消息。

那一個早上的煎熬，早就讓蘇清松筋疲力盡，李氏就這麼一個兒子，一想到此刻兒子不知道是什麼狀況，便憂從中來，時而哽咽上一會兒。鬧得蘇清松越發煩躁，索性帶著李氏、顧玉婉打道回府，另想法子。

才到家門口，便見到瑞昌的靈哲押著一個男人路過，那男人看見顧玉婉，竟是發了瘋般衝到顧玉婉面前，拉著顧玉婉的手苦求道：「婉妹妹，那些事情都是妳讓我做的呀！我不知道那些香料竟是有毒，險些害死了人。如今他們要綁著我去送官……我不能坐牢，妳嫂子正要臨盆，我還要回去照顧妳嫂子。婉妹妹，妳救救我……」

那拉拉扯扯的模樣引來蘇清松及李氏側目，顧玉婉急於擺脫他，連忙道：「大表哥你如何會在這裡，你莫要胡說……」

「婉妹妹，妳怎麼能如此不厚道？一個月前，便是妳讓我從鄉下來，讓我入那香料行，讓我放假香、偷帳本，如今出了事，妳就想將我撇清？」

「大表哥，你胡說什麼！」顧玉婉急了，狠狠一個巴掌甩在那男人臉上。

眼見著圍觀的人越來越多，顧玉婉在門口進不得、退不得，靈哲這才上前，朝蘇清松鞠躬道：「蘇老爺，我家小姐昨兒個在店裡抓了個慣偷，那人說是大公子夫人的表哥，小姐想著，本是一家人，所以特意讓我送他回來。人已經送到，那我便離開了。」

轉過身，靈哲又將一包銀子放在那男人手上。「聽聞你夫人即將臨盆，正是用錢的時候。你雖犯了錯，可這一個月的工錢還是要給的。你好好收著吧！」

顧玉婉只覺得眼前一陣泛黑，險些往後退了一步。不一會兒，卻見一個雙人轎子落了地，蘇明燦撫著自己的腰，一瘸一拐地在旁人的攙扶下慢慢走來。

李氏一把推開顧玉婉，忙上來扶住蘇明燦道：「我的兒呀，你這是怎麼了！」

顧玉婉一個趔趄，正要爬起來，蘇明燦不知道從哪裡來的怒火，身上已是十分不方便，仍是硬撐著，劈頭就是給了顧玉婉一腳，狠狠罵道：「妳個無知婦人。便是妳，險些害了我的性命！」

顧玉婉心口痛不能當，眼淚都快掉下來。李氏只哼了一下，扶著蘇明燦走入屋裡。

蘇清松心口憋的氣倒是被蘇明燦那一腳化去七七八八，見顧玉婉此刻花容失色地坐在地上，便遣人將她扶進了屋子。

接著聽蘇明燦在絮絮叨叨道：「趙提點方才才醒來。給他診斷的大夫說，我們送上去的香品什麼問題都沒有，有問題的，是那賤人非讓我送去討好趙提點的那醒腦藥。大夫說，那醒腦藥中有一味草藥，若是同我們送去的香品一起吸入，那是會要人性命的。幸好提點大人這幾日風寒鼻塞，吸入的量少，要不，我真要給一個太監陪葬了！」

「我兒，這話可不許亂說！」李氏連忙捂住蘇明燦的嘴。

顧玉婉冷眼聽著，再顧不得疼，回嘴道：「我讓你去討好他，莫非也是我的錯不成？」

「不是妳的錯，難道是我的錯！」蘇明燦怒道：「就連那大夫都說，那兩味藥相沖是最基本的藥理，製香的人應該懂得。這麼一鬧，提點大人如何會讓我們加入到御香坊的品評中？」

「你怎麼就不想想，或許還是你那好堂妹設計害你？」顧玉婉冷冷道。

「妳當她是神仙？事事都能算得準的？那提點得了風寒，是我的小廝說的。那藥，卻是妳親手抓的，妳想賴她身上，又如何能賴到？」

功虧一簣，偷雞不成反蝕一把米，蘇明燦氣得只想摔杯子。

李氏對顧玉婉道：「幸好人回來了，總算沒出什麼大事。倒是妳那個表哥，是怎麼回事？」

「還能是怎麼回事！成事不足敗事有餘，一家子的窩囊廢！」蘇明燦罵道。

這一句話，險些將顧玉婉的眼淚逼出來。她事事為蘇明燦籌謀，怎麼會想到至今日之境地？

「夫君莫要忘了，如今我同你才是一家子。」顧玉婉捏著帕子低聲回道。

「好了，吵什麼吵！」蘇清松隱約覺得事情有什麼不對。

蘇白芷同族長走後，族長便再也見不到人……莫不是刻意躲著他們？

兩人噤了聲，想著蘇明燦身上不便，顧玉婉便挽著蘇明燦回房。蘇明燦甩開顧玉婉的手，到了房裡直接拉下臉來說：「今兒個幸虧是岳父大人救我出牢門。若不是岳父大人，我不知道還要在裡頭受多久的苦。」

顧玉婉垂淚道：「你既是受我父親恩惠，還敢如此待我？」

蘇明燦冷哼。「便是岳父大人提醒我，要好好管教管教妳，莫讓妳橫衝直撞四處得罪人！」

「為什麼？」

顧玉婉心一亂，便聽到屋外曹姨娘房裡的婢女翠紅的聲音響起。「二小姐，您趕緊回娘家看看，曹姨娘她……曹姨娘她……」

「曹姨娘她如何了？」

蘇白芷細細地用篦子梳著姚氏的頭，姚氏止住她的手，偏頭問道。

「還能怎麼了？」蘇白芷低聲回道：「曹姨娘一直假借刺史府的名義，在外狐假虎威。買了兩個莊子，若是好好經營也就罷了，竟還在莊子鬧出人命，拿著銀子草草解決了。原本以為事情都已經結束了，如今那莊子裡的人鬧起來，若是影響到顧刺史的前途，那問題可就大了。」

「偏偏曹姨娘又是這麼個烈性子，錯了都不知道自己錯在哪兒，不僅如此，還將自己出嫁了的女兒拖進來，唉……」姚氏嘆氣道：「顧夫人一直想著怎麼整治曹姨娘，如今不用她動手，曹姨娘自個兒亂了陣腳，還有妳那堂嫂……」

「臉上還疼嗎？」姚氏撫著蘇白芷的臉。「阿九，委屈妳了。妳堂嫂雖是為著燦哥兒想，可成日往家裡走，偷娘家的錢財補燦哥兒的賭資，那怎麼能是長久的事兒？她竟還打妳……」

「娘，不礙事。」蘇白芷拉住姚氏的手，嘴角彎起一絲不易察覺的弧度。

林氏，果真如她所想，善解人意。該鬧時，一點都不手軟。

隱忍，不是因為懦弱；退讓，不是因為無能。

此間的事兒，她算是了了。

「娘，咱們去京師吧！」

第二十一章

建元十三年的冬天，天氣難得寒冷，就連地處南方的建州都少見地飄起小雪。

蘇明燁朝天呵了口氣便見到一團白霧，漸漸散開，忙搓著手進了屋子。

屋子裡，姚氏早就為蘇明燁備好了香茶，蘇白芷因近日染了風寒，一直咳嗽不止，蘇明燁眼瞧著心疼，忙將手上的茶水交到蘇白芷手上，邊責備道：「妹妹明知自己身子不好，怎還如此操勞？前幾日我寫給妳的方子妳可用了？」

「用了。」姚氏瞧著女兒也有些憂心。「燁哥兒，你可是沒正經學過醫的人，會不會是你開的方子出了岔子，療效不行？」

「娘，哥哥可是爹爹的徒弟。就這麼點風寒，哥哥怎麼應付不來？是阿九身子不行，不怪哥哥。」蘇白芷笑道。姚氏見她咳得難過，忙喚丫鬟將熬好的藥給她端來。

那一碗中藥，蘇白芷就是盯著不肯喝，被蘇明燁瞅了好一會兒，蘇白芷仍是蹙著眉。

「哥哥，這藥好苦。」

「怎麼會？就是知道妳怕苦，我還加了很多甘草。」蘇明燁接過藥抿了一口，喃喃道：「不苦了呀。」

見蘇白芷仍是拿著可憐巴巴的眼神瞅著他，他終是無奈地從袖子裡將買來的白糖塊放到她手裡。「打小喝藥就怕苦，長這麼大了還是這樣。」

「是真的很苦呀。」蘇白芷抱怨道，仍是就著糖塊，將一碗藥喝到了見底。

姚氏見兩個人仍是孩子一般，搖搖頭，嘴邊卻是掛著寵溺的笑出了門去。

蘇明燁這才道：「前幾日我去族長那兒，見著二伯父也在。聽族裡的人說，二伯父的生意似乎是出了問題，銀子周轉不開。蘇明燦又欠了賭坊許多錢，賭坊那些人，原本都是看著二伯父的生意，方才給蘇明燦面子讓他賒帳，如今都得了風聲，說二伯父不行了，紛紛上門去要帳，把二伯父氣得夠嗆，再加上堂嫂顧氏又鬧著要和離，整個家鬧得雞犬不寧的。」

蘇白芷垂著眸子，也見不著表情，這會兒卻是猛咳了兩聲，方才道：「那頭本是管得亂七八糟的。」

「是呀。二伯母見著，也不是個明白人。我進門時，二伯父似乎在求著族長什麼，可族長卻一直搖頭。又聽說白雨堂妹原本同張家訂的親事也被耽擱了……那頭似是想要退婚。」

蘇明燁又道。

蘇白芷只時而點點頭，算是附和。「個人造業各人擔。二伯父在建州這麼許多年，哪裡是說倒就能倒的。族長再不待見他，可畢竟還是自家人，要幫的總會幫的。」

「那倒也是。」蘇明燁點了點頭，看蘇白芷病中越發清瘦，不免嘆氣道：「我知道妹妹心中難過。那孔方同咱們過了這許多年，說不見便不見了，連聲招呼都沒打，不免教人心寒。可天下無不散的宴席，若是他得了高枝兒，走於他也未必不是好事，凡事要看開些好。」

燭光下，蘇白芷臉上的表情晦澀不明，蘇明燁只看到蘇白芷嘴邊漸揚的笑容。

「我哪裡是擔心孔方。我是擔心哥哥鄉試落榜，那妹妹我可真是丟了大人了。前幾日我同雲兒打賭，若是哥哥鄉試得不了解元，我可是要輸一百兩銀子呢！」

蘇明燁錯愕了半日，臉上倒是紅了一紅。「妹妹如今越發不正經了，哥哥的前程都拿來打賭。再說了，那解元哪是說得就得的。顧三小姐本是多好的人，如今卻被妹妹帶壞了……那，三小姐賭的是我不能中？」

「半個月後不就考試了。阿九掐指一算，那日是吉日，哥哥八字好，那日正是順了運勢的時候，定能高中的。」

蘇白芷刻意忽略最後一句問話，顧左右而言他，見蘇明燁臉越來越紅，都快紅到耳根子去了，這才攤手道：「原本我是賭定哥哥能中解元，再往後，我可就沒什麼把握了。可雲兒非要同我賭哥哥定能連中三元。那賭注可是五百兩呢，妹妹是窮人，這賭約風險又太大，妹妹哪裡敢賭。」

蘇明燁聽了半日，方明白過來，蘇白芷這是打趣於他，正要想法子懲治她，蘇白芷已然雙手合十告饒。

「哥哥饒過阿九一回。阿九有喜事要告訴哥哥。」

「若是再騙我，我定饒不了妳。」蘇明燁笑道。

「這事一定能讓哥哥高興一回。」蘇白芷亮著一雙眼睛，緩緩說道：「哥哥，瑞昌能去參加御香坊的選拔了！」

整個大齊統共不過十家商行能參與角逐，她，蘇白芷，卻得到了這個機會！

這個結果讓許多人感到意外。一個製香經驗不足三年的小姑娘，卻勝過了許多有十年、甚至幾十年經驗的老前輩。

可正是因為蘇白芷近幾年在建州城的聲名鵲起，這結果沒讓那些意外的人跌坐地上——理所當然，蘇白芷有這個實力，更有這個運氣，誰都沒忘記，蘇白芷可是製香大師林信生的徒弟。所有的人都想到了這一層。

可唯有蘇明燁知道，這是蘇白芷應得的，她所付出的努力比一般人更多。

「哥哥，等你考完試，咱們一起上京城。」這一刻的蘇白芷，眼睛裡流動著自信的光，在燭火下，暗潮洶湧。

蘇明燁在那一刻，在蘇白芷的身上，看到了無限的勇氣和強大的戰鬥力。

建元十四年開春，蘇明燁以鄉試第一名贏得解元，為蘇白芷在建州的最後一個春天帶來了極大的溫暖。揭榜隔日，蘇康寧將蘇明燁叫了去，將寫給京師映天書院大儒占禮成的介紹信交到了蘇明燁的手上。

蘇康寧對蘇明燁的最後一句話說：「你同你的妹妹蘇白芷將來都非池中物。只希望你們不論到了何處，莫忘本。」

建元十四年，春暖花開之時，蘇白芷將建州所有的店鋪交給了老劉頭打理。幾年積累，如今的瑞昌早已不同往日。

老劉頭便是撒手不管，瑞昌也能運作得很好。

一輛馬車帶著蘇明燁一家，奔向了京師。

離開建州那日，蘇白芷在馬車裡隱約聽到身後有個聲音一直在追逐，似是帶著股撕心裂肺的味道。

她揭開簾子一看，就在極遠處，隱約勾勒出顧玉婉蓬頭垢面的輪廓，喘著粗氣在馬車身後跟著，仔細聽時，那一聲「蘇明燁」竟帶著股絕望的味道。

好在馬車走得快，那聲音漸漸淹沒在馬車「噠噠」的奔跑中。奔跑不及的顧玉婉就這麼癱坐在地上，越來越遠，漸漸模糊……

蘇白芷冷冷地放下了簾子，姚氏見她望著窗外許久，問道：「怎麼了？捨不得建州？傻孩子。」

蘇白芷搖了搖頭，見靈雙苦著一張臉，不由得笑了。「看樣子，是靈雙捨不得建州呢。」

「哪裡……」靈雙忙辯駁。「靈雙和哥哥原本便不是建州人。若說起來，哥哥似是同我說過，我們這會兒，倒是要回家鄉了。」

「那妳苦著臉幹麼……是捨不得劉師傅？」

「嗯，有點捨不得師傅。不過師傅也說了，建州這兒有他看著便好。我和哥哥是小姐帶出乞丐窩的，若是到了一個新地方，還得要我和哥哥照顧著小姐，旁人他也不放心。」靈雙一板一眼地說道。

蘇白芷想了一會兒，搖了搖頭湊到靈雙身邊，咬著耳朵說道：「妳可是擔心我們這麼一走，孔方找不到我們？」

靈雙晦然道：「誰擔心他了？養不熟的白眼狼，我恨死他了。」

「瞧妳說的，再不濟，也有一起長大的情分不是。我從前還想著，要將你們配做一對呢。」

「小姐！」靈雙扭過臉，挪了兩步坐到姚氏身邊，索性不理蘇白芷，還不忘告蘇白芷狀。「夫人，小姐變壞了，慣愛取笑人。」

姚氏原本閉著眼睛休息，聽靈雙這麼一說，睜開眼看了蘇白芷一會兒，這才說道：「說起來，阿九也該是嫁人的時候了……」

自蘇家香鋪大好，多少人踏著蘇家的門檻，想要同蘇家攀上一門親戚。可幾次下來，蘇白芷都不放在心上。

姚氏想到京城裡的韓壽，不免嘆了氣。偶爾提及時，蘇白芷卻是急急避過了。

這一回來，兩人總能再續前緣了吧？

「娘！」這回換蘇白芷不依了。

靈雙捂著一張嘴，吃吃地笑著，邊笑邊道：「許久不見韓公子，若是他得知小姐到了京師，定然要高興上好幾日呢！」

「靈雙，妳可不許跟著學壞！」蘇白芷伸了手去掐靈雙，一張臉卻是紅了大半。幾個人一路說說笑笑，倒是減了疲乏，越到京師，蘇白芷卻越發嚴肅。

心底裡那一股惶惶不安，被她全數當作了近鄉情怯。

將近四年，她宋景秋換了個人，再次回到這個地方。再沒有人能認識她。

可她熟悉這京師，尤其是如今她行進的這一條路上。

在夢裡，她曾無數次遊蕩在這條路上，去尋找那一間四處著火的十里香風。那一個舉著火把在店鋪裡笑得近乎張狂的女子，她想尋到她，告訴她，宋景秋，妳的命，本不應如此。

馬車「噠噠」地跑，蘇白芷聽到馬車外那熟悉的市井之聲。好奇的靈雙掀了簾子偷偷瞥向大街，她卻攥緊了拳頭——賣糖葫蘆的張婆婆，賣胭脂水粉的李寡婦……

所有的人似乎都停留在那個時間從未變過。

可她回來了……

宋景秋回來了。

蘇白芷，來了。

不知韓壽此刻如何？

心底裡的惴惴不安，是因為宋景秋的歸來，還是因為即將見到韓壽？

在一根弦綳緊的時候，馬匹突然像受了驚嚇一般，「嘶」一聲長鳴，坐在馬車中的人被劇烈的震盪了下，隨即簾子被掀開，蘇明燁焦急地問道：「娘，妹妹，妳們沒事吧？」

姚氏搖了搖頭，蘇明燁這才放下心，轉身對馬車外的人說道：「真是對不住，險些嚇到孩子了。」

蘇白芷讓靈雙護著姚氏，自個兒卻下了馬車，剛下地，卻怔了一怔。

宿命總帶著股輪迴的意味，兜兜轉轉一圈，宋景秋又站在了十里香風的面前。

還是那塊牌子，在烈火中，竟沒有傷及分毫，想是又上了一遍金漆，讓人足夠遺忘三年多前的那場大火。

耳邊，是一個婦人的聒噪，嚷嚷著讓人頭疼。「喂，你們長沒長眼睛。知道不知道這是誰家的公子？這是定國公府家的小公子！若是傷到了，你們有命賠嗎？」

蘇白芷定睛一看，那小男孩大約三、四歲的模樣，眉目俊朗，隱約有那個人的模子，此刻亮著一雙黑白分明的眼睛，也不說話，就這麼歪著頭，看著蘇白芷。

片刻後，那男孩卻是徑直走到蘇白芷面前，仰著頭嚴肅著臉問她。

「妳是誰？」

這個問題問得蘇白芷措手不及。曾經有千萬次，她對著鏡子中的自己也問過同樣的問題：妳是誰？不知是誰說過，行隨心動——剛重生時，蘇白芷未曾長開，這些年過去了，她在鏡子中蘇白芷的臉上，看到了藏在深處的宋景秋的痕跡。

她不敢確定是自己心思使然而產生了錯覺，還是確實如此，可是上京卻變作一件頗有負擔的事情。只怕哪一日，便有一個人站在她面前，帶著審視的神情問她：「妳是誰？」

可如今這句話，卻是出自一個孩童嘴裡，帶著股小心翼翼的試探。

那個聒噪到不行的婦人一時也愣住了，忙蹲下來檢查男孩身上是否有傷，一邊卻是抬頭望了蘇白芷一眼。顯然沒料到，定國公的小公子竟像是認識眼前的姑娘。

她仔細一看，方才察覺，眼前的姑娘眉目清淡，若是大上幾歲，卻是極像府中的少奶奶蘇氏，小公子的親娘。

男孩蹙著眉不耐地躲開婦人的手，眼睛仍是直勾勾地看著蘇白芷。

片刻後，眼神卻越過了蘇白芷看向了她的身後，變作一副恭敬的模樣，低著頭怯生生地喊了句「爹爹」。

「你怎麼會在這兒？」溫潤的聲音裡帶著股剛毅。

流轉經年，從未變過，帶著同樣的力道和語調，卻瞬間讓蘇白芷的身體僵在那裡。

她以為，那一句「你怎麼會在這兒」問的是她。

那一恍神，沈君柯已經走到那男孩的面前，臉上不帶表情地看著他。「你怎麼會在這裡？誰帶你出來的？」

男孩還未出聲，婦人已是福了福身。「將軍，今兒個是少奶奶見小公子久未出府，特意著小的帶小公子上街走走，不想卻險些被那些個毛手毛腳的人撞著了，可把小的嚇壞了。若是小公子有個萬一……」

那婦人才說到一半，連作勢甩了自己兩個嘴巴子。「呸呸，小公子福澤綿厚，自有菩薩庇佑！」

她說完，就拿一雙眼狠勁地剜著蘇白芷。

定國公府的小公子自是定國公的寶貝，若是傷到一絲一毫，管她是誰，定是體無完膚。想當初，一個丫鬟不小心將茶水潑到小公子身上，少奶奶便下了命令，將那丫鬟生生打了五十大板，雖是沒鬧出人命，可那丫鬟此後怕是殘了。

若是少奶奶知道今日小公子險些被馬車撞到，她……不寒而慄。

幸好沒事。

沈君柯也不看其他人，只淡然地望著男孩，神情裡並未有父親聽聞兒子可能受傷時的關切，卻又不是冷漠，只是平和地問他：「可曾受傷？」

「雖未受傷，可是卻讓小公子受了驚……」那婦人插嘴道，卻被沈君柯狠狠一瞪，瞬間噤了聲。

她本是指望沈將軍嚴懲那些冒失的人，可一直聽說，沈將軍對少奶奶不大上心，對於小公子更是嚴苛得很……

男孩搖了搖頭。「是我不小心從路對面衝出來，險些嚇到馬匹。不關他人的事。」

「沒受傷便好。空閒時多練練字，得空了我便去考你的學問，莫要懈怠。」沈君柯叮囑道，見男孩依然束手束腳地站著，不免搖了搖頭，對那婦人說道：「帶小公子回府吧。」

他這個兒子，雖是人人都誇聰明機靈，可每到他面前，便這般拘謹。也不知道是他這父親做得過於嚴苛，還是他天生讓人畏懼。

那一雙大眼睛，怯生生望著他，時而卻帶著崇拜和敬仰，總是能讓他想起某個人。可就是這樣的神情，他每回見著都會有罪惡感。

因不喜他的母親，連帶著他，沈君柯也是極不上心的。若不是那日他醉了酒，誤了事……又怎會有他？

沈君柯嘆了口長氣，轉身時便見蘇明燁、蘇白芷兩人站在一旁，男子身形頎長，面目俊秀。女子卻是低著頭，瞧不清神情。

沈君柯同蘇明燁略略點了點頭，轉身便往十里香風的方向去了。

直到他走遠，蘇明燁方才鬆了口氣，笑著對蘇白芷道：「早聽聞定國公的大公子沈君柯沈將軍少年得志，為人卻甚是謙虛，如今一看，果真如此。今日若是換作不講理的，早就將咱們扭送官府，還哪裡管那小公子有無受傷。」

蘇白芷定定地看著遠去的沈君柯，袖子裡攥緊的手心，卻早已全是汗。

孰料那沈君柯，生來的敏銳感總讓他覺得如芒在背，正走到十里香風的牌匾底下，再也忍不住回頭看。便是那一眼，正正對上蘇白芷的眼睛。

十里香風下的沈君柯，如一幅由過往構成的黑白水墨畫，真實地出現在蘇白芷的面前。

可未及看她，他已蹙著眉，帶著疑惑轉身離開。

上了車，蘇明燁略略說了下車外的情形，姚氏方才舒了口氣，笑著對蘇明燁說道：「若是定國公的大公子，不就是你們白禾堂姊的夫君？正經說起來，咱們還是一家人呢，你們還得叫人家一句堂姊夫。你白禾姊姊也是命好，嫁給沈將軍的頭年便生了個兒子。我方才從簾子裡看那娃娃，長得真是好。那孩子好像是叫……叫沈秋，說是秋天生的，取這個名字也算應景。可偏偏你白禾姊姊嫌不好，讓沈秋做了小名兒，又改了大名叫之宸。」

蘇白芷一顆心早已上上下下，聽了這話，心裡一陣煩躁，低聲回道：「娘，這隔了好遠的親戚咱們正經搭不上邊，還是只當不認識得好，省得被說咱們攀高枝兒，亂認親戚。」

沈秋……宋景秋……當真是因為秋天出生，方才用了這個字嗎？

若不是？他又為何用這個名字去添蘇白禾的堵？

蘇白芷心頭千絲萬縷，最後變成了沈默。

姚氏只當蘇白芷方才受了驚，此刻累了，便拍了拍蘇白芷的手當作安撫，自個兒也是閉目養神去了。

馬車到了益州已經是平穩了許多，「噠噠」有節奏的聲音讓人平添了幾分睡意，蘇白芷的心卻如明鏡一般，越來越透亮。

益州，我回來了。

第二十二章

在回益州之前，蘇白芷便將一切都安排妥當，包括住的地方，還有鋪子。

姚氏對於早已安排妥當的住處與一院子的丫鬟、婆子表示了極大的驚奇，她甚是懷疑，她的女兒是有如何的本事在短短幾個月之內，將人手安排到遠在千里之外的京師。

而相比於姚氏，蘇明燁卻坦然得多。

「娘，妹妹可是真人不露相，本事大得通天呢。」蘇明燁打趣道。

蘇白芷只笑笑，將所有東西安置妥當後，便帶著靈哲、靈雙徑直出了門。

如今蘇白芷的住處離益州最繁華的商業中心並不遠，不過是拐個兩條街便到了。蘇白芷才走不遠，便看到一個熟悉的身影在焦急地等待著。

蘇白芷臉上淺淺一笑，正要打招呼，靈雙卻已是大步流星地往前走去。

也不知是不是靈雙同孔方處久了，越發不像蘇白芷初見她時那般怯懦，這會兒更是怒氣沖沖直接奔了過去，一隻手已然舉到了半空。「你這白眼狼怎麼也在這兒？」

孔方一個閃身，連忙抓住她的手。「喂，妳許久未見我，怎麼一見便要給我這麼大一個見面禮！」

那苛責的話卻是梗在了喉嚨口，只因靈雙此刻已是滿面淚流。

「你這人……」靈雙又氣又急，哽咽道：「你這人不識好歹也就罷了，小姐若是要趕你走，你也要交代一聲，怎麼能一聲不吭就跑沒了……」

孔方自知理虧，軟了聲求道：「這事妳容我跟妳好好解釋，莫要氣我……」那雙眼睛卻是瞥向蘇白芷，帶著求饒的意味。

蘇白芷抿唇一笑，帶著面無表情的靈哲徑直往店裡走去。孔方見情形不對，連忙攔著蘇白芷道：「小姐，您可不能這樣呀！您倒是幫我說說，說說呀！」

「有話，你自個兒說去，我可幫不了你。」蘇白芷含著笑，見孔方合掌作揖求饒，方才對靈雙說道：「妳先聽他說完，到時要打要罵再隨妳。」

自個兒的腳步不再停留，直直往裡走。

才走進門，蘇白芷便突然意識到一句話：山不轉那水在轉……

那挑著雙鳳眼略略抬了眉、嘴邊含著淺笑，眼底裡帶著意味不明看著她的人，不是那連中三元的韓狀元，又是何人？

「我給妳的信，妳怎麼不回？」沒有那些客套的對話，劈頭蓋臉的一句，一下子將兩人的距離拉近。

蘇白芷愣了一愣，韓壽又道：「我問妳呢，為什麼不回我的信？」

「你何曾給我寫信……」蘇白芷低聲道。

「哪裡沒寫。那幅畫！」韓壽言簡意賅，試圖喚起蘇白芷的記憶。

「哦，那幅畫呀。我就看到一棵樹、一個人，不太明白是什麼意思，便沒去理會了。」蘇白芷低著頭，難得囁嚅道。

韓壽一怔，正想著暴怒，看著蘇白芷的神情卻是明白了幾分，臉上閃過一絲不自然，又道：「那我給妳的玉珮，妳可曾帶在身上？」

「帶著呢。」蘇白芷連忙從身上掏出一個費心繡好的袋子，遞到韓壽手上。「這麼貴重的東西，我總怕會弄丟了，便一直帶在身上。今兒個見著你正好，還給你。」

韓壽把玩著那香囊，也不開了袋子拿玉珮，只細細看袋子上的圖案，分明是蘇白芷口中的「刺兒頭」，一針一線，針腳細密，想是繡花的人費了苦心的。

方才被人退了玉珮的惱怒片刻間竟是陰霾盡散，韓壽嘴角掛著笑，認真地從袋子裡取了玉珮定睛看了一會兒，見著蘇白芷眼裡閃過一絲不安，方才壞笑道：「這個玉珮既是送了人，自是沒有收回來的道理。妳若是覺得過意不去，我正好缺個錢袋子，妳這香袋便送我好了。」

不容蘇白芷搶回，他已施施然地將袋子放入袖中，蘇白芷想攔都攔不住。

爾後他卻是認真地牽過蘇白芷的手，鄭重地將玉珮放入她的掌心。

「可收好了，若是將來窮困潦倒，還能拿去當鋪換點銀兩。」韓壽笑道。

蘇白芷臉一紅，別過臉去。「哪裡有你這麼說話的，恨不得人窮困似的。」

「妳倒是怪起我來了。」韓壽方才心裡暗爽，此刻臉上卻是春光燦爛。「好歹咱們也是幾年交情，妳要來益州的事兒，告訴了老狐狸，告訴了林信生林大人，就連元衡那死小子都知道了。妳人人都想到了，都通知了，怎麼偏偏就不告訴我一聲？」

「告訴韓公同告訴你不是一樣，你這不是也知道了……」蘇白芷辯解道，抬眼看到韓壽眼裡濃濃的情意卻是噤了聲。

「這哪裡能一樣。」韓壽突然伸出手，輕輕地刮了下蘇白芷的鼻子，低喃道：「妳這沒良心的……」

蘇白芷的臉瞬間紅到了耳根，韓壽怔了一怔，突然仰天大笑。「蘇九呀蘇九……」

蘇九呀蘇九，這時候的妳，怎麼如此可愛？

蘇九呀蘇九，我等了妳許久，妳怎麼此刻才來？

蘇九呀蘇九，妳可知我心意如何？

那半句話，就停在蘇九的名字上，再無半分延續。

整個大堂裡，只有一個仰天大笑的韓壽，和一個被笑得措手不及、坐立難安、臉紅到耳根的蘇白芷。

靈哲，早已在入門見到韓壽時，便又靜悄悄地退了出去。

最終，蘇白芷怒了，一見面就被韓壽再次調戲的怒意湧上面皮，蘇白芷終於抬腳狠狠地踩了韓壽一腳，哪知道韓壽笑的同時，一雙眼睛卻是一直看著蘇白芷，在蘇白芷抬腳的瞬間，他便往後偏了一下，蘇白芷用盡力氣卻是踩空，身子不穩……

撲通……

閉著眼、等待著即將而來的狗啃泥醜態的蘇白芷，不期然落到一個熟悉的懷裡，溫暖、乾淨而清爽的香味。

一抬眼，便是韓壽的臉，隨即而來，是韓壽越發猖狂的笑容。

「哈哈哈……蘇九妳個笨蛋！」

「韓壽，我有一句話問你，」蘇白芷乾脆俐落問道：「你娶妻了嗎？說親的人，你可有看上的？」

「沒有啊，」韓壽下意識回道，待回神時，咬著蘇白芷的耳朵曖昧地笑道：「我曉得了，一定是元衡那個胖小子跟妳說了什麼。所以妳此刻，是在吃我的乾醋嗎？阿九，妳竟為我吃醋了？讓我聞聞，唔，好濃的醋意啊！」

他說話間，便要埋首在蘇白芷的脖頸裡。

蘇白芷默默地落淚了。誰來告訴她，這個真是那個連中三元的……天才狀元郎嗎？

其實，他是狀元狼吧？

為何許久不見，他戲弄人的功力絲毫不減弱，反見著越發厲害了？

她望天垂淚，卻不知自己的臉上，早就洋溢了笑容。

這一刻的溫暖，讓她無暇顧及身分地位，只獨享重逢的喜悅。

屋裡，韓壽正笑得猖狂。

屋子外，靈哲靜靜地站著，進退兩難。

屋外不遠處，孔方正指手畫腳地同靈雙解釋著什麼。看樣子是口沫橫飛，時而懊惱，時而得意，靈雙的臉色已是緩和了許多。

過了許久，靈雙方才攜著孔方過來，孔方低聲說道：「靈哲大哥，當初是我犯了錯在先，將小姐的流水錢輸了個乾淨的確是我不對，可我後來也是將功贖罪了，他們設計騙我錢財，我便將計就計將蘇明燦的錢騙了個精光，還有許多事兒，小姐也是知道的，我應了小姐，這事兒不能告訴你們。可你們相信我，從今往後，我一定再不做對不起天地良心的事兒，否則就讓我孔方掉入十八層地獄，永世不得翻身！」

「若是你再做對不起小姐的事兒，我第一個拿刀剁了你餵狗！」靈哲冷冷說道，靈雙扯扯他的袖子，他的臉色方才緩和了一些。

孔方連忙獻寶似地擁上來，喜氣洋洋道：「咱們小姐可真厲害，今兒個早晨，宮裡都來了人，問咱們小姐到京城了沒呢！」

那廂裡，蘇白芷已是用了力掙脫韓壽臂長所及範圍，雖是面上躁熱得慌，卻也是慢慢冷靜了下來。

孔方隨靈哲、靈雙走進來，蘇白芷見三人面上淡淡，知是巧舌如簧的孔方成功說服了兩人，也便放下心來。

見韓壽、蘇白芷兩人，一人背著手若無其事地仰頭看壁上的畫。一人垂著眸子盯著地上，孔方心思一動，連帶上笑對蘇白芷說道：「小姐，這番上京，什麼都能順順利利的，全是託韓大人的福。」

蘇白芷不解，看著韓壽，韓壽笑著擺了擺手說：「也沒什麼，不過是舉手之勞罷了。」他這話說得是輕巧，蘇白芷也是最後才聽孔方說起。

那一日他假裝被蘇白芷逐出了瑞昌，同蘇明燦一塊兒送了香之後，便快馬加鞭到了益州，雖是蘇白芷原本就同蘇康寧打過招呼，蘇康寧安排了人手來幫孔方，可畢竟益州人生地不熟，孔方在租鋪子、賃屋子時也遇到了不少困難。

當韓壽從天而降時，孔方在異地他鄉，簡直有老鄉見老鄉，兩眼淚汪汪的感覺。

韓壽一人，便將所有的事情安置妥當，甚至，比孔方原本打算做的還要好。那些個丫鬟婆子，都是韓壽親自挑的。有一些，甚至是從韓府派過來的，唯恐蘇白芷過得不舒適。

蘇白芷心存感激的同時，刻意忽略了狡猾的韓壽在為她賃屋子時，特意挑選在他家隔壁的事實。

以至於，蘇白芷在新屋子的第一天，還未將所有的東西安置妥當，便有一團不明物體以飛快的速度奔到了她的懷裡，這一回，是紮紮實實地撲進她的懷裡。

「香囊姊姊……」熟悉的柔軟聲音，小不點如今變成了大不點，個頭高了不少，眼睛一如既往明亮，透著股狡黠。

袁氏嘴角噙著笑，看著蘇白芷見到元衡時從心底漾出的笑，不免心頭一暖，嘴上卻是責備道：「元衡，怎麼這麼大了還黏著你九姊姊。」

元衡撇了撇嘴，心不甘、情不願地放開蘇白芷。

蘇白芷恭敬地上前行了禮，這才道：「原本想著明日再去拜訪師母的，怎得勞駕師母親自前來？」

「還不是這個小冤家。」袁氏笑指元衡。「前幾日韓公同夫君說起妳，原本想著妳昨日便該來的。他躲在一旁聽著了，昨日一日就拉著我站在屋子門口等妳，哪知等了一日也不見妳來。今兒個睡得晚了，方才聽壽兒說妳來，他飛一樣就出來了。」

元衡被袁氏這麼一說，彆扭著不去看蘇白芷。

蘇白芷抿著唇只淺笑，元衡這才上來，拉著蘇白芷的手道：「香囊姊姊，父親和韓爺爺都在家裡等著妳，妳快同我去。」

「啊？方才怎麼沒聽韓大人提起？」蘇白芷低聲道，見袁氏嘴邊的笑意漸深，方知是自己說錯了話。

袁氏打趣道：「我們這些坐在家裡等的，哪裡有人家上門等的消息快。」

兩人出了門，蘇白芷才發現，自個兒如今住的房子，離韓府不過十步路的距離，韓府對門便是林府。怪不得方才韓壽前腳走，小元衡後腳便到。

今日卻是都齊聚韓府。

她到時，韓斂同林信生正品茗著香茶。見著二人，她規規矩矩地給兩人磕頭行了大禮，喊了「韓公」、「師父」。韓斂含著笑大大方方地受了，林信生卻是忙不迭地扶起她來。

「來了便好。」韓斂道：「聽聞妳哥哥中了解元，這可是大喜的事兒。再過三個月便是會試，妳哥哥可在京裡尋好了老師？」

「尋好了。是映天書院大儒占禮成。族長給哥哥寫的推薦信，明日哥哥便會去拜訪老師。」

「占禮成？也還不錯。」韓斂捋著長鬚，沈吟道：「占禮成嗜香，妳讓妳哥哥帶上妳的暖香，還有香墨，他必定喜歡。」

「謝韓公提點。」蘇白芷感激道。

林信生撥了撥博山爐裡的香灰，笑道：「知道妳上來，師叔可比誰都高興。也虧得妳爭氣，建州那麼多商行統共也就兩家入選，大興盛在製香方面本就厲害，入選本在意料之中，可妳瑞昌才幾年，便有如此成績，實屬難得。御香局的趙提點大人也不過見了妳幾面，便總在我面前誇妳。」

「果真是師父替我說的好話，那趙提點大人才給了我許多方便。」蘇白芷道。

林信生擺了擺手。「我雖是御用調香師，卻也是在御香局裡做事。趙提點選香，可是從不徇私的，妳若沒這個實力，他斷然不會選妳。聽聞妳不只做了趙提點要的香，還額外送了一味香給趙提點，趙提點很是喜歡，偶然間被宮裡的某位娘娘聞見了，娘娘特地叫了趙提點去要那香的。」

林信生說這話時，雖是誇獎，可言語裡卻是有責備的意思。若是按照正常，趙提點要什麼，她給什麼便是了，這種投機取巧的辦法若是讓人得知了，她必定有賄賂的嫌疑。

蘇白芷無法，便將當日險些被人陷害的事告訴了林信生同韓斂，林信生點頭道：「當日之事趙提點也確然提起，我卻不知內裡這麼險惡。既是如此，當日妳也是兵行險招。若不是我同趙提點有多年交情，就妳另外加香之事，趙提點便可取消妳的品評資格。今後還有十家香行要參與鬥香，直到比出御香坊，譁眾取寵的事妳就莫要做了。」

蘇白芷擦了一把汗，當初只是想憑著自己的小聰明希望能走個旁門左道，卻不想險些害了自己，連忙點頭應了下來。

林信生見她心有餘悸，便笑道：「妳也算因禍得福。那香如今既是被那位娘娘相中了，妳便多做些，許是趙提點明兒個便會尋妳要，做好了，總不會虧了妳的。對了，那香叫什麼名字？」

「龍鳳祥和。」蘇白芷老老實實回道：「那日見趙提點要的香多偏陰柔和氣，想著趙提點為娘娘尋香，許是偏好這味兒，便給調製了一味香中帶蜜味的合香，既能安神，聞著又不是太濃烈，取了這麼個喜慶的名字。」

「也虧妳機靈。」林信生笑道。

韓斂咳嗽了一聲，斜睨了林信生一眼。「與宮裡有牽扯，能得什麼好處？那些個娘娘，有哪個是好伺候的。你要是瞅準了機會，也急流勇退得好。」

「如今這情形，哪能說退就退呢！」

前幾日宮裡才有個新晉得寵的僖常在莫名流產，宮裡都將矛頭指向了御香局，說是聞了不該聞的香料，方才保不住龍胎。幸好找不到確實的證據，他著實擦了把汗，趙和德最近更是低調到極致，唯恐引火上身。若不是有淑貴妃娘娘還時不時地尋他製香，他只怕也是自身難保。

他年紀又不大，此刻說退，不是自己暴露在大家的眼皮子底下？更何況，淑貴妃娘娘哪裡就這麼輕易放過他。

林信生也是有苦說不出，忙將話題引到蘇白芷的身上。「雖說是御香坊的評選，可我們大夥兒都清楚，定國公的十里香風若不出意外，必定是能中選的。妳好好準備，只當是為瑞昌打響名氣便好，落選了，也無須難過，這是情理中的事情。」

蘇白芷斂了神色，怔了片刻，方才道：「師傅，若是我要贏得這御香坊，勝算有多少？」

「幾乎為零。」林信生幾乎不假思索便說出口。「妳大約不知道，皇上最寵幸的淑貴妃娘娘可是定國公的親妹妹。」

知道……她怎麼可能不知道。

沈君柯便是淑貴妃的親姪子，沈研在朝中的地位越發穩固，淑貴妃在後宮也榮寵不斷，這一家人，過得如何風生水起。

就連沈君柯……不過三年多未見，已是將軍。

想起那個孩子，沈秋……

她聽到之時，曾經以為那個秋字，或許同她有關。

宋景秋，妳真是可悲，竟然妄想，他曾有一絲一毫記得妳。

何苦呢？事實的真相是，八月初五妳葬身火海，他無一絲悔意，或許，他一滴眼淚都未曾為妳落過，妳屍骨未寒時，他卻與他人繾綣纏綿，縱意春宵。

妳的生命如此不值錢，喚不起一絲一毫的同情。

面對這樣的一個男人，妳還有什麼好遲疑？妳心底裡的不安，究竟為何？

蘇白芷咬著牙，抬起眸子望著林信生。「若是撇開這一切關係，單從製香手藝，我與十里香風的製香師傅相比，勝算幾何？」

「這……」

蘇白芷眼裡的一簇火焰灼著林信生，他怔了一怔，卻聽韓斂冷笑道：「若是從前，妳是斷然不會有一絲一毫的勝算。可如今卻大大不同。」

蘇白芷攥緊的拳頭一鬆，韓斂繼續道：「從前，御香坊的比選都是現場鬥香，經過現場所有製香大師的一致評選後，選出三家，當場製出的香再交與皇上、皇后及太后評定，近年來太后身子懨懶，又不喜香料，當今皇上未立后，淑貴妃代理後宮，這香，便隨了淑貴妃的心意。可如今，太后對淑貴妃越發不滿意，事事同淑貴妃唱反調，便是這御香坊……我看，未必會落到十里香風的手上。」

「只是參選的各家香行藏龍臥虎，我們知道的，他們未必不懂。大家都是卯足了勁地去爭一次機會。阿九，此行必定不易。」

第二十三章

「就算再不易，拚力去搏一回，即使輸了，我自個兒也就沒什麼遺憾了。再說，三十年河東，三十年河西，什麼事兒都沒個準數，此回不成，自是還有下回。」蘇白芷笑吟吟答道。

韓斂見她方才還一副志在必得的模樣，這會兒卻是極看得開。想是這幾年，蘇白芷越發喜怒不形於外，方才那一激動，已是難得露了底。這會兒雖是看開了的模樣，實則心裡早就拿定了主意。

他只當蘇白芷一心想得御香坊的名頭光宗耀祖，卻如何也想不到，蘇白芷對於那御香坊的名頭是看得重，可最重要的，卻是能踩著十里香風——確切地說，是踩著定國公府的路走向輝煌。

若是他知道蘇白芷有一絲一毫這樣的念頭，必定是不會幫她。京城腳下，同宮裡有一絲牽連都未必是好事，更何況，還有可能同太后、娘娘牽扯上。

韓斂在蘇白芷笑語吟吟的面孔下，看到了一絲渴望成功的神色。

他突然想到了韓壽。若是蘇白芷能一舉奪得御香坊，那麼喜香的皇帝必定會關注到蘇白芷，兩人若是有接觸，那必定是極好的……至少，對於韓壽是有利的。

原本還在徘徊，此刻卻是被這一想法所左右，他頓了頓，說道：「等妳在京城那個瑞昌鋪子穩定了之後，便到我這兒來，我考考妳功課，看妳近來是否懈怠了。還有一些近來時興的香方，妳等會兒尋妳師父要，都這時候了，他也不好藏著掖著。既是自個兒徒弟，妳若榮耀，他面子上也有光。」

林信生噶著茶，差點嗆到，好容易咳嗽了片刻，方才對韓斂道：「師叔您說的，怎麼跟要打劫我似的。若是教會了徒弟，餓死了師父，可如何是好？」

韓斂只白了林信生一眼，蘇白芷捂著嘴，吃吃地笑。

果不其然，瑞昌香料行才開業沒幾天，御香局的趙提點便遣了人尋來，說是要邀請十家香行的掌櫃及製香師傅齊聚，一來溝通下感情；二來，也是為了讓大家都知道御香坊的評選規則。

初選那是靠趙和德，可是到了京師，統共剩下十家香行，選出來的，都是箇中高手，誰也不願意不明不白就被踢出局，這規矩自然要說清楚。

蘇白芷也是到現場之前便聽林信生提起過，這御香坊的評選還複雜得很，一時半會兒也結束不了。

總共得分三個階段：一是辨香。

這個蘇白芷原本對自己還有些把握，可見過林信生之後，她便知道自個兒在這方面要走的路還遠。幸好，她身邊便有辨香大師韓斂，從前他對她集中訓練過。

如今一味香品點燃，她倒是能對那香品中的材料說個八九不離十。不光如此，長期以來，她便有看各種醫書的習慣，如今，拿個香料出來，她閉著眼睛也能說出香料的藥理。光這一點，她已經能勝人一籌。

光這一個辨香，或許只能淘汰個一、兩家香料行，本來做這行，鼻子的敏感度就很重要。蘇白芷可沒覺得，十里香風的高手會在這條道上趴倒。

第二個階段，便是製香。

這製香，卻不是想製什麼香，便製什麼香。須得在辨香的基礎上，將那香品的成分寫清楚、論明白。爾後，御香局的人會將第一輪剩下的人集中關在一個院子裡，給每個人提供相同的香料、工具。辨香若是有十道香品，便製出十道香品，不論是線香、盤香還是香膏，都須得製作出來。

一般來說，御香局提供的香料不會全有，缺東少西那都是正常的。這就要求參賽者利用手頭現有的資源，盡力調製相似的氣味。模仿，也是調香師的一個重要技能。如果這都做不到，那就可以趕緊收拾包裹，打哪裡來，回哪裡去了。

只是這每一樣香品對溫度、濕度及周圍的環境都有一定的要求，御香局集中關著眾人時，才不會顧及天是否下雨、娘是否要嫁人，給了十五天，製作出來便是。做不出來，那就是功夫不到家。

所以，在什麼天氣做什麼香，那也是靠天吃飯和經驗積累爆發的時候。蘇白芷一向覺得自個兒運氣不太好，拚經驗——她還嫩了點兒。

更何況，她還得在做完這些香品之後，利用剩下的原料調配出一味獨一無二的香——必須獨一無二，否則她拿什麼去跟人家參加第三階段的鬥香？

忐忑……

第三個階段，便是鬥香了。

將前面製作出的香品，一一比鬥，由朝廷派出有經驗的製香師，及民間有名望的老師傅進行品評。最重要的，還是那最後拿剩下的邊角料做的獨香，代表個人水準的精確發揮。封閉空間下，誰也作弊不得，拚的是真功夫。但是一旦鬥香，拚的卻是運氣。指不定那味香就讓某些老師傅厭惡，或者單單得了誰的歡心呢？

更何況，十里香風屹立不倒這麼多年，誰都是看眼色吃飯的。蘇白芷要想贏得這局，幾乎是不可能完成的任務。

可無論如何，她也得拚了。

世事無常，拚了再說。

朝中有人好辦事兒，怎麼說，她還有個師父林信生是御用調香師哩！

所以，在得知這一切之後，蘇白芷幾乎是抱著「風蕭蕭兮易水寒，壯士一去兮『要斷腕』」的心情參加這聚會。

沒有哪家掌櫃，是自個兒又當掌櫃，又當調香師的。所以當蘇白芷說起這事兒時，靈哲毅然地站了出來，要當蘇白芷的跟班——說白些，便是充場面。

到了約定好的京城第一酒樓鳳棲閣，蘇白芷這才發現，她忘記了一件重要的事情——十家香行製香師，九個男人，她一個小姑娘。若是要閉關製香半個月，她會不會瘋掉？

環顧全場，十家香料行，除了大興盛的製香師傅，她曾經匆匆見過一面之外，其他八家，她竟也認得幾家。從前在十里香風，各家香料行也各有來往。如今再見，她也只是看了幾眼。她認得又如何？只是知己知彼而已，對方，卻是萬萬不知道她是誰的。

或許，這也算是一種優勢？

蘇白芷自我安慰著，卻在下一刻愣住了。

十里香風的坐席上，不是旁人，正是沈君柯的弟弟、她曾經的小叔子——沈君山。

沈家男丁不多，沈研對於沈君柯和沈君山的期望都頗高。沈君柯如今已是將軍，也正是沈研所期望的。可偏偏，沈君山是個異數。

似乎自小，他便對打打殺殺之事不甚在意，反倒一得空便捧著書看。算起來，沈君山比宋景秋還大上三歲，今年應該是二十四了，若是要考功名，也早就應該去考了。

可如今，他怎麼在這兒？

在這裡的不是香行主事的，便是調香師，在他身邊的，分明是沈君柯的小廝沂源，也就是說，他便是十里香風如今主事的，而且還是調香師？

她正發著呆，便有一個人湊到她身邊，含笑低聲道：「沈家二少爺看著俊朗吧？我看著也喜歡，斯斯文文，又有學問。」

蘇白芷定睛一看，才發現身邊的便是大興盛如今的當家，建州喬家大少，喬至廣。看著雖是一副娃娃臉，可她聽韓斂說過，喬至廣不可小覷，在做生意方面，他自有一套法子，甚至，有時候不擇手段。

蘇白芷也曾聽孔方說過，喬至廣一直有個外號，叫「閻羅娃娃」，聽說，喬至廣自小喪父，手上的產業都被自家的二伯父霸著。可是喬至廣十來歲，便兵不血刃地將所有的產業收了回來——兵不血刃那都是外界說的，實際上，誰也不知道他二伯家的幾個堂哥是怎麼在一夜之間全部暴斃身亡。而他二伯，又是怎麼在半年之內瘋瘋癲癲，至今未曾清醒過。都說他二伯全家著了邪門的事兒，可世間，有什麼能比人心邪門？

想到這點，蘇白芷不由自主地往後退了一步，誰知道喬至廣卻是不以為意，帶著笑又靠上來。

「唉，我可是說的秘聞，妳不聽就吃大虧了。」

喬至廣道：「聽聞建元十年那場大火把十里香風差點燒沒了……壓根兒就不是什麼不明原因，而是被一個女子縱火的。那女子什麼身分我也不知道，反正沈家人口風挺嚴的。倒是那場大火過後，十里香風原先的製香師傅便辭工歸家去了，任沈將軍怎麼請都不為所動。後來，這沈家二少爺便冒了出來，說自個兒能行，才將這製香師頂了下來。只是誰也沒想到喲，堂堂定國公府的少爺，竟然能做得這樣好……」

齊國好香，頂尖的調香師傳地位也是很高的。可若是同定國公的少爺這個名頭比起來，調香師反倒顯得低了許多。

一想起傳言，蘇白芷很難想像這娃娃臉同那陰狠的人有什麼直接聯繫。倒是這碎嘴的個性……挺符合他的臉的。

聽他這麼一說，蘇白芷才想起來，宋景秋七歲入定國公府，整整兩年不見沈君山，聽下人說，沈君山自小體弱，寄養在別處。

十二歲時，要嫁給沈君柯，可沈君柯征戰在外，成親當日，沈君柯不在府中，沈君山卻回來了。是沈研逼著沈君山在成親當日替兄迎娶她，也是沈君山替沈君柯同蘇白芷拜的天地。

後來，她偶然幾次在院子裡遇見沈君山，他都是一襲白衣，素雅得不似定國公府的少爺。沈君柯好武，沈君山便從文，幾回見他在亭子裡揮墨，見著了，也是進退有禮，喊聲「嫂子」。

直到宋景秋葬身火海，她的最後一面，卻是沈君山……

想到過去，她不免有些心傷。回神時，才發現自個兒盯著沈君山看了許久，而沈君山，則是在不經意間抬眼，眼裡蓄滿溫和，同她略略點了頭。

喬至廣一副欠打的表情盯著蘇白芷。「蘇九姑娘同沈二少爺是舊識？」

蘇白芷搖了搖頭，喬至廣也了然道：「也對，十里香風有淑貴妃娘娘撐腰，這其餘九家香料行的底細，只怕他早已摸得一清二楚了。」

堂中的人因著趙和德遲遲未來，便互相攀談起來。可偏偏，除了喬至廣之外，誰都拿蘇白芷當空氣，視若無睹。

蘇白芷也落得輕鬆，見喬至廣寸步不離地跟著，不免有些奇怪。「喬少爺為何不同其餘幾家商行聊聊？」

喬至廣笑道：「小爺我喜歡跟著妳。」

他的話音剛落，一旁便有人揚了聲音道：「咱們調香師的門檻何時這麼低了？乳臭未乾的丫頭片子也給她放進來？」

那雙眼，卻是直直看著蘇白芷。

自從蘇白芷想要以調香師的身分立足建州以來，多少次，都被人以這樣懷疑甚至藐視的神情盯著。從前，她只是一笑而過，畢竟自個兒的年紀小，更何況，建州那個地方，日子久了，她自然能用實力證明自己。

可如今這幾家香料行，一家比一家實力強，若是第一天便被人在氣勢上壓了下去，那折的可就不是她蘇白芷一個人的面子了。初來乍到，瑞昌還要營業的，頭一天當家的就被羞辱得毫無還手之力，這瑞昌還要在京城待下去不要？

那一頭，喬至廣方才還跟她跟得緊緊的，如今卻是含著笑看著她。這在場的，哪一個不是人精，只怕喬至廣這會兒也是想看著她如何替自己解圍——若是自個兒站出來，說自個兒在建州的那些事兒，不是自我吹噓嗎？若是不說，那誰認得她蘇白芷？

蘇白芷一思量，這擒賊先擒王，抓住現場的主要人物才是解決矛盾的根本方法。

在鳳棲閣的這些人，雖是以十里香風馬首是瞻，可沈君山畢竟年輕，若是論起地位來，還是廣達源的老掌櫃靳啟最高。

開口質疑她的，也正是廣達源的調香師靳遠揚。二人是父子，但是靳遠揚也有四十歲了。

廣達源是過往同十里香風走得最近的一家香料行，從前，她也是見過幾次靳啟的。

蘇白芷起了身，對著靳遠揚說道：「讓靳十爺見笑了。蘇九是調香師裡的晚輩，確實有許多不懂的，還需要十爺指點。」

伸手不打笑臉人，更何況還是蘇白芷這樣一個嬌滴滴的女兒家。

靳遠揚原本是個心高氣傲的人，被十里香風壓了這麼些年，好不容易才拚了個出頭的機會，如今卻見到蘇白芷這麼個名不見經傳的姑娘，心裡難免疑惑。這會兒見蘇白芷規矩、禮節上無缺漏，人也謙遜，便止住了嘴。

「姑娘看著眼生，是如何知道犬子的？」在一旁的靳啟打量了一會兒蘇白芷，好奇地開了口。

蘇白芷笑道：「廣達源的香品聲名在外，靳十爺連續奪得幾次鬥香大賽的頭名，靳老爺您更是個仁心慈厚的人，京師裡誰能不知道靳老爺和靳十爺。蘇九雖年紀小，可也聽父親多次提起廣達源，有一年，父親更是帶我看過鬥香大賽。蘇九至今不忘十爺當年威風的模樣。」

千穿萬穿，馬屁不穿。當年宋良的確帶宋景秋看過鬥香大賽，不過，看的卻不是靳遠揚奪得頭名的那屆。

靳啟被蘇白芷一頓好話說得極為舒服，靳遠揚心裡也熨貼得很，靳啟笑著擺手道：「姑娘小小年紀能來此，定也是不凡之人。」

前一刻分明雨疏風驟，要爭吵起來的模樣，下一刻卻是互相吹捧，場面無限和諧美滿。

喬至廣等著看好戲的心落了空，不由得多看了蘇白芷兩眼。

都說這姑娘厲害，能將逆境轉成對自己有利的，那也是一種本事。

既是如此，他便添把火好了。

「靳老爺只怕不知道，這蘇九姑娘來頭可大得很，她可是御用調香師林信生大人的嫡傳弟子哩！」

喬至廣那張娃娃臉說起這些，神情誇張，有鼻子有眼，像是極為羨慕。

蘇白芷只搖搖頭，這喬至廣，也不知道是要幫她還是要害她。什麼都不說，偏偏說她的身分。

喏，方才還挺和諧的場面，這會兒看向她的眼神又多了幾分意味深長——別是都當她走得林信生的後門吧？

年紀小、經驗不足、臉又生，那麼唯一能入選的藉口便是託了某大師的福。這個猜想似乎合情合理？

她偷偷瞄了眼沈君山，似乎從頭到尾，他的嘴邊都掛著若有似無的笑。就連聽到這樣的消息時，那個笑容都未曾變過半分。

一群人嘰嘰喳喳，誰也沒想到，在鳳棲閣的大廳裡，有道屏風後面還隔了個小房間。趙和德從裡頭出來的時候，著實把大夥兒嚇了一跳。幸好在場的都是見過世面的人，很快鎮靜下來。眾人一一跟趙和德打過招呼，這才落了坐。

「真是對不起諸位了。難得從宮裡出來，便在這鳳棲閣中偷了一會兒懶，沒想到睡過了頭。」趙和德笑著說道，眾人連連說「趙提點辛苦」。

趙和德點了點頭，這才笑著對沈君山說道：「前些個日子，淑貴妃娘娘還跟我提起二公子，二公子若是得空，便給娘娘再調些安神香。咱們這些人，始終不如二公子懂得娘娘心意。」

沈君山依然是那副笑容點了點頭。

蘇白芷只當趙和德是要按照重要順序一個個問候一圈才能說正事。若是如此，按照她的地位，輪到可能得好半晌。不知是不是鳳棲閣裡燒的香惹人發睏，她便低著頭在一旁偷懶。

只是稍稍低頭，既顯得謙遜，又不會被人發覺自個兒在偷睡。誰知道趙和德同沈君山說了一會兒話，她的懶筋就上來了，竟不知不覺打起盹來。

等到靈哲在身後悄悄扯她的袖子時，她惶然醒來，抬眼時，那窘樣正好落在沈君山的眼裡。那張萬年不變的謙和笑容竟在眼角漾開，滿是笑意。

她臉紅了紅，怕是自個兒的小動作都被沈君山看在眼裡了。

打起精神，才發現趙和德直接跳過了眾人，在同沈君山、靳啟說完話之後，便直接將話題引到了她頭上。

「蘇姑娘初來乍到京城，可還習慣這兒的水土？」許是趙和德方才說過一遍，這會兒又加重了語氣再說一次。

「多謝趙提點關心。南方濕熱氣悶，北地卻是涼爽乾燥，阿九的身子一向不好，有些不太適應，所以方才犯了懶，失禮了。」蘇白芷連忙說道。

「我方才到南方時，也是不習慣那兒的氣候，犯懶都是正常的。」趙和德抿了口茶，眼神略略掃了一圈在場的人，這才笑道：「方才迷迷糊糊，聽著別人說，蘇姑娘是御用調香師林大人的嫡傳弟子？我怎麼沒聽蘇姑娘提起過？」

蘇白芷愣了一愣，想著趙和德這會兒是裝傻，索性陪著他裝。「怕學藝不精，辱沒了師門，那阿九便罪過了。」

「蘇姑娘真愛開玩笑。」

趙和德頓了頓。「不過咱們這兒選出來的香料行，可都是實打實的，走不得半點偏門。要麼，我也不會花了一年功夫走遍大江南北了。蘇姑娘製的香，那可是我都不捨得全用了的。蘇姑娘的『龍鳳祥和』，便是宮裡的娘娘都讚不絕口，我卻到今天才知道蘇姑娘是林大人的徒弟，果真是名師出高徒。」

捧得越高，摔得越疼……

蘇白芷忍不住打了個激靈。這什麼都沒開始呢，怎麼就刀光劍影飛來飛去了？

「趙提點謬讚了。」

低調才是王道，高調死得早！蘇白芷悄悄握拳。

喬至廣凜了凜，見趙和德說完話，將目光放在自己身上，知是自己方才那番話，趙和德全聽進去了。這會兒是告訴他，他趙和德公平公正，不讓走後門了。

更是要告訴那些懷疑蘇白芷的人，蘇白芷，那也是有實力的。

一席話敲山震虎又安慰了蘇白芷，真真是……宮裡混出來的。

「這可不是。蘇姑娘小小年紀便能經營香料行，短短三年將瑞昌做到建州數一數二，那可是大本事。」喬至廣立刻就坡下驢，替蘇白芷又加了把火。

整個形勢扭轉直下，蘇白芷一下成為眾人的焦點，那一雙雙好奇的眼睛盯得她自己都覺得身上要多很多洞了，就連沈君山都多看了她兩眼。

趙和德放了把火，便若無其事地將談話對象轉到了下一個人，直到整個聚會結束，仍有人目光追逐著她，她面上極力坦然，心裡卻是不安。

只怕，不用明天，她蘇白芷的所有事蹟都會擺放在這些人精的桌子上了。

第二十四章

「二少爺，派去建州的人已經將消息打探清楚了。」沂源入門時，沈君山正提著畫筆，一筆一畫在描摹著。

不記得什麼時候，沈君山曾陪著母親蕭氏看過一齣戲。戲的名字他不大記得了，只記得臺上的人，嚶嚶轉轉地唱著：

偶然間心似繾，梅樹邊。

這般花花草草由人戀，生生死死隨人願，便酸酸楚楚無人怨。

待打併香魂一片，陰雨梅天，守的箇梅根相見。

從那人死後，他便一遍一遍地畫梅。紅梅似火，大片大片開了去，像是要將人也燃進去。

而畫面上，總是有一個姑娘，模模糊糊只有一個影子，著一身白衣，在紅梅間穿行。

重複著畫，每天一幅。

似乎要將那畫面，刻進腦海裡。

沂源見了，也只是打趣道：「少爺怎得總畫這個。惹得夫人總問我這畫裡的姑娘是誰，我說這是少爺虛構的，夫人還不信。」

沈君山一點點吹乾墨跡，這才對沂源道：「改日我同大少爺說說，讓你早點回他身邊去。」

「那哪成。大少爺說了，二少爺您身邊少個護衛，若是出了什麼事兒，還是我沂源有用。」

「我能出什麼事兒？」沈君山笑道。

「那可說不定。沒準兒，這畫上少爺虛構的姑娘就變了仙子，出現在少爺面前，若是到時嚇到少爺了可怎麼辦？」沂源瞅著那畫道：「越看越覺得這姑娘背影眼熟，可說不清是誰。」

沈君山撫著那畫上的背影，怔了一會兒，這才捲起來收著。

「若是真的出現了，那這世上，可真有神仙了。」

若有神仙，才會知他心思，否則……那便是個被時光永遠掩埋的秘密。

「說吧，建州回來的消息怎麼說。」他這才認真道。

「二少爺，這蘇姑娘奇了。從建州回來的消息說，蘇姑娘自小便在建州，從未踏出建州過。可她卻說小時候看過鬥香大賽……那都是在京師才有的，她打哪裡看的？那姑娘前些年落水險些死了，醒了之後，像換了個人似的，從自個兒伯父手裡奪回了香料鋪子，又不知道從哪裡學來的製香手藝，將香料鋪子經營得風生水起。若說是有師父，林大人確實收她為徒，可收她為徒短短幾天，林大人便回了京，壓根兒沒教導過蘇姑娘。」

沂源一樣樣說著，沈君山依然是嘴邊掛著淺笑。

至最後，卻是笑容一凝。

「蘇姑娘最重要的一個身分，卻是大少奶奶的堂妹。我打聽過了，蘇姑娘還有個哥哥蘇明燁是今年的建州解元，才來了京城準備會試。」

「大少奶奶知道她嗎？」沈君山雲淡風輕地問道。

「應該是不知道。蘇姑娘的父親早逝，一家人一直都在蘇家沒沒無聞，族裡人一向不大在意她們一家人的。」

雖是同姓同宗，可畢竟還是有雲泥之別的。

看蘇白禾如今模樣，便知道蘇白禾自小便是高高在上的，學士蘇清和又哪裡能記得他在建州那一門子窮親戚。

可偏偏有些人就落在了沂源理所當然的想法之外。

蘇清和不認得蘇白芷一家，可族長的面子他卻是非賣不可的。

當蘇明燁帶著族長的親筆信去拜訪蘇清和時，蘇清和顯然也是提早便得知了蘇明燁的存在。畢竟，建州多才俊，蘇明燁能在一干人才中脫穎而出成為解元，蘇清和面上也有光。

而更重要的原因是，新任狀元郎韓壽曾經不止一次在蘇清和面前有意無意提及，他在建州的時候，學堂裡有個同蘇清和同宗的才子蘇明燁，他極為賞識，極為推崇。

便是在前幾日，韓壽還在他面前有意無意地提起，建州解元郎便是蘇明燁。

所以在蘇清和接到族長從建州寄來的親筆信，再見到不卑不亢、進退有禮的蘇明燁本人時，十分滿意，連帶著蘇明燁身邊的蘇白芷，他也一併覺得十分順眼。

秉著對晚輩提攜的想法，蘇清和略略提點了蘇明燁兩句，便有人說，大小姐帶著小少爺回來了。

蘇清和笑著對蘇白芷和蘇明燁說道：「都是一家人，雖是見得少疏遠了，可終歸還是要見面的，省得將來親人見了面，對面不相識。」

蘇明燁笑著拉蘇白芷讓到一旁，這才發現蘇白芷不知道何時，手心竟是濡濕一片，涼得很。

他擔憂地望了蘇白芷一眼，以眼神詢問她怎麼了。蘇白芷只搖搖頭說自己沒事，面色卻是依然發白。

待要再問時，一個樣貌清麗的少婦已牽著一個男孩走了進來，蘇明燁定睛一看，正是當日差點被撞的沈之宸。

「之宸給外公請安，祝願外公福壽安康。」三歲的沈之宸不論何時，都是禮節到位，此刻規規矩矩地跪下，磕了頭，蘇清和忙笑著喚他到身邊。「來來，小兔崽子，兩天都不來看外公，可想死外公了。」

「哪裡有空，之宸每日要學很多東西的吶。」蘇白禾道，見沈之宸難得放軟了身子在蘇清和身上蹭了蹭，不由心頭一酸。「夫君也不知道下的什麼狠心，這麼小的孩子，非要讓他起早練武，午時背書，都沒個閒的時候。」

「胡鬧，子不教父之過，賢婿也是為之宸的將來著想。妳說的，莫要教妳堂弟、堂妹笑話了。」蘇清和含著笑，望向了蘇明燁同蘇白芷的方向。

蘇白禾這才吃了一驚。方才她進門時是發現了這兩個人，只是蘇明燁刻意斂了身上的氣息，垂著頭，而蘇白芷素來不愛打扮自己，今日更是穿得素淨。

蘇白禾一向目中無人慣了，又怎麼會把這不起眼的兩個人放在眼裡？

「這是建州來的族中自家人，蘇明燁。而這位是……」蘇清和這才發現說了半晌，還未問及蘇白芷的名字。

蘇白芷規規矩矩地上前朝蘇清和福了福身。「我叫蘇九。」

蘇白芷一抬頭，蘇白禾倒是愣住了。

蘇清和瞅了瞅兩個人，笑道：「到底是一家人。妳們姊妹倆眉目間倒是有些相似。」

那一瞬間，蘇白芷突然想要仰頭大笑。

豈止是她們姊妹倆之間有些相似，蘇白禾那張臉、五官竟與宋景秋有些神似。

前輩子宋景秋一把火燒死了自己，沈君柯憎恨她，想必，她死後，他更是厭惡她到了極點。

可偏偏，他娶回的新娘竟像那個死去的人。這樣一個枕邊人，是不是會日日夜夜折磨著他？

怪不得……怪不得她變為蘇白芷不長的一段時間裡，姚氏便說過，沈君柯同蘇白禾成婚不久便不停地爭吵。她不免陰暗地想，對著自己不喜歡的一張臉，所以一向冷靜的沈君柯也不淡定了？

可是……為什麼偏偏是這樣的一個人，他們卻在成婚不久便有了孩子？

心裡的不甘竟在片刻就翻湧上來。

她縱身火海，他被翻紅浪。

宋景秋啊宋景秋，到底意難平。

袖中的手不知不覺又握成了拳。蘇白芷連忙低下頭，深呼吸幾回方才放平心態，作勢低頭道：「學士大人說笑了。蘇九乃是蒲柳，哪及將軍夫人天人之姿。」

不是伯父，不是堂姊，而是學士大人、將軍夫人。這距離拉得更遠，可也表現了她的足夠恭敬。

蘇白禾一笑，對蘇清和說道：「二位同宗長得倒是清麗得很，從建州遠道而來，是要……經商？」

那略略抬起的頭，已經足夠表達她的藐視。

蘇清和身居高位，時不時便有同宗上門認親，她自小便習慣了。不冷不熱，已經是她能表現的最好程度了。

蘇明燁見蘇白芷面色泛白，這會兒蘇白禾的態度又表現得足夠嫌棄，他仍是恭恭敬敬地答道：「明燁此回上京是為應試。」

轉身卻是對蘇清和說道：「明燁今日還有要事在身，容明燁先行告退。」

蘇清和點了點頭道：「若是在京中遇到了難事，可隨時來府上尋我。」

蘇明燁攙著蘇白芷道了謝，兩人正要告退，那蘇白禾忽然腦子一亮，對著二人喊道：「等等。」

蘇白芷腳一頓，就見蘇白禾繞到了蘇白芷跟前，揚聲問了一句：「方才妳說，妳叫什麼？」

「蘇九。」

「蘇……九？」蘇白禾沈吟道，側過頭問隨她回來的婆子。「今日沂源對少爺說，參加御香坊鬥香大賽唯一的那個姑娘，叫什麼？」

那婆子連迎上來，想了半晌方才說：「建州蘇家瑞昌香料行……蘇九。」

蘇白芷面上已是白了一半，蘇白禾厲聲問道：「那人，可是妳？」

「是。」蘇白芷點頭道。

蘇白禾輕笑了幾聲，方才沈臉道：「真是大水沖了龍王廟了！妳可知十里香風，是我夫家定國公府沈家的產業？」

「我知道。」蘇白芷低聲道。

「妳知道？妳知道還來參加這御香坊的評選？」

蘇白禾的聲音不由尖銳了幾分，隨即掃視了蘇白芷幾眼，語氣裡不免帶上幾分輕蔑。

「既是一家人，那還跟自家人搶？」

蘇白芷本就覺得身體不適，蘇白禾一步步逼上來，她心裡也覺得煩躁。怎奈蘇清和在背後看著，到了益州這地界，她不太敢造次，只能低低說了一句：「我只知道，我姓蘇。」

「妳……」蘇白禾被一句話噎回來。這小姑娘看著弱不禁風，一句話卻是切中要害。都說嫁出去的女兒潑出去的水，嚴格說起來，她這會兒算是沈家人，算不得蘇家人。這一句「我姓蘇」，是告訴蘇白禾，她這也是為了光耀蘇家門楣呢。

她一口氣上來，在娘家被嬌寵的性子一時發作，這會兒更是在娘家的地界，她越發有恃無恐，一個巴掌便揚起來。

蘇白芷偏了偏頭，便聽到蘇清和在背後吼了聲：「禾兒，這是做什麼！」

蘇白禾這才發現，自家兒子不知道何時已經站在自己的面前，那雙黑白分明的眼睛正瞅著自己，時而看看蘇白芷。

蘇白禾放下手，冷哼了一聲道：「我見妳年紀小，或許妳並不知道，十里香風奪得十幾年的御香坊。若是將來妳輸了，也好輸個明白。到那時候丟臉，不如提早撤了，也省得丟蘇家的臉。」

「謝將軍夫人提醒。」蘇白芷老老實實給她福了福身。

那個孩子的眼神太純淨，她也不願把場面弄得劍拔弩張。「方才夫人也說了，阿九年紀尚且還小，若是阿九此回奪不到御香坊，想必也不會有人笑話阿九，阿九也只當是來見了世面。若是阿九僥倖，得了御香坊……」

蘇白芷含笑道：「那也是光耀蘇家的一件大事兒，到時候若是族裡擺酒慶賀，阿九必定恭恭敬敬用轎子到定國公府，請堂姊姊過府喝杯慶功酒。」

若是她還沒死，哪還輪得到蘇白禾教訓她？蘇白芷淡笑。即使宋景秋死了，她也不願意接受那樣的稱呼，可蘇白禾還是得正經叫宋景秋一聲「姊姊」——於情於理，她哪裡容得了蘇白禾趾高氣揚？

身子越發不適，由冷變為發燙。蘇明燁眼見蘇白芷有些搖晃，蘇白禾卻咄咄逼人，連連感嘆傳聞不假。這蘇白禾依然如小時一般，氣性極高。到了如今，卻是有些無理取鬧了。

「明燁兒時便聽父親提起學士大人，父親極為推崇學士大人年少時所說過的一句話：『少年人當走四方，即使敗了，亦是美事一樁。』妹妹如今也是盡力嘗試四方苦樂，便是敗了，亦是勇者。」拿著蘇清和的話壓住蘇白禾，這一回，她該沒話說了吧？

蘇明燁笑了笑，再次同蘇清和說聲告退，兩人走了不遠，便聽到蘇白禾恢復到平和狀態的叫囂。「那我便看看，妳是如何，做這嘗試四方的樂者。」

蘇白芷腳步微微一頓，當那陣頭暈目眩猛襲而來時，她一手撐住蘇明燁，硬是不疾不徐地走出了學士府。踏出門檻時，已是一身冷汗。

「妹妹，妳怎麼了？」蘇白芷耳邊聽著蘇明燁焦急地問著，眼前的蘇明燁卻是幻化出無數個影子，她勉力笑道：「不打緊，想必是初來京師，有些水土不服。最近忙著店裡的事兒，大約也是累到了。」

蘇明燁忙道：「妳打小身子便不好，落了水之後更是如此，若是再累到了，患了一身病可怎麼辦。今兒個回去好好歇著，我給妳把把脈，開點補氣益血的藥讓妳吃吃。」

蘇白芷點了點頭，隱約覺得自個兒似乎忘記了一件很重要的事情，可那念頭一閃而過，她頭疼得厲害，索性不去想。

等過了幾日，瑞昌裡頭的生意都上了正軌，她獨自一人前去拜訪韓斂時，卻出了事兒。她已是出門一會兒，那熟悉的暈眩感來襲時，身旁沒人扶持。蘇白芷連忙要站到路邊上，怎奈步伐未動，下腹隱約一熱，蘇白芷暗道一聲不好，身子一滑，便已不知人事。

等到醒來時，蘇白芷才發現自個兒處在一陣氤氳的香氣之中，寧靜舒心得很。雖只是馬車，可馬車裡的布置卻足以告訴他人，馬車主人身分的顯貴——僅僅看了個頂棚，她便下了如此判斷。

身上蓋著白色的貂皮毯子，身子略略一動，她這才發現，腕上還有人搭著她的脈。

「阿九妳醒了。」見蘇白芷睜了眼，那人收了手，自個兒挪到了茶几邊上，低聲道：「若是醒了，便來喝杯熱茶，暖暖身子會覺得舒服些。」

「我怎麼會在這裡……」分明是倒在街上了，怎麼如此不湊巧，竟在韓壽的車上？

一旁的韓平見蘇白芷起了身，卻是有些迷茫地犯呆，忙笑著解釋道：「蘇姑娘今兒個是運氣好，咱們那會兒恰好從廣達源出來，見著蘇姑娘暈倒在地上，便把蘇姑娘扶上了馬車。」

「謝謝……」蘇白芷低聲回道，心裡卻是窘迫得不得了。

千算萬算，沒把自個兒身體狀況算進去。上一世宋景秋的癸水便來得晚，旁人十一、二歲便來了，她直到十五歲才來，結果這一世，蘇白芷的癸水來得更晚。旁人痛得個要死要活，她倒是好，只是行動受了拘束，其他依然吃什麼都香。

以至於最近蘇白芷的身子不適，她也沒往那個方向去想……好死不死喲，如今痛得倒了，更要命的是，她暈了有一段時間了。

身上衣裙可髒了？可被人瞧見了？如今怎麼從這個車上離開？

若是被看見了，她是不是要投河以遮羞顏？

天啊……

蘇白芷不自然地又往馬車角落裡挪了挪。韓壽瞧了她一眼，吩咐沂源道：「韓平，去前頭跟老李說說，咱們改道去羽衣坊。」

「好。」韓平得了令，也不問為什麼，打了簾子便坐到馬車前面去了。

馬車平穩地走著，整個車廂裡卻是沈悶得很。韓壽自發了話，便獨自一人品茗香茶去了，蘇白芷窩在角落裡，心裡暗潮洶湧，琢磨著該以怎樣的姿勢，華麗地躲開這幾個男人的眼睛離開馬車。

心裡繞了十八彎，卻沒個準兒。

等到蘇白芷想到要殺韓壽滅口時，那馬車已經到了羽衣坊的門口。

羽衣坊——韓家另一個產業，成衣鋪子，以用料精細、價格昂貴著稱。一件衣物，抵得上普通人家幾個月的開銷。

韓壽撩了簾子，對著馬車外的韓平說了會兒話，不一會兒，韓平便拿了件鑲金邊的錦緞繡花斗篷進來。

韓壽遞給蘇白芷，低聲道：「欸，妳身體這麼差，出門要懂得禦寒啦。披上斗篷，不會冷……」

他說著，自己的臉上卻是一片暈紅。

蘇白芷愣愣地接過斗篷，正不知所措，韓壽又道：「蘇九妳這個傻子……方才都暈倒在地了，想必袖子處沾了不少灰。要不然，要不然，妳還是到羽衣坊中挑一、兩件合身的衣服換上？」

他頓了頓，終究臉上現出了一些不自然。「羽衣坊中多為女子，想必能為妳挑一套中意的……」

這話繞了千千萬萬個彎，待蘇白芷明白時，臉唰一下紅透。誰說韓壽不懂啊，這廝分明懂得很。

可他繞了半晌，卻是為了替自己鋪好臺階。

蘇白芷訕訕地披上斗篷，挪開眼睛不看韓壽。

「今日不去百里香了，你要是方便，能不能順道送我回家？」羽衣坊門前來來往往許多人，不乏京師的達官貴婦，韓壽又不是普通人，若是她從馬車上下去，指不定明兒便成為京師閨閣之中的談資，她並不想給自己找麻煩。

韓壽點了點頭，趕忙吩咐韓平換了方向。

蘇白芷攏了攏身上的斗篷，這才疑問道：「方才是你在為我把脈？你什麼時候懂醫術了？」

「老頭子教過我。」韓壽淡笑道：「學藝不精，可是，把個……脈，還是可以的！」

「喂！」蘇白芷低聲抗議，垂了眸子，肚子又是一抽，手不由自主便移向了小腹處。

韓壽品著茶，眼角瞥見蘇白芷的臉又白了幾分，趕忙道：「妳氣虛體寒，寒氣侵體多年，似是痼疾。四肢冰涼，想必夜眠多夢。雖是平日有注意調理，可畢竟未根除，若是長此以往，老來必定多磨難。」

蘇白芷怔了一怔，笑道：「你方才可真是過謙了。方才一會兒工夫便說了這麼多條條道道，哪裡是學藝不精。」

他所說的，蘇明燁都曾經說過。可能是自小身體便不好，又在秋涼之時落了水，險些去了半條命不說，也落下了不少後遺症。

這些年蘇明燁沒少為她費心，她如今這樣，已比從前好多了。

大約，這癸水遲來，也同那次落水受了寒有點關係。

韓壽心裡頭又是著急，腦子裡直翻這些年看的醫書，可是女子的病，他確然涉獵不多……

真是學藝不精！韓壽自我厭棄著。一眼瞅著蘇白芷，看她疼得蹙了眉，心裡頭便有個小人捶著他的心肝：你怎麼就不多學點？你這個半桶水！

不一會兒，車廂裡又變得冷清，為了避免尷尬，蘇白芷索性閉了眼睛裝睡。

等到了家門口時，倒是韓壽喚醒她。她趕忙收拾了東西便往家裡跑。

待回到房間關上門，蘇白芷捂住自己臉，險些哭出來：啊啊啊啊啊，怎麼就讓韓壽瞧見了！換作誰都好，為什麼是他，怎麼能是他？

大齊男子多將女子癸水視作不祥，韓壽會不會也嫌棄她？

她心思難定，撲在枕頭上，怎麼都不肯再起來。

癸水一來，便是神仙也擋不住那個疼痛。

蘇白芷在家疼了幾天，幾乎下不了地。姚氏又是心疼、又是好笑地看著她在床上打滾，給她裝好了湯婆子讓她抱著，老母雞湯煨著，就讓她好生休養了幾天。

姚氏撫著她的腦袋道：「我家阿九都成大人了，娘要給妳尋思著找婆家嘍。」

蘇白芷痛得都有氣無力了，哪裡還管姚氏說什麼。

其間韓壽又來了幾次，每回都被靈雙攔在了門外，韓壽隔著門，想了半晌便明白發生了什麼事兒，表情複雜地回了宅子，第二天，便讓下人送了許多補氣益血的食物藥品來。

蘇白芷看著那一大簍子的烏雞，大約有二、三十隻，一口氣差點背過去。那麼多烏雞，她一家人一日三餐吃，也得吃一個多月吧？

姚氏瞠目結舌，看著那些烏雞嘰嘰喳喳了半晌，手足無措。幸好賃的房子大，蘇白芷揮了揮手，讓底下的婆子在後院築了籬笆，只當放養烏雞了……

癸水過了幾天，她仍是不願意見韓壽——男人懂太多，不太好吧？

更何況，蘇白芷隱約知道，韓壽能對一個女人這麼瞭解，是來自於何處。她第一次見他，他的身上還帶著脂粉味兒。如今即使成了狀元郎，也磨滅不了這個事實——讓人心底裡些許不舒服的事實。

等她終於沒有負擔地重見天日時，已是好幾天以後。她驚覺距離趙和德定下的辨香日越發近了，可她暈暈乎乎了幾天，壓根兒沒去做功課，連忙揣上韓斂給她的《韓氏名香譜》，去尋韓斂指點迷津。

走到半路時，一輛馬車疾駛而過，蘇白芷躲閃不及，險些被壓在那車輪底下。

她齜牙，只道自己這幾天運氣真的頗差。等她想起身走動時，卻是苦了臉：痛啊……混蛋，誰在大路上橫衝直撞。

馬車上乍然下來一個人，她抬了眼看，白衣飄飄的沈君山就站在她的跟前，萬分抱歉道：「蘇姑娘，真是對不住。這馬方才受了驚，在路上狂奔起來。不想卻撞著了姑娘，真是對不住……」

蘇白芷苦著臉想：她一定上上輩子欠了沈家太多錢，這兩世才會受他們虐……

蘇白芷直到黃昏才回到家裡，沈君山中途帶她去了自己的藥廬，替她好生包紮，見她不能行走，又親自送她回來。

只是她剛一落地，便看到韓壽黑著臉站在她家門口，再看到沈君山，那黑了一半的臉徹底全黑了。

見蘇白芷面色蒼白，在韓壽身邊的靈雙連忙扶過她來，埋怨道：「小姐上哪裡去了，差點讓咱們急死。一大早便說要上韓公那兒，可偏偏韓大人來串門時，又說不見小姐。韓大人來來回回找了幾個地方，就是不見小姐蹤影。我們正擔心小姐別是出了意外呢！咦，小姐您的腿怎麼了，還有這斗篷……」

蘇白芷扯了扯身上的斗篷，低聲道：「回去再說。」那一廂卻是向沈君山福了福身。

沈君山擺了擺手，見韓壽仍站著，只略略點了頭，打了個招呼，便上了馬車離去了。

蘇白芷見韓壽還黑著臉站著，想著他許是急壞了四處尋她，不由心裡一軟。

若是對著他解釋，又覺得唐突了，便轉頭對靈雙道：「方才在街上不慎……跌了一跤。身上的衣裳也破了。好在遇見了沈二公子，他送我去了大夫那兒，又送我回來。」

韓壽也不說話，只睜著一雙眼看她。

直到蘇明燁回來，蘇白芷方才得知，今日韓壽為何見著沈君山便黑了臉。映天書院裡學子都是全國一等一的高才，一大半都是日後的國家棟樑，自然，消息來源也更多、更加可靠。在閒時，學子們聚在一起，私下裡交好的，便會提及一些秘聞。

蘇明燁總結的便是，當朝宰相薛居正向來同定國公沈研政見不合，關係交惡，為官清正不阿的薛居正甚至有幾次，當著百官的面怒斥沈研賊子野心。

而韓壽，說白了，是站在薛居正這一方的。

「雖是如此，可沈君山畢竟不是朝中人。」蘇白芷低聲道。

蘇明燁亮著一雙眼笑道：「他既姓沈，便要擔得起這個姓氏。」

第二十五章

沈君山全神貫注地看著手上的《千金要略》，就連沈君柯進了門也毫不知曉。沈君柯咳嗽了兩聲，他才回過神來，低低叫了句「大哥」。

沈君柯瞥了眼他手頭的書，見他手邊一碗藥都放涼了，卻未曾動過，抬了眉責問沂源。

「讓你好生照顧二少爺，你就是這麼照顧的？」

沈君山擺了擺手。「不關沂源的事兒，是我看書看忘了。我這就喝。」

「藥都涼了，讓人再煎一碗便是了。」沈君柯抬眼，沂源打了個寒顫，連忙端起藥。

「我去廚房喊張大娘。」

沈君柯這才滿意地點了點頭，環顧四周，沈君山的屋子裡簡約得很，繁雜的擺設一點都沒有，倒像是沈君山的個性。

這個弟弟，打小便不在家，回來之後，自個兒選了這麼個偏院住著，原本偏院裡還有那麼幾個人，到了後來，那幾個丫鬟不安分，總是圍著沈君山轉，沈君山被攪得沒辦法，將丫鬟都遣了，這才清靜下來。到了後來，身邊連個服侍的人都沒了，只剩下一個沂源還是他硬塞給他的。

「張聖手囑咐過你，這養身的藥於你有益，你可莫忘記喝了。」沈君柯叮囑，見沈君山手上仍是抓著醫書不放，皺著眉道：「就連大夫都說你的身子不宜操勞，你怎麼總不聽勸。十里香風裡，你說要當製香師傅，我也已經讓你去了。如今看這麼多醫書，莫非還想當大夫不成？」

「久病成醫。」沈君山笑道：「正好我對這些也有興趣，便隨便看看。」

沈君山與他不同，他在戰場上風吹日曬，沈君山卻是一出生便險些被人害死，磕磕碰碰好不容易長到三、四歲，又被人下了毒，被沈研連夜送去神醫張聖手處，直到快成年了才回來。

原本再回到定國公府，沈君山的病也好得七七八八，可偏偏那場大火……

他只記得沈君山當日衝進火海，抱著宋氏的屍首發了許久的呆，看向他的眼神便有些不太對勁。

等過了幾天，沈君山便突然病了。吐了幾口血，大夫只說，他舊病犯了。開了養身的藥，卻一直沒斷過。

沈君柯心裡有些難過，想起小時候的事兒，更是心有餘悸。

「你出生時身體便不好。若是那時候，不是你替我喝了那碗綠豆湯，你的身子也不致如此……」

原本下毒的人是要毒死沈君柯的，陰差陽錯，卻害了年幼的沈君山。他每每想起，都覺得甚是對不起這個弟弟。

沈君山搖了搖頭，低聲道：「哥哥莫要這麼說。如今我的身子早就好了，我好歹也是半個大夫，我自個兒的情形也知道，你莫要擔心了。」

一句話說完，又沈默了。沈君柯只道兄弟大了，便不大愛說話，想起兒時沈君山還是小不點時，還總愛跟在他後頭喊哥哥，如今兄弟倆反倒不如從前了，不免唏噓。

見沈君山手邊那高高的一沓醫書，翻得書都起了毛邊，想必是看了又看，這才想起來，家裡的下人白日裡同他說過，沈君山今日駕著馬車到羽衣坊中取了件貴重的斗篷，似是送給了什麼女子。

母親近來也總是問他，知不知道君山心裡是否有中意的女子。他哪裡知道？

沈君柯作勢要起來，誰知道沂源慌慌張張地端著藥跑進來，險些同他撞了個正面，那藥湯更是潑到一旁的畫筒裡，沈君柯連忙把畫取出來，仍是有一幅畫濕了個遍。

定國公府的下人們都知道二少爺沈君山性格溫和，可沒有一個人能碰他的畫筒——大家都知道，沈君山寶貝他的畫。

沂源本就是個大老粗，情急之下下意識地作了第二個錯誤的決定，便是拿起那幅濕掉的畫攤開。

沈君山一個箭步不及，那畫已經全部呈現在沈君柯面前。

大片大片的紅梅，當中有一道清麗的白影子。

「二少爺……」沂源委屈地看著沈君山，那紅梅暈染開，那白色的佳人背影如今也是血紅一片。

沈君山怔怔地望了一會兒畫，趁著沈君柯還未細看之前，從沂源手中奪回畫，三、兩下，卻是把畫撕了個乾淨，扔進了簍子裡。

「這畫壞了，不要了。」沈君山嘴邊仍是掛著笑，可手卻微微地抖著。

沈君柯這才怒斥道：「什麼事情慌慌張張的，我看你是年齡越長，做事越不妥。趕明兒個若是再犯錯，就把你趕到軍營裡，去當伙夫！」

這個威脅夠狠。

沂源抖了抖身子，忙跪下來道：「大少爺，我方才從廚房裡出來，聽張大娘說，大少奶奶前幾日不知道為何大發脾氣，將李嫂從洗衣房裡喊出來大罵了一頓，又讓那些丫頭、婆子把所有的衣服都給李嫂洗，旁人都幫不得忙。李嫂歲數大了，卻愣是洗到了半夜，下半夜，便直接病倒了。今天方才有些好轉，少奶奶卻要將她辭退。李嫂是跟著……宋小娘子入定國公府，早已無依無靠……」

他話還沒說完，沈君柯和沈君山兩人已是帶著怒氣衝出了房門。

蘇白禾正悠閒地在後花園裡餵著錦鯉，遠遠就看到沈君柯、沈君山兩兄弟走來。

沈君柯十天半個月不上她那兒一次，她連迎上去，喊道：「夫君，小叔子。」

那臉上的笑還未盛開，卻被沈君柯打斷。「李嫂呢？」

蘇白禾的臉僵了僵，勉強道：「被我辭退了。」

「她去了哪裡？」沈君山道。

「左右不過是個下人，還不是咱們府裡的人。如今年紀大了，做起事兒慢手慢腳，我還要她幹麼？她出了府，能去哪裡，我哪裡能知道？」蘇白禾勉力讓自己語氣平穩，卻被沈君柯眼裡的陰寒震了一下。

「左右不過是個下人？如今妳連一個下人都容不住了？」沈君柯逼問道。

「我……」蘇白禾挺了挺背，十日不見沈君柯，她想極了他，這些年，她學會了在他面前收斂自己的傲骨。「夫君，你誤會了。我也是見李嫂年紀大了，若是再在府中幹活也是力不從心，便讓她領了筆銀子回家養老去了。」

沈君山眼見著兩個人唇槍舌戰，不免覺得厭煩，低聲說了句「我出去找找」便離開了。

沈君柯不怒反笑，看著蘇白禾道：「妳明知道李嫂早已無家可歸。妳讓她離府，便是斷了她的生路。蘇白禾，這些年，妳處處找她麻煩，我只當沒看到。我想著，妳也總有累的一天，可我真沒料到，妳忍了三年有餘，終究還是忍不住了。」

那種笑，像是看盡了她骨子裡最醜陋的一面，蘇白禾忍不住打了個寒顫，在沈君柯轉身離去之時，終於爆發出來。「沈君柯，你究竟是心疼這個下人，還是放不下原先住在園子裡的那個賤人？過了這麼些年，你究竟拿我當什麼？」

蘇白芷從韓斂處出來，信心得到極大的膨脹。

就在方才，她將自個兒近來製的香給韓斂品評，韓斂閉著目，半晌後輕輕說了句「好」。

自從她在韓斂處學習，獲得的大多全是批評，這個「好」無異於無上的誇獎，蘇白芷心裡頓時美滋滋的。

此刻抱著書，她才突然想起韓斂說的其他幾句。

「可別自大。這廣達源、大興盛都不是徒有虛名的，更遑論有實力、有靠山的十里香風。沈家二公子沈君山自小便師從名醫張聖手，對於藥材的把握不是妳能比的，後來不知道為何，突然又向張聖手的師兄學習調香之術，短短幾年便有這般成績，不容小覷。」

「名醫……」她只知道沈君山身體不大好，還不知道他是名醫的徒弟，怪不得當天他還能替她包紮……

想起當日的窘態，蘇白芷臉一紅，當日著急解圍，那件價值千金的斗篷她披著也就算了。過了這麼幾日，總要還給人家才是。

回家拿了斗篷，便往十里香風走去。

走到一半，卻看到一群人圍著，嘰嘰喳喳地，她也不太在意，奈何這群人堵著路，她只能繞開。

走到那圈圈外，正好有個乞丐樣子的男孩拿著個有些舊舊的包裹往外走，邊走便嚷嚷道：「這個老婆子，身上也沒幾個銀子，若是要幫她喊大夫，這些銀子怕是不夠。」

「造孽喲，一個老婆子，發著燒在街上走。我看她在街上晃蕩了半天，像是不知道要上哪裡去。」另外一個乞丐憐憫道：「街頭就是醫館，咱們趕緊幫著喊人去。」邊走，卻是往包裹裡掏東西，蘇白芷好奇多望了幾眼，一瞬間卻愣住了。

乞丐掏出的帕子……正是當日她送給李嫂的。那是她的東西，她自然認得出來。

「李嫂……」她突然發了瘋一般往裡闖。

李嫂靜靜地躺在地上，那一瞬間，蘇白芷的淚突然就掉了下來。

到了京師之後，她一心一意想要將十里香風踩在腳下，幾次想起李嫂，卻不敢去尋她。這樣的一副身子，她不知道如何跟李嫂解釋。

她曾讓人打聽過，李嫂一直在沈家，她以為，李嫂至少不會過得太苦。

李嫂是宋景秋在這個世上最後的一個家人……最後的一個家人……

四年不到，她老了十歲。

四年不到，她靜靜地躺著，似是睡過去了。

漫長的一段時間，她幾乎忘記了自己還在鬧市區。一眾人看著她，她卻渾然未覺，直到乞丐找來的大夫宣布，李嫂過去了。

發燒數日未得到有效醫治，又過度勞累，油盡燈枯……

宋景秋在世上的最後一個親人，死在她的懷裡。她隱約記得李嫂其間醒來了片刻，嘴角動了動，迷迷糊糊地喊了句「小姐」。

而她，便是在那時，附在李嫂的耳畔，字字句句地說：「李嫂，我是秋兒，秋兒回來了。沈家欠我們的，我一定全部拿回來。」

對於沈家的恨，在這一刻，全部爆發出來。

沈君柯，你竟連一個老人都容不下了……你既容不下她，便放她走，為何，為何如此折磨她？

她獨自發著呆，直到有人喚她。

「蘇姑娘？」

她一抬眼，便看到眼裡全是疑惑的沈君山，他在看向李嫂時，眼神閃了閃。

「蘇姑娘認得李嫂？」

「李嫂……」蘇白芷看了看李嫂，面無表情地搖了搖頭道：「不認得。只是覺得，這樣的一個老人家，病死街頭，委實可憐罷了。」

心裡痛到極致，流不出眼淚。

「這是我家人……」沈君山低聲道：「還是交給我處理吧。」

蘇白芷茫茫然地點了點頭，起身時，身子搖晃了片刻，沈君山虛扶了一把，卻被蘇白芷推開。

環視四周，蘇白芷在人群中，看到那張熟悉的臉。

薄唇薄情，薄情至此。

沈君柯呀沈君柯……

蘇白芷直直地看著他，直到沈君柯感覺到她的視線，她仍是目不轉睛地看著他。

沈君山只覺得身邊一向眉目清淡的姑娘，周身突然散發出冷冷的戾氣，那眼睛更是帶著恨意狠狠地盯著沈君柯。

片刻後，蘇白芷突然陰惻惻地笑了，帶著一股讓人懼怕的天真表情，抬著頭望著他，低聲問道——

「二公子，不若，咱們來賭一把吧？」

「打賭？」沈君山愣了一愣，片刻後方才苦笑道：「不論是家訓也好、師訓也罷，君山從不碰任何賭。更何況，如今家人出了事兒，君山怎能有心同姑娘打賭？」

蘇白芷微微抬頭，趁著沈君柯走近時，嘲諷般反問道：「都道定國公仁心無雙，二公子既是將這老人家當作自家人，如何能讓家人在病重之時流落街頭？又如何能讓家人無人看顧，猝死街頭？」

最後看了眼地上的李嫂，蘇白芷心一痛，低聲道：「若是二公子當真慈悲，便將這老人家好生安葬，便是一床草蓆，也不致讓老人家曝屍街頭。」

再無二話，她離開人群。

她從來就不是救苦救難的觀世音菩薩，她沒有這樣的大神通。她只想撲在李嫂的身上，想同她說說這幾年自個兒的經歷，可就連這樣的機會，她都不再得。

就連李嫂的屍身，她都沒辦法理直氣壯地領回。

那一刻，她幾乎想狠狠地甩沈君柯一巴掌。可若是那樣，她只怕會被當作瘋子。身旁還有個冷靜至此的沈君山，她如何能輕舉妄動？

蘇白芷輕輕地笑了，來日方長，好戲正要開鑼……

沈君柯，這一回，賭不賭，全不由你。

「小姐，又有一家香料行送來拜帖。」靈哲將帖子放在蘇白芷面前，蘇白芷隨意翻了翻，這才問及這個月的營業如何。

孔方托著下巴笑道：「有我在，哪裡能差。這回倒是託了蘇族長的福，在咱們來之前，他便來了信件，蘇家在京師也有幾間產業，掌櫃的都頗有名氣，那幾個掌櫃帶我繞了一圈，我認得了不少人。這會兒生意漸漸有了起色，再加上，少爺將咱們的香墨帶了去學堂，旁人聞著都歡喜得很，這幾日，來咱們鋪子裡買香墨的人多了許多。假以時日，沒準兒這全京師的學子都能用上咱們的香墨，這可是筆很大的收入。」

蘇白芷扯著嘴角笑了笑，孔方見她近日一直怏怏不樂的樣子，隨口玩笑道：「若是殿試的考生都是用咱們的香墨，聖上聞著歡喜了，咱們或許還能變作御墨坊。那可是長臉的大事兒！」

靈哲附和道：「這京師裡的香墨坊我都去過，唯獨咱們的墨是最特別的，別人都仿不去。」說著才想起什麼，連忙將懷裡的信遞給蘇白芷。「今日來了兩封信。」

蘇白芷看了一會兒，皺了眉頭思索，孔方還以為建州出了什麼大事兒，連忙問怎麼了。

「劉師傅說，咱們前腳離開建州的當天，有人到了咱們的香品鋪子裡將咱們的香墨全部買走了。」

「那不是很好！」孔方撫掌道：「若是全買了，那咱們可是賺了上千兩銀子！」

蘇白芷怔了怔，老劉頭信上說，當日到鋪子裡買香的是個著墨色衣裝的俊朗男子，旁邊一眾人護著，就連老劉頭見了都覺得那公子高不可攀，半分不敢冒犯。

那男子在鋪子裡轉了一圈，問了老劉頭一句：「蘇姑娘何在？」老劉頭說他當日被男子的氣勢一逼，腦子一熱，便說了蘇白芷在京師的消息。

老劉頭信中如是說：

「男子略略問及鋪子的情況，老頭只覺得，那暖香極為適合他，推薦之。男子一聞，竟輕笑數聲，帶走香墨後，暖香卻未曾動過半分。待老頭回神，方才發現那男子添了香墨雙倍銀兩，追出鋪子時，已不見男子身影。老頭直覺此人與姑娘相識，遂特此告知姑娘。」

這般男子，蘇白芷只見過一人。

只是在晴煙山的那人，如何又入了中原？

忙不迭地又開了第二封信，這一看，眉頭更是緊皺。

是顧雲來信。信上說，蘇明燦近日在建州被人逼債逼得沒法子，顧玉婉幾回回到娘家哭哭啼啼說要和離，怎奈御史大人氣曹姨娘之事，更不願搭理顧玉婉，顧玉婉索性絕了那條心。

兩夫妻一商量，建州是待不下去了，遂決定投奔京師的親戚。

這封信是半個月前發出，若是蘇明燦腳程快，這會兒只怕已經到了京師。而蘇明燦口中所謂的親戚，或許便是蘇清和？

想必蘇清松再狠心，也捨不得這個唯一的兒子受苦，所以特地讓他來管理京師的產業。

這夫妻倆可是攪渾水的厲害角色，哪裡乾淨往哪裡攪和。這樣一來，想必蘇清松最後的產業都要敗在蘇明燦手上了。

蘇白芷這麼一想，不由解了眉頭，低聲喚來靈哲，在他耳旁耳語了一番。

第二十六章

十天後，兩頂轎子停在了定國公府的門前。

顧玉婉下了轎子，前來迎接的丫鬟謙順有禮地福了福身，笑道：「堂少爺、夫人一路辛苦。」

蘇明燦一路顛簸，才休息了不到一天。若不是自家老頭唸了多回，這會兒他也不會硬著頭皮上定國公府討臉面。

蘇清和雖是學士，可蘇明燦一肚子只有壞水沒有墨水，若是讓他去蘇清和那兒討個差事，必定是討不得的。蘇清松特地打聽了，如今蘇白禾的相公沈君柯位列將軍，底下有個管糧草的差事能混點油水。

可如今看到這漂亮丫頭，休息不足的哀怨不免消散了許多，連擺上笑道：「有勞姑娘。」

顧玉婉狠狠地剜了蘇明燦一眼，提醒他老實一些，自個兒跟著丫鬟往裡走。

那定國公府，比起蘇明燦府邸不知道大了多少，就連顧刺史的府邸都未必有定國公府一半大。蘇明燦看得咂舌，顧玉婉連忙拽了拽他的袖子，低聲道：「今兒個來是為了你的差事著想，若是你再壞了事，我定要同你和離。」

她來京師之前，蘇清松便說過，京師的脂粉鋪子如今交給顧玉婉打理，蘇明燦碰不得半分，只能去尋差事，若是尋不得差事，便是餓死在街頭也不許搭理。

蘇明燦身上沒有半分銀子，被逼得沒法子，這才跟著她來了定國公府的。

兩人走了不多時，便聽到前頭一陣鶯鶯燕燕的笑聲，亭子裡坐著三、四個夫人。丫鬟說了句「請稍候」，便將二人撂在一旁，徑直過去同蘇白禾耳語了一番。

蘇白禾略略抬了頭，見二人在遠處站著，又同其他人調笑了一番，好一會兒，才帶著歉意起了身，走到蘇明燦身邊道：「燦哥兒幾年不見，媳婦兒都娶了。唔，這弟妹長得可真水靈……」

那雙眼睛卻是看著顧玉婉的鞋子。近日多雨，顧玉婉從建州初來乍到，壓根兒沒帶多餘的鞋子。方才出門時，更是不小心踩進污水裡。她當時皺了眉，想著時間緊迫，便沒換。

在一身錦衣的蘇白禾面前，她突然覺得自己降了好幾個品格——像極了窮酸親戚投奔富豪親戚。

她略略動了動自己的腳，盡量藏進裙子裡。那一廂，蘇白禾已淡然一笑，恍若未見一般，拉過顧玉婉的手道：「弟妹遠道而來，想必極為辛苦。正好今日我有幾個好友過府一聚，我介紹給妳認識。」

蘇明燦張了張嘴，蘇白禾又道：「父親已經將你的事告訴將軍。將軍這會兒在見同僚，你隨小廝先去前廳等一會兒。」

顧玉婉方才落坐，幾個夫人已經笑開了，其中一個笑道：「瞧將軍夫人從哪兒拉來這麼一個標致的美人，唔，瞧這身衣裳，像是南邊流行的款式。」

蘇白禾掐了她一把，答道：「就妳紅翡眼尖。這是我堂弟媳婦兒，方才從建州來。」

紅翡又笑：「堂弟媳婦兒都這麼漂亮，建州倒是出美人呢。」

顧玉婉略略放了心，若是比樣貌，自小她便是拔尖兒的，那是她驕傲的資本。機關算盡太聰明，反誤了卿卿情意……此生最失敗，便是選錯了夫君。

還好，自小養成的素質不變，顧玉婉連忙帶上恭敬又不過分謙卑的笑答道：「各位夫人才是真絕色。都說樣貌是天生的，可氣質卻是後天生成的。我看各位夫人，樣貌那絕對是頂尖的，可難得氣質一樣非凡，不似一般人。」

紅翡捂著嘴吃吃笑了，這才道：「瞧妳這話說的，咱們都變成了天仙一般的人物了。」

「那可不是。」一邊上穿藍衣的女子接嘴道：「近來啊總是遇到來自建州的能人，那個御香坊的大賽妳們都知道的吧？竟然還有個女的調香師。姑娘家的，調出來的香可好用！」

「前幾日我就是聽聞她家的香好，便特地隨藍玉妹妹去買了些回來用用。那味道，嘖嘖……妳聞聞，這都三天了，附著在我衣物上，香氣就是不散。」

紅翡同藍玉對視了一眼，又道：「今日我同好幾個夫人聊天，都說起這家香品鋪子，那香，決計是同別人家不同的。那調香的姑娘人也漂亮，還同我們說，每個人自身的香味不同，所配的香也當不同，若是有什麼需要，她能根據我們的特質給我們調香。喏，這就是近來她給我配的……就是價格貴了些。若是特製，就這麼點，就得好幾十兩銀子。」

「有這等好？」蘇白禾端起茶吹了吹，這才抬了眼道：「近來我二弟倒也調了幾味香，妳們若是得空便去瞧瞧唄。」

「是是是。」見蘇白禾隱隱動了怒氣，紅翡連收了話題。「二公子的香我也是極喜歡的。」

藍玉又道：「聽外面人說，那姑娘可是御香局林大人的關門弟子，我本以為只是徒有虛名罷了。前日去看了看，的確不同。這幾日，她家的生意見著好了，許多夫人指名要她的香，若是去遲了，還得排隊。外頭人都說……」藍玉本就是個潑皮的性子，不比紅翡謹慎，這會索性掏了個空，道：「外頭人可都說了，這瑞昌的香比起十里香風的好！」

「藍玉妳嘴巴越發關不住了。」身旁另外個夫人白了她一眼，道：「十里香風可是御香坊，誰的香能比？」

「瑞昌？」顧玉婉聽了一會兒，心裡越發冷笑：這小娼婦，到了京師不長時日，倒是已經不安分了。

她一旁卻是瞥向蘇白禾，假裝驚訝道：「堂姊莫非不知，瑞昌可是咱們蘇家的產業。各位夫人所說的那位姑娘，正是我夫君的親親堂妹，蘇九。」

「自家人？」藍玉睜圓了眼睛，詫異道：「將軍夫人好福氣，便是堂妹，也這般有才華。這倒也好，外頭可傳瘋了，今年的御香坊比試定當精彩異常。外頭都賭開了，原本大家都不太看好瑞昌，可就在昨日，有個人下了一萬兩的賭注，賭瑞昌能贏。若是一家人，倒不怕是誰贏誰輸了！」

「可不是，真是邪門了。名不見經傳的瑞昌倒是成了大熱門，反倒是廣達源等大商行不聲不響。」紅翡道。

蘇白禾隱隱動了怒氣，索性起了身道：「外頭人愛賭咱們可管不著，那都是賭他們眼力見的，輸了也不能怪別人。奇了怪了，這才幾月份，蚊子便這般多。嗡嗡叫地讓人不舒服。咱們還是去花園裡走走去，賞賞花兒，莫要讓這些蚊子壞了興致。」

顧玉婉一張嘴張了又合，合了又張，初來乍到，她還抓不準蘇白禾的性子，索性閉了嘴，呆呆地又跟上了。

待蘇明燦回來，兩人到了家中，蘇明燦大發脾氣。顧玉婉這才知道，今日蘇明燦上沈君柯那兒碰了一鼻子灰。說是沈君柯清高得很，問了他幾個問題之後，便不大瞧得起他，不願意給他安排官職。

蘇明燦原本想著，是沈君柯的岳丈大人親口給他下的命令，混個好差事總是有的，沒承想變成了這樣。

他哪裡知道，沈君柯原本便是治下甚嚴，看著他一副流裡流氣的樣子便煩了心，哪裡還能給他好的官職。

蘇白禾知道後，又是跟蘇清和哭鬧了一陣，說是沈君柯折了她的面子。蘇清和無法，最終還是讓蘇明燦捐了個成忠郎。雖是個虛職，可正經也是天子腳下的正九品小官。

蘇明燦這才滿意了，顧玉婉便越發勤快地跑蘇白禾那兒。

這幾日，顧玉婉慢慢摸熟了蘇白禾，發現此人心氣高得很。她從前自傲，可從來都是斂著的，不似蘇白禾，鋒芒畢露，看著便是天之驕女的模樣。這樣的人，如何能讓蘇白芷壓了一頭。

顧玉婉索性成日在蘇白禾耳邊說蘇白芷在建州城中如何風光、如何囂張，如何將他們一家人踩在自個兒腳下，每回都是點到即止。

蘇白禾原本還不怎麼有心聽，到最後，三句倒是聽進了兩句，也只淺淺一笑。

這一日，蘇白禾卻是帶著顧玉婉到十里香風挑些香品。一進門，便見客流量同平日比少了許多，沈君山也不在，店中的主事告訴她，近日來，生意差了許多。

恰好店裡來了個夫人，帶著個小丫鬟在店裡繞了一圈，那夫人拿了兩、三樣香品瞧了瞧，側著頭對丫鬟說：「前幾日我在瑞昌那兒看中了幾品香，似是比這十里香風的香更合我心意。咱們去那兒看看吧。」

蘇白禾一股無名火蹭地竄上腦門，帶著顧玉婉便去了瑞昌。一到店門口更是怒上心頭，那店裡坐著的兩個人不正是藍玉、紅翡？這會兒正跟店裡一個長得頗為俊俏的夥計在笑著聊什麼呢。

這幾日靈哲不知道哪裡去了，店裡只孔方帶著幾個夥計。蘇白芷在後院專心製香，孔方更加不敢打擾，人流如織，生意好了，他的幹勁兒也足。

後背一涼，孔方轉頭去看，那不是顧玉婉又是誰？

藍玉、紅翡二人見了蘇白禾，吃了一驚，忙起身招呼道：「將軍夫人。」

孔方這才發現，方才氣勢逼人的便是顧玉婉身邊這一位，忙將她迎進來。蘇白禾冷哼一聲，道：「你家蘇九姑娘呢？喊她出來見我。」

孔方盈著笑臉道：「我家掌櫃的今日身子不適，不方便見客。不知道夫人有何事，需要小的轉達？」

「你……」蘇白禾上下打量他一番，垂了嘴角，十分不屑。

顧玉婉連忙道：「這可是將軍夫人，你是什麼身分，能同將軍夫人說話？」

孔方臉色不變，仍是恭敬地說道：「入了咱們店裡的皆是客。」

管你什麼官兒，入了我的店，全是我的客人，就算你是天王老子，我也一視同仁——當然，如果真是天王老子來了，我還是要狗腿一些的。這會兒，我孔方看妳不爽了！

還有妳妳妳，顧玉婉，我看妳更不爽！

孔方的心裡繞了一大圈，臉色卻是依然謙卑。

藍玉與紅翡這才上來，攔著顧玉婉道：「顧妹妹這話可小聲點。妳瞧，那頭的那位可是太師家的老夫人，來此尋香的。還有那位，那是樞密使張大人的夫人。」

這裡一個個可都是大官夫人，比起蘇白禾這個將軍夫人，不知道高到哪個段位去了。經顧玉婉方才那一句大聲喧譁，幾個人回頭來看蘇白禾，她這才發現，那幾張面孔確實熟識。斜睨了一眼顧玉婉，蘇白禾有些後悔尋了這麼個沒眼色的打手來，只得憋著氣對孔方說道：「煩請小哥通傳一聲，說是蘇家姊姊來看她便是。」

孔方將信將疑，自家姊姊還這般殺氣騰騰，莫不是蘇白芷曾經提及的，十里香風的少奶奶？

腦子裡突然想起，蘇白芷曾經告訴他，若是有個自稱將軍夫人的女子前來，當立即通知她。孔方斂了一斂，連將蘇白禾、顧玉婉引到了後堂，藍玉、紅翡見蘇白禾一副砸場子的模樣，連跟上。

待蘇白芷也到了後堂時，蘇白禾才發現她臉色蒼白，似是真的病了，說起話來，也是甕聲甕氣，看似得了風寒，鼻子不通。

蘇白芷瞥了一眼顧玉婉，本打算不理，誰知道顧玉婉上來便是一句：「九妹妹如今好本事，一來了京師就同自家姊妹打起了擂臺呢！」

「堂嫂子近來可好？明燦堂哥在建州欠的那些賭資可還清了？曹姨娘被逐出家門，去的是哪個莊子？怎得你們不聲不響便來了京師呢，來了京師也不同我說？」蘇白芷笑吟吟地問道，成功地把顧玉婉逼得閉了嘴、白了臉，這才扭頭對蘇白禾說道：「將軍夫人今日好雅興，怎麼來我瑞昌這兒了？」

「都說妹妹這裡的香好，我便來妹妹這兒看看。」蘇白禾道，看了看周邊的環境道：

「妹妹這店可真小，哪裡稱得起妹妹的名聲。」

「將軍夫人說笑了，我這瑞昌哪裡能同十里香風比。不過是做個餬口的生意罷了。」蘇白芷恭敬道。

兩人好言好語你來我往，今日孔方卻似失了腦子一般，一會兒便進來問：「掌櫃的，太師家的老夫人想要供奉藥師三尊佛，不知應選何香方才對？」

「伊蒲之香乃天華香，便可。」蘇白芷應道。

一會兒，他又進來請示。「掌櫃的，咱們的香墨已售罄，可禮部尚書長大人的姪子還要，怎麼辦？」

蘇白芷蹙著眉道：「同他們說，香墨需半個月之後方才能製出，請耐心等等。」

這來來回回四、五趟，蘇白芷抬了眉對孔方道：「我這兒今日有貴客，若是外頭有事，你打發了便是了。」

蘇白禾眼見著孔方進來時，說的便是成的單子。這屋裡不知道放的是什麼香，香氣四溢，可漸漸地，她便煩了心。

手指無節奏地在桌面上敲擊了數下，顧玉婉突然捂著心頭，嘴唇發了紫。

蘇白禾嚇了一跳，連忙扶著她問怎麼了。顧玉婉只捂著心頭指著博山爐說不出話來。

蘇白禾心中一動，也不知顧玉婉此刻心痛是真是假，忙扶著她走到堂中。

這一扶幾乎是跌跌撞撞走到大堂的，大堂裡來來往往的皆是客人，顧玉婉仍是指著後堂的方向，破碎地說了一句：「這香……有問題。」

「香有問題？」蘇白禾拔高了聲音，那廂，顧玉婉已然暈倒在地。蘇白禾無論如何想不到，顧玉婉會來這麼一招，在私心裡，她覺得這種讓蘇白芷身敗名裂的方法太過愚蠢，怎奈，顧玉婉演開了，她也得配合進去。

那一廂，蘇白芷已然要上來扶住顧玉婉，蘇白禾推了她一把，指著她道：「弟妹早同我說，妳同她多有罅隙。可她再錯，也是咱們的家人，妳怎能在香裡下毒害她？」

蘇白芷怒道：「夫人同我，還有方才這二位夫人都一同在後堂裡，怎麼獨獨就她有事？」

「人是在妳店裡出了事兒，我哪裡知道是為何？」蘇白禾橫眉冷對。

藍玉在旁淡淡說道：「將軍夫人若是真拿顧妹妹是一家人，還是趕緊找個大夫來看看才好。怎得在這兒磨起嘴皮子來了？」

「那可不是。不知道的人，還以為將軍夫人是特意上門找碴的呢，說出去，對夫人可不好。」紅翡附和道。

兩人假意勸誡，卻是將旁人的心思說出了口。邊上人更是你一言、我一語說開來了。

「我看這夫人就是來找茬的吧。嘖嘖，聽說是十里香風不行了，看樣子是真的呀……」

「那可不是。好端端地倒了個人，也不急著喊大夫，也不急著看病人如何了，反倒是急吼吼地來興師問罪，還說什麼一家人……」

那些細細碎碎的聲音傳入蘇白禾耳中，她只覺得腦子裡嗡嗡聲亂作一堆，方才積攢的那些煩躁在這一刻找不到出口，她突然捂著耳朵大吼了一聲：「都給我住嘴！」

那一廂，卻是徑直走到蘇白芷面前，睥睨著她，環顧四周，眾人皆是噤了聲，她方才一字一頓說道：「蘇九，眾人皆說，妳瑞昌有趕超我十里香風之態。今日，我便代十里香風向妳下個戰帖，妳敢不敢接？」

「戰帖？」蘇白芷反問道：「是不是不太好？咱們可都是一家人。」

「瑞昌同十里香風，怎麼能是一家？」蘇白禾嘲諷笑道：「我就是要證明，陽春白雪同下里巴人終究有別。」

蘇明燁從一群人中撥開一條路，蘇白禾同蘇白芷正劍拔弩張，他一眼看到地上躺著的顧玉婉，所有人的關注點都被方才蘇白禾提出的戰帖所吸引，渾然沒人顧及到還有一個人躺著。

可憐的顧玉婉怎麼也沒想到，自個兒的真昏迷引來這樣一場熱戰，更換來了心心念念的蘇明燁的關注。

蘇明燁只略略把了脈，忙叫人拿了炭灰水，加了鹽調開，捂著她的鼻子讓人給她灌了下去。原本是要用糞水，怎奈顧玉婉無論如何也是大家閨秀，他也下不去這個手。灌完了，忙讓旁人扶著她去後院吐了。

果然，不一會兒，便有下人說，顧玉婉吐得奄奄一息，嘔吐物中有許多櫻桃核。

蘇明燁這才放了心，對蘇白芷說道：「堂嫂子誤食了櫻桃核，險些中了毒，吐出來便沒事了。」

「夫人可真是冤枉蘇九姑娘了。」藍玉道。

蘇白禾眼中閃了一閃，忙找了個藉口去後堂尋顧玉婉，蘇白芷卻道：「夫人既是十里香風的主人，方才的話定然是深思熟慮之後才說出口的，既是如此，那蘇九便應下了。不若如此，便以御香坊的比試結果為此戰帖結果。這賭注嘛……」

「蘇姑娘可想好了，這十里香風不是輕易能敗的。」紅翡小心提醒道。

蘇白芷宛然一笑。「夫人下這戰帖，也是為督促蘇九盡力比試，莫丟了蘇家的臉，我如何能不知道她的好意。那便這樣吧，若是蘇九敗了，便將瑞昌拱手讓給夫人，二話不說收拾包裹離開益州。」

「姑娘好大的賭注。」藍玉笑道：「那若是十里香風敗了呢？」

那一雙眼睛卻是直直看著蘇白禾。

蘇白禾臉色變了又變，最終咬了咬牙。「若是十里香風輸了，這十里香風的匾額，我自己親手摘下來！」

藍玉臉上晦澀不明，直到走出瑞昌，方才側耳對紅翡說道：「從前見蘇白禾的模樣還總覺得她高高在上，不可一世，如今怎麼越發蠢笨了？」

「不是蠢笨……」紅翡沈著臉道：「她只是遇上了一個比她還懂得算計人心的人。」

什麼太師家的老夫人……若是她沒記錯，太師家的老夫人是信奉道教的，哪裡會買佛像……還藥師三面佛，全是夥計瞎掰的。

讓蘇白禾暴躁，言語上，蘇白芷又表現出各種滿不在乎的模樣，就是這樣的態度，讓蘇白禾動搖了對自己的絕對信心。她從來都是眾人的焦點和中心。直到最後，顧玉婉醒來的時候，她幾乎是被架著應下了那個賭約。

錯就錯在她太自傲，又放不下架子。

「也罷，只當我們推波助瀾了一把。」紅翡嘆氣道。

藍玉沈默了片刻，方才回道：「從前秋兒姊姊總是護著我們，待我們好。我只盼有一日姓沈的一家人能遭報應，也不知道沈將軍長了雙什麼眼睛，好姊姊他不要，硬是要了個蠢婦。」

「報應……若是老天長眼，又如何燒死了姊姊……」紅翡望著十里香風方向，兀自出神。

回了定國公府，蘇白禾越想心裡越不安，顧玉婉因為強行被人灌了炭灰水，吐得直到現在還慘白著一張臉。蘇白禾氣上心頭，一巴掌甩在她臉上，罵道：「全是妳！若是真輸了十里香風的匾額，妳我就是死一萬次都不夠！」

十里香風，多少年的經營才換來如今的榮耀。可偏偏她腦子一熱竟然應承了。

她竟然應承了！

蘇白芷是光腳的不怕穿鞋的，可她不同，十里香風不同……

顧玉婉原本就委屈，被打了只能捂著臉，期期艾艾道：「堂姊何須擔心。淑貴妃娘娘可是您姑母。若是她知道妳被人如此欺凌，又怎麼會坐視不理？這比試還未開鑼，能不能參加比試，還不是淑貴妃娘娘一句話？」

「如今還能如何？」蘇白禾反問道。她早就想好了，不論蘇白芷實力如何，她都不能讓她上場。萬分之一的風險她都不能冒。

十里香風可是她婆婆蕭氏的嫁妝，她總不能連自己婆婆的嫁妝都輸了……

更何況，淑貴妃的臉，她丟不起……

她打了個激靈，丟下捂著臉的顧玉婉，連忙進了宮。

年近三十的淑貴妃沈心玫因保養得宜，看起來二十出頭的年紀。此刻正微微閉著目小憩。

蘇白禾進來時，宮女正打著扇子，微微一頓，淑貴妃便醒了。迷迷糊糊地不悅道：「畫屏妳越發不會當差了。我還在這兒呢，妳都敢偷懶。」

那叫畫屏的宮女忙跪下道：「娘娘，是將軍夫人來了。」

淑貴妃這才睜開眼，蘇白禾連忙施禮道：「給娘娘請安。擾了娘娘休息，是禾兒的錯。」

「不礙事。夏天快到了，人容易犯懶，若是睡多了，頭又得疼了。」淑貴妃擺了擺手，蘇白禾見狀，忙上前，退了宮女，自個兒在那兒給淑貴妃敲肩捶背。

好一會兒，淑貴妃才「嗯」了一聲，把她拉到跟前仔細瞧了瞧道：「近來看著瘦了些，宸哥兒可還好？」

「宸哥兒都好。」蘇白禾見勢，雙腿撲通便跪了下去，磕了頭道：「姑母，姪媳婦兒這回犯了錯，您可一定要幫幫姪媳婦兒。」這才一五一十地將白日裡的事情全說了。

淑貴妃靜靜地聽完，這才蹙著眉頭低聲說：「禾兒，妳可知道當日那麼多名門閨秀中，我為何獨獨選中了妳做我姪兒沈君柯的媳婦兒？」

蘇白禾惶恐地搖了搖頭。

淑貴妃扶起她來，道：「當初有許多女子可選，論相貌、人品、家世，個個都不比妳差。可我和哥哥就是覺得，妳同其他女子不同，心氣高，又有見識，能坐得住將來定國公府當家主母的位置。」

「姑母……」蘇白禾縮了縮脖子，淑貴妃搖搖頭，接著說道：「可如今四年快過去了，妳越發不如從前。君柯待妳不好我知道，可又如何？沈將軍夫人的名號就屬於妳一個人。那妳便要拿出妳的樣子，看看妳現在的模樣……妳別讓我後悔當初選錯了人。」

蘇白禾噎了聲，低聲應道：「姑母，禾兒知道錯了。近幾年夫君不理我，我便越發做了一些錯事想惹夫君注意我。我越錯，他越瞧不起我……以後我不會了。」

淑貴妃點了點頭。「妳明白便好。這後宮女子三千，若我同妳一樣，也做著錯事去惹皇上注意，只怕我入宮第一年，就不知道消失在哪口井裡了。」

「姑母，我會改的。」蘇白禾道：「那這蘇九……」

「不就是個沒什麼名氣的小姑娘，妳怕什麼？讓她贏不了不就是了。」淑貴妃閉著眼，懶懶地躺回貴妃椅上，閉著目悠悠道：「把妳的心放回肚子裡去，這十里香風的匾額，掉不了妳的。」

「謝謝姑母！」蘇白禾忙磕了頭，退了出來。想起淑貴妃方才說的話忍不住打了個寒顫。再看這深宮，越發覺得像是一座大大的墳墓，住著一個個未老先衰的女子。

御香坊的比試，是在一個陽光明媚的午後開始的。因為比試這事情引起了很大的反響，不論是在民間也好，還是在宮裡也罷，大家都費盡心思去猜最終花落誰家。

當然，民間開的是賭局，而宮裡——卻是賭最終皇上是站在哪一邊。

蘇白芷到現場時，才赫然發現韓壽也在。

那一副嘻皮笑臉的模樣，哪裡有半分狀元郎的樣子。

白了韓壽一眼，他這才湊上來道：「皇上近來看我極為不順眼，於是派我來這兒做御香坊比試的督場。妳可以考慮賄賂下我，或許我會偏偏心，讓妳可以拔得頭籌！」

蘇白芷看了看他的胸膛，笑道：「人的心，哪個不是偏的？再說了，你這狀元郎是不是當得太窩囊了？」

哪裡有這樣一個狀元，在奪得狀元頭銜之後，半年內換了六職？幾乎是一個月一換。而且，越做職位越低……如今好像……勉勉強強從八品？

喬至廣聽聞，湊著腦袋上來道：「蘇姑娘妳可不能光看這官階呀。韓大人雖是貶職，可哪一回不是因為百姓的緣故同聖上起了爭執？若是換作平常人，頂撞聖上一回或許便被拉出去砍了。妳看，韓大人不論如何，還在京師裡混著呢。」

蘇白芷無可奈何地搖搖頭，不知道說什麼好了。

蘇明燁曾經回來說過，韓壽赴任一次，便在短短時間內取得一定的政績，把旁人或許幾個月做的事兒，一個月便做完了，剩餘的時間便流連在各大教坊、市井街頭。

這樣的態度被人參了許多次，被降職幾乎是理所當然的，可偏偏，皇帝喜歡他，還依然讓他在京師。既不放遠了，也不放在身邊。

皇帝的態度撲朔迷離，其他人自然也不敢太怠慢他。

所以他依然晃蕩在街頭，如今，倒是晃蕩到這個場合來了。

蘇白芷覺得，韓壽真是大齊王朝的第一朵奇葩狀元。

她等了一會兒，人才全部來齊。沈君山今日不知為何，竟是最後一個到場。蘇白芷只略略同他點頭打了個招呼，便入了座。

三場比試，原本是以鬥香大賽為頂點，大家也都愛看。製香次之，辨香最末。可因為製香是封閉式的比賽，民間百姓也看不著，所以今日辨香來的人也不少。

怎奈香原本也就是一個怡情養性的東西，不如其他競技類的比試，求的便是一個靜字，所以參加比試的人是在一個大空地中，圍成一個十幾人能坐下的場地。周圍以薄紗做成蒙古氈包一般的帳子，是為了防風用。

而觀看的人，除了貴賓可任意選擇帳外位置，其他人必須得退出三丈以外。要看的人，就看看耳力和眼力有多好了。

蘇白芷到時，便見到那座十幾個人的蒙古氈包外又搭了兩個帳子，裡頭也沒人，也不知道是為誰準備的。

這辨香比試，不比香席，一群人圍坐著，有人撫琴、有人坐禪，唯獨裊裊輕煙，卷舒聚散，品著香，求的是無上的祥和與寧靜。而辨香，卻是在規定的時間裡，當中人將各種香燃了，也不遞給你品，就放在中間，考的便是聚精會神辨香的能力，還有鼻子的靈敏程度。

所以如果比試當天調香師恰好得了風寒，那就對不起了，您運氣不好，可以打道回府了。

更何況，一、兩道香倒還沒問題，可若是十幾、二十道香，到最後，腦子都暈了，還怎麼能靜心下來。這考的，也是個耐性和毅力。

比試還沒開始，便有兩家商行退出了。說是調香師身體出了問題，沒辦法參加。蘇白芷擤了擤鼻子，前幾日風寒，多虧了蘇明燁的藥，還有……韓壽送來的那一堆補品。

想起後院那群嘰嘰喳喳的烏雞，蘇白芷看向韓壽，正好看到他擠眉弄眼，略略有些緊張的心不由得放下。

「哐」一聲巨響，比試開鑼了。

蘇白芷萬萬沒想到，不過是第一場比試，賽果已然如此慘烈。

八個人，兩兩鄰座，恰好坐成一個正方形。蘇白芷不巧，邊上沈君山，而正對面的，便是喬至廣和靳遠揚。

若是這樣的排位，那眼睛一瞟便能看到鄰座的配方。若是兩兩合作，那勝率自然高了許多。

可偏偏，靳遠揚心氣極高，是絕不會做這樣的事兒。而沈君山……看著便是一副謫仙的模樣，她可不敢玷污人家。唉，還不如換換，她同喬至廣一起坐著也好。

想必喬至廣也知道，對著她吐了吐舌頭。看樣子，其他四家倒是達成協議了。

第一道香品點燃時，她終於沈心靜氣下來。閉著目，細細品著，在最短的時間內提筆便寫下了配方。只寫合香用的香料，含量多少是不用寫出來的。

她睜開眼時，沈君山依然擱筆，看著場地中的香在發呆，她看向對面，吃了一驚。原以為喬至廣撇開了自家的調香師，自己親自上陣只為玩玩而已，沒想到，他也是有兩把刷子的。

對面兩個人這會兒，一個睜著烏溜溜的眼睛在四處遛達，另一個低著頭，閉目養神。

三個香品一炷香時間，所以每個香品的辨別時間也不算太長。蘇白芷卻等得無聊，桌面上的紙又多，索性提筆畫小玩意兒。
沈君山無意瞥了一眼，不由失笑——蘇白芷正在畫烏龜……還是縮頭的那種。

第二十七章

好不容易一炷香過去了。一味味香上來，越到後面越難，香味越來越雅致，一道香品所用的香料卻是越多，能燒的也就算了，至少或多或少能聞到——可連香湯都上了，那著實讓人無語。

香湯是什麼？那是以香料浸泡或煎煮的水。蘇白芷又不能拿過一點來聞聞，更不能拿一點來嚐嚐，就那麼淡淡的水，見鬼了才能聞出來！

喬至廣摔了毛筆站起來道：「這不是耍人玩呀！這水乾淨得就跟白水似的，鬼知道那是什麼！」

御香局的太監白了他一眼，高聲唱了句：「十里香風沈公子配香完畢。」

蘇白芷側頭一看，可不是嘛，沈二公子神仙般的，真就寫完了！這會兒聽人唱喏道，也只略略抬了眉。

場外的一群觀眾只看到方才還奮筆疾書的幾位調香師都停了手，也不知道這味到底是什麼香。

能聽到唱喏的，皆是暗嘆道，果真是十里香風實力略勝一籌。

喬至廣怏怏不樂地坐下了，狠狠地盯著那盆水看。

蘇白芷無法，也盯著那香看，半日也沒個頭緒。忍不住偷偷看向沈君山，他也學著她的模樣，正在畫畫兒玩。那畫上，分明一叢白芷，正正開了花兒，他畫得好，看著便是極好看的。見蘇白芷撇頭看他，他微微一笑，三下、兩下又在一旁畫了個鬼魂模樣的東西，寫了幾個字：「白芷在此，邪魔盡去，三屍(注)不留！」

蘇白芷無語了。道教密傳，香草白芷確實有避邪和去三屍的作用……

腦子一熱，她突然起身看向那盆香湯。雖是無色，可依然能看到香湯底部一些沒有濾得太乾淨的殘渣。

腦子飛快地閃過幾個有關香湯的配製方子，她略略一琢磨，咬牙寫了下去。

反正死一題，不會太影響。她就不信，其他六個人，全部能如沈君山一般強悍……

低聲說了句「謝謝」，沈君山卻恍如未聞一般，依舊畫著他的畫。

一趟比試下來，足足二十道香，到了十道時，蘇白芷已經開始頭暈。想必其他幾個人也不太好受，趁著下一個香品上來的間隙，趕緊起身動了動。

恰好喬至廣也起身，幾個人三三兩兩地聚在一起，只道今兒個的香透著股邪氣，怎麼也抓不透。

韓壽坐在中間，御香局的太監遞水給他喝時，他便以眼神詢問蘇白芷累不累。蘇白芷搖了搖頭，見沈君山依然坐著，嘴邊依然是那抹若有似無的笑。

待第十一味香上來時，蘇白芷右手邊的兩個人突然站起身來問道：「這莫不是要我們二人。這香一點兒味道都沒有，我們如何能品出？」

蘇白芷和沈君柯面面相覷，這西域香粉「芳塵」雖是經過改良，可香味如此濃烈，如何能聞不到？

那兩人依舊咋咋呼呼，韓壽眯著眼睛指著其他人道：「二位若是再鬧，只怕這香要沒了。」

那個是香粉，管事太監盡量把香粉搧出去了。若是再嘀咕兩句，香粉就散完了。

二人看了看其他人都默不作聲，都覺奇怪。怎奈二人都聞不出，這配合戰也失敗了。待到下一個香品時，兩人沈心下來去品，再睜開眼時，卻吃了一驚，雙雙站了起來，匆匆離場。

場外的聲音漸漸雜亂起來，兩個調香師無故棄戰，這可是大事中的大事。

蘇白芷寫下配方，抬起頭時，韓壽人卻不見了。

下一道香，卻是等了又等，怎麼也沒上來。剩下的六個人坐得也有些急了。蘇白芷隱隱覺得哪裡出了問題，伸直了脖子往外看時，韓壽卻是眉頭緊鎖地往裡走，一進來，便是掃了六人一眼，急急說道：「六位請隨我走。」

蘇白芷同沈君山對視一眼，連起身一同隨韓壽而去。

氣氛很凝滯。

注：三屍是道教稱存於人體的三種蟲，分別居於上、中、下三丹田。

六人緊緊跟著韓壽，直到入了室內，蘇白芷才問道：「可是方才二位師傅出了什麼事兒？」

韓壽對著蘇白芷微微搖了搖頭，這才笑意盈盈地對眾人道：「方才來位貴客，說是想同眾位一同品香，怎奈那是空地，貴客無法同大家一同感受，遂換了地方，還望見諒。」

蘇白芷果真看房間內隔著一道屏風，至於屏風後坐著什麼人，她也見不到。

這畢竟是室內，列坐同一般香席無二，他們又經過一段時間的休息，再辨香時，已經順利了許多。

等二十道香品全部辨完，蘇白芷吃了一驚。原本以為八家，已經有兩家自動退出，那麼至少還能剩下五家，可最後，只剩下四家，恰恰好是瑞昌、大興盛、廣達源同十里香風。

兩家退出，兩家……過半數香品配方錯誤。

而十里香風，二十道香品配方，無一錯誤。這在歷年辨香大賽中，尚屬第一次。

辨香比賽結束後，韓壽匆匆拉著蘇白芷，直到身旁再無人，方才低聲問道：「妳身子可有什麼不適？」

蘇白芷搖搖頭。「沒有不適，可是方才那二位師傅……」

韓壽點點頭，道：「那兩人方才離開，便直奔李太醫處，稱自己突然失了嗅覺……李太醫查過之後，在他們身上都找到了兩枚銀針。那銀針所刺中的穴位正是痛覺失靈處，所以他們被刺中皆沒察覺。等到察覺時，一切都晚了。那二位調香師，只怕這輩子都聞不出味道來了。」

沒有鼻子的調香師，等於沒了生命。

蘇白芷打了個寒顫，若是今日的他們便是自己……

韓壽見她慘白著臉，忙安慰道：「今日之事，兩位師傅怕影響到香料行，皆希望將此事掩蓋過去，尋個由頭便從香料行裡退出來。只是今日我在場，必須對他們要有個交代……今日之事我必然告知聖上，五日後你們四人便要入住百香園，今日出了這事，到時候聖上必定會加派人手保護你們，我去護妳的院子如何？」

蘇白芷默然地點了點頭。

第二天，官府便抓到了陷害兩位師傅的歹徒。據他們自個兒交代，他們都是江湖人士，要害兩位師傅，不過是要賭瑞昌贏，更要保證瑞昌贏。

在官府的嚴加拷打之下，兩位江湖人士咬緊牙關不吐出幕後黑手。最終，實在忍不住了，方才說，一切皆是蘇白芷指示。

人證、物證俱全。就連贓款都在。而最重要的兩位人證，在畫押當夜，以血書祈求蘇白芷原諒自己在痛極之下將她供了出來。

所有人的焦點，一下全部集中在蘇白芷身上。

皇上震怒，蘇白芷還未來得及辯駁，先是鋃鐺入獄——御香坊比試可是關乎宮廷香料安全。

如蘇白芷這般狼子野心，實是對宮廷最大的禍害。

天牢，自然是同普通牢房不同的。黑乎乎，唯有頭頂上的一小片窗偶爾還能看得見月亮。

蘇白芷蹲在牆角，靠著牆使勁回想這幾日的事情。不斷回想之後，她才想起，在第十一味香品上去之前，她同喬至廣在場地中聊天，那兩位調香師也在，四人原本站定了，喬至廣不知道為何，拉了她一把，嚇了她一跳。

當時，喬至廣只笑笑說，想練練她的心臟，振奮精神。她只當他鬧著玩，這時想起來，才驚覺，便是那時，那兩位師傅並排，替了她和喬至廣的位置。

不論是失去嗅覺也好，入了天牢也罷，這一切，似乎都是針對她而來的……

一切都像是定了局一般，在這獄中，一天似乎一年那麼長久。

蘇白芷靜靜地坐著，似乎明天，便要開始製香了……她覺得有些對不住瑞昌。

如今她身陷囹圄，若是瑞昌真被收走了，孔方他們可怎麼辦，還有靈哲和靈雙……

似乎靈哲這幾天總不見人影，若是他在，怕是會急著讓人劫獄也說不定。

獄中吱吱呀呀地響，老鼠在磨牙的聲音慢慢傳來。蘇白芷驚得站起來。

旁邊的牢房裡許是一個老犯人，低聲啞啞地笑。「這裡的老鼠最喜歡陌生人。尤其是陌生小丫頭……那餓起來，可是什麼都咬得動的。」

蘇白芷身上的雞皮疙瘩都起來了，越發不敢亂動。

過了許久，牢頭方才過來，拿了一碗餿了的飯，丟在蘇白芷跟前。

蘇白芷已然餓了一天一夜，對著那碗飯，幾乎是眼睛都要冒光。

可偏偏，那群老鼠比她還要生猛。她只得立著腳，眼睜睜看著那碗飯，被老鼠啃食乾淨。

這種狀況持續到第二天，蘇白芷有些頂不住了。一天兩頓飯，全給了老鼠，她餓得眼冒金星。

到了第三天，她終於忍不住，想要端著那碗飯吃。怎奈老鼠突然竄過她的腳邊，她手一個不穩，哐噹！

碗掉了，飯沒了，老鼠開聚餐了……

她眼睜睜看著吃過飯的老鼠，一隻隻挺直了身子死在地上。

蘇白芷突然抱著膝蓋，望著那些老鼠發直了眼。她從未想過，死過一次，這一生，卻極有可能被老鼠啃屍噬骨。

爾後，她拒絕再吃飯。

待到第五天時，蘇白芷的牢房突然打開了。她餓得走不動，茫茫然以為自己即將走上刑場。

走出天牢時，強烈的光一下刺得她眼睛睜不開，她用手掌遮住眼睛，差點流出眼淚，在指縫間，她突然看到著紫色衣袍、嘴邊含著淺笑的韓壽，如天神一般站在她的面前。

那一刻，她的眼睛突然徹底地濕潤了……

五天不見，恍如隔世。

身邊的牢頭已經遠遠地站著，她在撲入韓壽懷中時，突然聽到牢頭輕聲喚道：「五殿下，蘇姑娘已經帶到，若是有其他事情，殿下再吩咐奴才。」

蘇白芷身體一僵，扭過身去，還以為身後還有什麼人。

誰知道韓壽已經伸手將她圈在懷裡，硬是不讓她轉身。

頭頂上的人，突然低低應了一下：「唔，辛苦了。下去吧！」

「是。」背後一陣遠去的腳步聲。

蘇白芷的心思百轉千迴，韓壽伸手撫著她的頭，這一刻，卻是低下身子，緊緊抱著她。

許久許久之後，他方才啞著聲音道：「這五日，我簡直生不如死。妳受著苦，我比妳更苦。我只怕我晚來一步，就再也見不到妳一面。蘇白芷，那信妳看了，玉珮妳收了，便是那相思樹，妳也知道了……今日我便問妳，我的心思，妳到底明不明白？」

延福宮中，人人自危，幾乎每一個在延福宮中行走的人，即使平日裡見了面都要打上兩句招呼，而今日，每個人都低著頭，生怕惹惱了宮中的娘娘——淑貴妃。

昨日延福宮中，淑貴妃的一個貼身宮女喜兒在給娘娘梳頭時，手腳重了些，娘娘慈悲，不過是罵了她兩句，她卻自顧自地去投了井，發現得晚了，也沒給救回來。

可偏偏，那個宮女是從太后娘娘宮裡出來的。淑貴妃一早便去慈寧宮請罪，回來時，臉色越發沈了。聽聞，太后在其他前去請安的娘娘面前下了淑貴妃的面子。

「娘娘，莫要氣壞了身子。」玉穗在淑貴妃入宮那年便一直跟著她，比起其他宮女，自然更懂得淑貴妃的脾氣。這會兒見她支著頤蹙著眉頭，不免勸道。「喜兒那可是自個兒跑出去跳井的，許多人都是看到的。救上來時，是說入井時磕到了頭，要麼也能及時救回來。她運氣不好能怪得了誰？」

那聲音是對著門外說的，見外頭沒了聲響，她方才放下心來，低聲道：「太后娘娘今兒個說的話不免有失偏頗。」

淑貴妃只搖搖頭，低聲道：「這麼多年我小心侍奉，難得被她抓住個事兒，她怎麼會不在這個時候抓住我的痛腳？」

「哪能怪娘娘？」玉穗再壓了壓聲音道：「喜兒吃裡扒外，這一年時間，娘娘給了她這麼多機會，她每一次都把咱宮裡的事兒透出去。娘娘那是仁慈，按我說，這種白眼狼，早就該拖出去了，還能在咱宮裡待這麼長時間，也是她的造化。」

「這宮裡宮外的，多少眼睛盯著咱們，哪個不是希望咱們早日出事的。」淑貴妃更是難過，自前幾日新科狀元韓壽搖身一變成為五皇子時，她的頭就一直疼著，如今，更像是要裂開一般。

玉穗見狀，忙遞上御香局配製的醒腦香膏，淑貴妃取過一些抹在太陽穴上。見她稍微好過一些，玉穗方才低聲道：「娘娘，那幾個人都已經處理乾淨了，就是家眷，能處理的都已經處理了，絕對不會留下一點點痕跡。」

淑貴妃點頭道：「處理乾淨了便好。林信生呢？」

「林大人今兒個一早便被皇上叫去了，怕也是問辨香當日的事情。聽前面傳回來的消息，只怕聖上這幾日要召見那個蘇九姑娘。」

「真是孽障。」淑貴妃搖搖頭，誰能想，一個看起來如此普通的蘇白芷，不過在天牢中待了五天，不但有林信生出面保她，被她生生壓下去後，竟牽連出一個皇子。

平地一聲雷也就罷了，那個便宜皇子竟然自認要出面徹查此事，而更沒想到，就連當今太后，都出面保這個蘇白芷。

當場她一雙手險些在袖中捏成了拳。

不過一個蘇白芷……不過一個蘇白芷……

「我可是用過這個蘇姑娘的合香的。」太后慈和地對著聖上說：「當日趙和德出去尋香，我便說過，若是有什麼祥和的香品，便給我尋來。前幾日你去我宮中，不也說我宮裡的那香味聞著極為舒服。今兒個我才知道，那便是蘇姑娘調的『暖香』。」太后笑吟吟地看著聖上，她恰恰站在聖上邊上，太后一掃而過的眼風讓她禁不住打了個冷顫，果不其然，片刻後，太后瞇著眼睛努力回想：「我記得前幾日，我還讓趙和德去尋蘇姑娘要這『暖香』，這年紀大了，記性也不如從前……趙和德，你是什麼時候去的？」

「正是初十那天晚上。那日大雨，奴才冒著雨出去，回來全身都濕透了，所以奴才記得特別清楚。」趙和德如是說。

初十晚上……正是那兩個江湖人士先前交代的，同蘇白芷商量如何禍害其他幾位調香師的日子。

這時間、地點、人物……兩個江湖人士所交代的細節，統統出了錯。而在這之前，她分明選了個蘇白芷一人獨處、百口莫辯的時間——事情擺在那兒，太后撒了謊，可她不能戳穿。

那個笑面佛，瞇著眼睛說：「人都死了，指不定是誰派出去的死士，就是要害了蘇姑娘呢。這都有兩位調香師出了岔子，難免不是有人想要一家獨大，下了這黑手。」

死老太婆……淑貴妃心裡哀嚎一聲。算無遺漏，卻是陰溝裡翻了船。幸好平日裡她溫柔似水，任是聖上，也不會懷疑這事兒同她有關，否則她真是偷雞不成反蝕一把米。

只是隱隱不安，似是覺得哪裡出了錯。

她正不安著，突然門外傳來一陣煩亂的腳步聲。玉穗聞音同她對望一眼也蹙了眉頭，連忙出去問問發生了什麼事兒。

片刻後，玉穗卻是急急忙忙地跑進來，對著淑貴妃說道：「娘娘，不好了。前頭傳來消息，說是今兒個五殿下去天牢提人，結果發現，蘇姑娘的飯菜裡竟是被人下了毒。牢頭說……牢頭說，是奉了娘娘的命令，秘密處決犯人的。還有，那兩個江湖漢子身上，搜出了咱們宮裡的東西……」

淑貴妃倏然從貴妃椅上坐起，她終於明白問題出在哪裡——這個笑面佛，昨日竟如此平和就將事情揭過去了，她還覺得奇怪，原來，後招在這裡。

蘇白芷後來才知道，自己幾乎是被韓壽抱著出了天牢。五天五夜身體和心理的煎熬，竟讓她在聽完韓壽說完那一席話之後，未及反應，便倒了下來。

她幾乎可以預見到，當時韓壽臉上無可奈何卻又暴怒無門的表情。

據蘇明燁後來回憶，當日韓壽抱著蘇白芷走出天牢的那一刻，臉上的表情夾雜著憤怒、無辜、糾結、釋然各種複雜情緒於一體，他很難形容那種一般人都做不出的表情。

總之一個詞：精彩紛呈。

這些，她都不幸地錯過了。

唯一能記住的，是她累極之時，縈繞在鼻尖的那股溫暖的氣息。

所以，當她醒來時，看到逆光之處韓壽的背影，竟不是一驚而起，而是莫名心安。

在虛幻光亮處的韓壽，倏然讓她想起曾經也有一日，他站在一半亮、一半暗的地方，當時，她便有一種奇怪的錯覺，覺得這人，定然不是表面所見這般。

當時她不意說了：「當時年少春衫薄。騎馬倚斜橋，滿樓紅袖招。」可是誰能料，眼前這年少的狀元郎，真身是那蛟龍一條。

蘇白芷就這麼側著頭，他不動，她亦不動。一個佇立，一個凝望。

僅僅一個轉身，便是四目交接的對望。

「妳還要看我背影多久？」韓壽嘴邊彎起一絲笑意。「我一直等著妳喊我轉身。」

「你這不是已經轉過來了……」蘇白芷低聲道。

韓壽淺淺一笑，似是極為高興，走近前，蘇白芷才發現他眼底下兩道濃濃的青影，想是幾日沒睡，她倒是睡了個足，看天外，她離開天牢時還是清晨，現已經月明星稀了。

「妳已經睡了十幾個時辰了。」韓壽笑道：「妳可真能睡，妳家後院的豬都睡了又醒，醒了又睡好幾回了。」

「欸……」蘇白芷不滿。「別拐著彎兒罵人。我可是五天五夜都沒怎麼合眼了，如今不過才補了一天的覺而已……」

她說著，不免有些心虛，剛要開口，門口哐噹一聲響，她扭過頭去，便見姚氏高興地上來握住她的手。「兒呀，妳總算是醒了。」

一句話出口，險些落下淚來。蘇白芷在獄中五天，每每想起姚氏，想起蘇明燁，總在感嘆，這一世重生也不算白活，賺了個疼愛自己的母親和視自己如珠如寶的哥哥。如今見著姚氏，也是百感交集，不知說些什麼好，只呆呆地喊了聲「娘」。

「妳在外頭出了事兒，娘也不知道。妳哥哥還誆我，說妳陪著韓公一同去採買香料，十天半個月不會回來。若不是我起了疑心，聽到了妳哥哥同韓大……五殿下的話，娘都不知道妳出了這麼大的事兒。阿九，妳可嚇死娘了。」

「娘，沒事了。」蘇白芷撫著姚氏的手，柔柔說道。姚氏點點頭，抹了把淚道：「這一回可真是辛苦五殿下了，若不是他，妳真就……不說了，娘去給妳弄些好吃的補補身子。」

姚氏難得動作迅速地又出了房間，蘇白芷視線所及，蘇明燁就站在屋子門口，同她略略點了點頭，道：「妹妹醒來便好，我去幫母親。五殿下六日都未曾合眼，若是同妹妹說完話，便委屈您去我房中歇息片刻。」

話說完，蘇明燁也走了。

蘇白芷哭笑不得地看著兩個家人讓自個兒孤男寡女地處著，這才想起重點來。「你六日未曾睡過？」

韓壽點點頭道：「不礙事。我素日睡多了，不缺這一、兩天覺的。」

這個理由……蘇白芷想笑，可偏偏心裡卻是一酸。

想來，她在獄中五天五夜，他在外焦心似火，她又偏偏昏迷了一夜，他便也陪著。這份心思，除了家人之外，誰還能有？

這一次又一次，她哪裡能不明白？若是真不明白，她蘇白芷，真是枉為兩世人，還不如打碎了，再塞回到娘胎裡重活一遍呢。

只是這心裡的結，哪裡是一時半會兒就能解開的。更何況，如今他更是皇子。

可憐紅顏總薄命，最是無情帝王家，一入宮門深似海，姻緣半點不由人……

戲臺上咿咿呀呀唱的，可不就是這個？

「你叫什麼？」蘇白芷低聲問道。

韓壽一愣，旋即笑道：「鄙人韓壽，韓壽偷香的韓壽。」刻意湊近蘇白芷跟前，裝作那風流浪蕩子的模樣，壞笑道：「姑娘可曾許配人家？若未曾嫁人，不知韓某可有此幸？」

蘇白芷白了他一眼，仍是固執道：「你叫什麼？」

韓壽這才斂了神色，道：「齊鈺。金玉，鈺。」

蘇白芷這才點頭道：「金玉並齊，你可是穿金戴銀一輩子的富貴命。」

「金玉並齊……」韓壽摸著下巴笑道：「這個解釋不錯。要麼我在妳的香品鋪子旁開個玉器店，一定能旺妳。買玉送香，買香贈玉，多好。」

「才不要。若是你開玉器店，那可真是『滿樓紅袖招』了……」

她說完便發現自己說錯了話，自個兒臉先紅了。

韓壽已經是滿臉笑意，打趣道：「我何曾滿樓紅袖招，讓妳吃了這生醋？」

蘇白芷見說他不過，忙換話題道：「你接我出天牢的意思是，已經查出來是誰做的了？」

「哪裡這麼容易就查出來了。」韓壽眼神閃爍了片刻，方才道：「只是近日關於御香坊的傳聞甚囂塵上，或許還牽扯到宮中的人。這一回還驚動了太后娘娘，此事怕是不能善了。」

當然不能善了！韓壽沈了臉色。

一想起若不是他早到一步，蘇白芷或許已經死在天牢之中，他就心痛難當。

換句話說……此事若是換作一般女子，大不了破蓆裹屍，抬入亂葬崗，甚至屍首全無，讓人找不到半點痕跡。

那若不是蘇白芷，不是他救了出來，那就是個枉死的怨靈，神不知、鬼不覺。

「妳早些休息吧。」韓壽替蘇白芷拾了拾被角，笑道：「等身子養好了，御香坊的比試便能繼續了。那製香的院落已然準備好，聖上這次更是加派了人手。」

「製香比賽不是已經開始了？」蘇白芷面露喜色。「還是……還沒開始？」

「那可不是。」韓壽伸出手想去刮蘇白芷的鼻子，見她躲了躲，又將手背到身後去道：「我們的調香大師蘇九姑娘未到，御香局怎敢開賽？」

他這話說得輕巧，蘇白芷也是後來才知道，製香大賽本應該及早進行，只是蘇白芷有太后、林信生作保，宮裡恰好又牽扯出了淑貴妃，這才將賽事往後拖了拖。

畢竟十里香風，同淑貴妃是脫不了干係的。

前世她對著她這個姑母還是有一些印象的。

原本入宮時並不得寵，憑藉著自個兒的手段一步步往上爬，如今得了多少榮寵，她便得了多少毀譽，到後來，倒是她與沈府互相幫扶，才走到今天的位置。

如今淑貴妃底下育有一兒一女，公主去年嫁去了大周國，同大周國八皇子結了親。而皇子齊玦今年不過三歲，排行第六，因為是末子，當今聖上極為寵愛他。

能在太后娘娘不喜她的情況下，讓聖上如此寵愛她，這本身也是一種本事。

想到其中林林總總的關係，蘇白芷只覺得頭越發疼了。

只是韓壽，在這個節骨眼換作了五殿下，想來是同她有關係。

「每回看到妳眼珠子轉，我就在想，妳的腦子都在想些什麼?旁的姑娘在妳這個年紀，要麼想著穿衣吃食，要麼想著嫁人生子，妳呢?」

韓壽見她又沈了臉，笑道：「別又是想著要製什麼香、賣什麼價吧?」

蘇白芷亮著一雙眼睛，抬起頭直直地看著他道：「我想的是，你如何變作了那個傳聞中身體極差，被陛下送去道觀為天下蒼生祈福的五殿下的。」

第二十八章

暗室裡，因著燭火明滅，韓斂映在牆上的影子也忽明忽暗。一陣風颳過，有個人極低聲地說了一句：「韓公，有貴客來訪。」

韓斂連忙起身，一轉頭，門口已站著一個人，遮頭的斗篷輕輕一放，露出一張並不年輕的臉。

「太后……」韓斂正要行大禮，梁太后已然揮了揮手讓他起來。

「好啦，都是半截身子快入土的人，若是要求這些虛禮，你不知道還欠我多少個響頭沒磕。」

身旁的人自動退出去了，韓斂這才跟上，笑道：「妳如今也是太后，給妳磕幾個頭，我也不虧。」

「我早十幾年還是皇后呢，怎麼不見你這麼說？」梁太后擱下斗篷，自顧自地喝了口茶，片刻後方才道：「你帶著鈺兒在外十年了吧？自由自在了十年，倒也是舒坦。」

「當年也是聖上應承我，讓鈺兒過十年平常人的日子。十年過去了，他不來尋，我都快忘了。」韓斂低聲道。

「畢竟是皇家子孫，即使是皇上肯，我又哪裡願意讓他就這麼在外流浪。」

「流浪？」韓斂嗤笑道：「若我當時心軟，將他放在宮裡，他都不知道要死幾百次了。」

即使是後來他帶著韓壽到了建州，依然三不五時有宵小之輩想要對韓壽下手，這些人從哪裡來，他還能不知道？

一年年地派人去請韓壽回來，韓壽拒不接受，直到最後，也不過是以韓家上下為要脅，逼著他回了京。

韓壽這小子心裡，哪裡能舒坦？

「師兄……」梁太后喚了一聲，時光似乎倒退了幾十年，兩人依然比肩樹下，只是一晃眼，兩人便已走到白頭。她恍惚了片刻，方才說道：「當年，韓家富甲四方。你傾盡全力助我扶持當今皇上上位，他雖並非我親生，可這些年來，也待我如母。為了避免聖上忌憚，你一手散了韓家的產業，至今只留百里香一家。當年，是我欠了你。可是我萬萬沒想到，聖上會愛上玉芷，還將她帶入宮中……玉芷死時，皇上已將自己關了七天七夜。若不是鈺兒在旁大哭，我只怕皇上也隨她去了……」

說到韓玉芷，梁太后見韓斂果然微微動了容，她才說道：「算起來，總是我和皇上欠了你和玉芷，可鈺兒畢竟是皇室血脈。我朝向來立儲舉賢，並未有長幼之分。若是在我看來，鈺兒比起他那幾個哥哥，那不知道好到哪裡去了。這將來的儲君之位，難保就是他的。」

「妳以為我外孫會稀罕？」韓斂反問道。

「你又怎知他不稀罕？」梁太后笑道：「縱然，此次是皇上以那獄中女子逼著他恢復了皇子的身分，可若他不願意，大可拂袖而去，繼續做他的狀元郎。男人骨子裡便有著一份野心，誰會甘於平庸？更何況，他還有喜歡的女子。」

韓斂正要反駁，梁太后連說道：「你可別忘了。縱使他是狀元郎，可他的親事可不由自己。更何況，那個蘇九，不過是普通人家出身，哪裡能配得上咱們鈺兒？此番若不是鈺兒親自來求我，我又怎會幫她？」

梁太后不理世事多年，縱然不喜淑貴妃，卻也從未出手干預過什麼事。是以，當今聖上才會如此重視。

「那孩子妳未曾見過，若是見了，妳也會喜歡。」韓斂悶聲道：「事已至此，妳若是能幫，便幫那孩子一把。原本我只希望鈺兒能平平安安過一生，可若是他真有心於那個位置，我便是拚了這條老命也要幫他爭回來。」

世人不知韓斂，或許只道他說了大話。唯獨梁太后知道，韓斂雖是早前明裡將韓家產業散盡，可這麼多年來，生意往來中，或許韓斂已是大齊王朝最大的商賈。

經濟乃是國家命脈，牽一髮而動全身。韓斂，絕對有這個實力撼動大齊的根基。

「淑貴妃如何處置？」韓斂低聲道。

梁太后的嘴角略略彎了彎，恍若自嘲般，道：「你當這點小小的事情便能讓她栽了跟頭？我不過是敲山震虎罷了。」

前幾日淑貴妃被皇上叫去問話，出來後便罰了宮中相關人等，說是宮女陽奉陰違，捏造了她的口諭去害蘇白芷。淑貴妃自感治下不嚴，深感內疚，便自請禁足延福宮一個月。

「這一次事情可大可小，我能去了她左右膀，也夠她痛上好長時間了。」梁太后狠狠道：「有我在一日，她的兒子絕不可能登上皇位。」

「一個月？那這一個月可就消停了。」韓斂道。

「讓你家那丫頭好好準備準備吧。若是在御香坊的比試中表現不錯，我便尋個由頭讓她進宮裡來。我年紀大了，也需要幾個人說說話。」

韓斂略略一思量，想著太后也是為了讓蘇白芷在皇帝面前多多露臉，這樣總歸是好的，遂點了點頭道：「這丫頭比妳想的，要好得多。」

蘇白芷無論如何也想不到，自個兒的命運，在他人的三言兩語間，已經轉了個大彎。她是在幾天後才完全恢復過來。其間，靈雙來了幾回，見她瘦了一圈，抹了許久的淚。姚氏想是嚇壞了，這幾日怎麼也不肯讓她下地，就這麼讓她躺著養身子。蘇白芷幾次見到蘇明燁都用求救的眼神，蘇明燁只得攤手表示無奈。

而靈哲，更是整整消失了十天。靈雙只說他出外辦事了，辦什麼事卻怎麼也不肯說。

這一日，蘇白芷總算得到姚氏的特赦下了地，站在門外，卻總覺得少了什麼。

韓壽自從那日離開後，便不見人。

那一日，她問完那個問題後，他只看著她的眼睛，一字一句地說道：「我希望自己能夠站在一個足夠高的位置，有足夠的能力保護自己喜歡的人。」

那個眼神，讓人不由得心動，便是再鐵石心腸的女子，都不得不臣服於他。

可是她不由低了頭。心裡卻發出長足的喟嘆。

兄弟，你站得太高，我矮呀……

五皇子……

宋景秋的確見過他。

當年相見時，她還覺得，他是粉雕玉琢的玉娃娃一個，總是睜著雙大眼睛看人，假裝深沈。

以至於，重生後她再見，竟沒認出他來。當年那個假裝深沈的小老頭變成了風流浪蕩子，而她，也換了身分。

時光總是讓一些人變幻了模樣，可不管再換，該遇見的，總能遇見。

蘇白芷兀自出神，靈雙興奮地跑進來，對著蘇白芷笑道：「小姐，哥哥回來了。」

她果真看到門口有個黑得發亮的人從外頭回來，微微扯了扯嘴角，露出一口雪白的牙。

「怎麼十幾日不見，你像是從墨缸裡撈出來似的。」蘇白芷吃了一驚。

靈哲嘿嘿一笑，小心翼翼地從袖子裡掏出一個盒子，遞給蘇白芷便說道：「前幾日，我聽同行說，有真臘國的行腳商人路過咱們益州，身上帶著很貴重的香。因想著小姐前幾日才說珍稀香料難得，真臘國的香尤為好，我便追了去。您看……」

「真臘的上等金顏香！」蘇白芷開了盒子一看，分明是真臘國的金顏香。因為是樹脂，顏色略黃、香氣勁健，乃是合香最好的材料之一，其中，又以白色為上品。而她手頭這塊，不只塊頭大，剖面更是雪白色，實為難得。

靈哲撓了撓頭道：「那商人起初不肯賣，我跟在他後頭走了十幾日，他才肯賣我的。」他抹了一把汗，頓時臉上幾道痕。顯見得，是滿面塵灰煙火色，像是風塵僕僕趕回來的。

用金顏香調合香，她因為缺少材料一直都沒能親自動手嘗試。如今有了這味香，她正好試試。

而最重要的是，到時候御香坊提供的香必定不太一般，若是她有辦法將所有的香料都用相似的原料替代，那麼，大可以不變應萬變。

其他人不敢說，可看沈君山，那可是高手中的高手，他會有什麼後招，她也不知道。這樣一來，她的勝算也更多了。

靈哲又道：「路上恰好遇見了秦仲文秦公子，他讓我把這個給小姐。」

蘇白芷接過手，禁不住「呀」了一聲。

秦仲文給蘇白芷的，是一份十分獨特的香譜。相對於韓斂給她的《韓氏名香譜》，秦仲文所給的香譜更偏向於指導調香師，如何應用手頭上最為普通的香草調配出高級香品的味道。

她略略翻了翻，裡頭的許多方子，她原本也是知道的，可是這一本卻更加有系統地將相關知識進行整理，儘管年代久遠，那書看著也有破漏之處，可她卻再也放不下來。

這書於她，簡直是雪中送炭般重要。

等她翻完這些書，方才想起來，似乎忘了問靈哲，是何時何地遇上秦仲文的，這麼重要的一本書，她總不能平白拿了人家的。

姚氏打了簾子進來時，她還在熬夜看著書。她見姚氏踟躕著，似是有話要說，幾次三番又吞了回去，便停了手邊的事兒，柔聲問道：「娘，怎麼了？」

姚氏長嘆了一口氣道：「阿九，娘不想讓妳參加那什麼御香坊的比試。」

「為什麼？」蘇白芷也不惱，挽著姚氏坐下。姚氏有她這麼個女兒也不容易，一天到晚擔驚受怕，還要事事為子女著想。蘇明燁曾經告訴她，姚氏得知她入了天牢的那一刻，差點昏厥了過去。

想來，是真真嚇到了姚氏了。

「阿九，妳本就是女子，娘只希望妳做個一般的姑娘，平平安安到老。眼見著咱們的生意越做越大，娘卻幫不上妳什麼忙，如今，又怎麼能讓妳再入險境。如今咱們吃穿夠用，咱們又何必去爭什麼名、奪什麼利？若是妳及早退出這什麼御香坊的比試，咱們踏踏實實地在京師過下去，也是美事一樁，不好嗎？」

姚氏幾乎抹著淚道：「前幾日，娘一夜一夜地合不了眼，想著妳小時還是個嬌滴滴的小姑娘，什麼事兒都躲在娘的背後。可不知道什麼時候起，這個家，反倒是妳頂起來的，娘心裡便不是滋味。若不是娘親無用，又怎會把妳逼到這個境地？若不是妳得遇貴人，妳這條命就去了。娘可怎麼辦？」

「娘……」蘇白芷心裡一酸，想著一步步走來雖是險，可是畢竟有姚氏護著，她才沒了後顧之憂。如今的父母，哪個不希望自個兒的子女光耀門楣，可姚氏卻是紮紮實實地站在她的角度去思量她的安危。

「娘也不是糊塗人。這御香坊的比試才開了局，便有大半人出了事兒，接下來，指不定還會有什麼紕漏。阿九，咱們不要這個名頭了，好生過咱們的日子吧。若是妳去了，咱們蘇家，要那御香坊的虛名又有何用？」

姚氏字字抹淚，蘇白芷一時差點動搖。片刻後，方才想起同蘇白禾的那個賭約。她費盡了心思，方才激蘇白禾定下那樣的約定，如何能功虧一簣？

「娘，這一次，咱們不比也得比，若是我此刻退出，那明日，我便得雙手將瑞昌送上，灰溜溜地回到建州。我不甘心……」

蘇白芷一五一十地將兩人的賭約說與姚氏聽，姚氏只怔怔地愣了一會兒，長嘆了口氣。

「你們這幫孩子啊……」

姚氏撫著蘇白芷的頭道：「如今妳也大了，娘也想給妳看看親事。五殿下與妳一同長大，韓公也極為喜歡妳，娘想著，這或許也是門好親事，可如今，他貴為五殿下，我們如何能攀得上？即使妳能嫁入皇家，可頂多也只是個妾侍……」

「娘，我曉得的。」蘇白芷低聲道，心裡一陣難過，趴在姚氏的膝頭，一時不知道說什麼好。

聽韓斂說起，她才知道其中的彎彎繞繞。她不曾去問韓壽，為著她，他回到這個他並不願意回來的地方，又失了自由身，值不值得。

這一遭天牢行，她看清了韓壽對她的心思，韓壽賠了自個兒的自由。

又或許，韓壽原本就是潛水蛟龍，她不過是個契機讓他正式出了場。

未來如何，她越發看不到路了……

「妳自小便是個通透的人……」她隱約只聽到姚氏這樣說著，抬起頭時，眼角卻潮濕了。

「越是通透的人，什麼事兒都壓在自個兒的心裡，傷的也都是自個兒……」姚氏呢喃道。

第二十九章

進入製香環節的人總共剩下四家，因為此次比試，第一輪便有六家折翼，更有蘇白芷入了天牢，可謂高潮迭起，頗具看頭。

民間的賭局越發大熱。十里香風一直遙遙領先，而瑞昌不甘示弱緊隨其後，大興盛因為調香師是少年公子，在民間也頗獲年輕女子的追捧。

喬至廣輕輕搖著把玉骨扇，邊走邊對身邊的蘇白芷說道：「妳瞧瞧這幫子不長眼的東西，小爺我好歹第一場沒被幹掉，留了下來，那也是有真本事的。結果妳看看他們說的是什麼，說我因為皮相，才會有這麼多人賭我贏……我呸！」

那一廂，茶樓裡的說書先生已然在那兒口沫橫飛，將當日辨香大賽描述得刀光劍影，暗藏殺機。

蘇白芷暗笑不語，若是要以皮相取勝，那沈君山當仁不讓，應奪冠。

正想著，她一抬頭，正好看到沈君山攜著沂源，站在說書先生的面前側著耳朵傾聽，臉上掛著微微的笑。

幾人皆是從趙和德處出來。得知製香大賽需提前幾日進行，這便意味著，蘇白芷需要提早收拾些物什，明日便得入住琦梅園——這是聖上親撥的，用於這次比試，顯見著聖上對此次比試的看重。

沂源拽了拽他的袖子，他才回了神，含著笑同蘇白芷頷首，再聽說書先生的段子時，已是搖了搖頭，兀自去了。

隔天，蘇白芷一人帶著個小包裹入了園子，這琦梅園共有四個院子，他們四人正好一人占了一個。而沈君山的院子就在她的隔壁，中間有一道小門，是可以互通的。只不過為了避嫌，這會兒中間有個人把守著。

蘇白芷才將貼身衣物放置妥帖，便有人在外輕輕敲了門，她一開門，便看到一個太監模樣的人，將手頭的包裹遞給她道：「蘇姑娘，五皇子吩咐奴才將這個交給您。若是這半個月姑娘還有事，大可喚奴才，奴才會一直在這琦梅園中。」

她知道近日韓壽極忙，前幾日聽聞梁州鬧蝗災，皇上特地讓韓壽去治理。他臨走時，還來同蘇白芷道別。只是不承想，他什麼都替蘇白芷打點好了。

屋裡顯眼處，放著一盆玉芙蓉。只消一眼，她便知道他曾經來過。

那盒子裡，放的卻是蘇白芷平日調理身子用的藥丸，大夫不過說過一次，韓壽便記在心頭，特意遣了人去找了最好的藥材製了藥丸，囑咐蘇白芷定要定時服用。若不是他這會兒又讓人送來，她還真沒帶在身上。

心裡不由得暖了一暖，趁著自個兒興致還足，她連忙將前幾日辨香時寫出的方子拿出。據趙和德說，當日參加辨香大賽的，除了沈君山一人配方全對之外，靳遠揚錯了一味，她同喬至廣均錯了兩味。

可總共二十道方子，究竟是哪兩味香錯了？況且，距辨香之日已有十幾日，香味，本就是虛無縹緲的東西。要想得起當日每一味香品的味道，那當真是……

蘇白芷閉上眼睛，努力回想當日每一道香的味道，拋卻了原本的方子，重新書寫了一遍，等全部做完，已經是兩個時辰之後，再對比原本的香方，進行改正。

等一切弄完，她站起身時，便已覺天黑。

月上柳梢，和風徐徐，蘇白芷難得遇上這樣和婉的天氣，不知不覺一個人便走到了琦梅園的落梅湖畔。

遠遠地便見到一個人站在落梅湖畔，這季節雖未有梅花，可沿湖，皆掛著紅燈籠，一圈紅燈籠，點點火光落在湖面，亦是美不勝收。

偏生，那個人卻像是這火光中的謫仙，偶入凡塵，沾了人氣，白衣飄飄，更添風流。

她還是宋景秋時，每日都會在日出之前，在花園裡採取露水為沈研和蕭氏泡茶之用。每一日，她採完露水，都能看到亭子裡的沈君山。

日出時分，他在亭子裡，或手執一管笛，笛聲輕盈若飛；或手執畫筆，細細描摹著什麼。

彼此從未打過招呼。

她腳步一動，那人便回了神，嘴邊仍是那微微的淺笑，喚她道：「蘇姑娘身子可好些了？」

「已無大礙。」蘇白芷淡淡回道，走到沈君山身邊同他並肩時，方才發現，越近湖邊，那美景越發讓人沈醉。

「這般美景，若只是懷著遊玩的心情來賞，那該有多好。」沈君山淡淡道，片刻後，方才低聲道：「對不起。」

「嗯？」蘇白芷怔了一怔。

沈君山這才苦澀地笑道：「蘇姑娘白白受了五天的罪，沈某不敢說，與沈家半點關係也無。」

這人……坦蕩蕩到讓人恨不起來。

分明是名醫之徒，若是他從醫，該有多好。

蘇白芷默默想著，那一陣風吹來，一陣淡淡的藥香入鼻，她幾乎是脫口而出道：「外頭風大，二公子吹不得風，還是趕緊回屋吧。那個清心丸要記得吃，若是斷了藥，仔細張聖手又要罵你。」

這句話說得如此自然，自然到她像是說了許多許多回。等她意識到時，沈君山的臉色已經變了幾變。

當年，每回見著沈君山，她說得最多的就是：外頭風大，二弟身子不好，還是早些回屋吧。那個清心丸要記得吃，若是斷了藥，仔細張聖手又要罵你。

是他恍惚了？還是她確然說過這樣的話？

沈君山只看到眼前的蘇白芷恍如自己說錯話一般下意識地咬了下唇。

清風送暖香，拂過蘇白芷的頭髮，一陣清香入鼻，他握著蘇白芷的手臂問道：「妳如何得知這些？妳是誰？」

蘇白芷慌亂之下，不由自主地往後退了一步，險些踏空落入水中，驚魂未定之時，沈君山連攬住她的腰往裡靠了靠，這一下便將兩人的距離拉近。

等回神之時，整個人已經窩在沈君山的懷裡，她連掙脫沈君山，站定之後，低低說了句「謝謝」。

沈君山望著眼前的人，那樣的眉目，若說是五官頗像蘇白禾，可那氣質……

一個人從裡而外散發出的氣質是獨特的。

兩個人的神似，究竟有多像？

蘇白芷定了定神，然後福了福身，對沈君山道：「二公子身上有淡淡的藥香，想必身子有些不爽利，還是早些歇息才好。」

話說完，自個兒先是提著裙角，匆匆而去。

直到拐角處，她驚魂未定，回頭去看沈君山，卻見他依然望著她離去的方向，怔怔出神。

一瞬間，她幾乎懷疑自己在沈君山的身上，看到了一股落寞。

第二日一早，她的門外又有人敲開，昨日送藥來的小太監規規矩矩地說：「五皇子怕此間伙食不合姑娘胃口，特意讓奴才做些姑娘愛吃的送來。這些都是奴才親手所做，姑娘大可放心食用。」

她接過食盒子，轉身入了屋子，打開食盒子時，果真見裡頭附著一封信，是韓壽的筆跡。上面寫著──「四寶是自己人，勿憂心。壽。」

單字「壽」。

蘇白芷默默地撫過那幾個字，頓時怔了神。

咬一口鬆軟的桂花糕，蘇白芷的一天正式開始。

正如蘇白芷原本所預料的，這一回製香，御香坊所給的材料果真是缺東少西，若是一味香做不成，想要從頭再做，那麼對於其他的香品製作絕對是有影響。

所以她在製香之前，便精確地算好每一味香品需要的原料，務必讓每一個細節都是一次到位，這樣，才能節省下最多的原料調配那唯一一道可自由操控的香。

整整三天，她都將自己鎖在配香房裡，偶爾想起來，方才吃一、兩塊四寶送來的食物。趁著天氣晴好，濕度適中，她加緊時間將二十味香品製作完成。爾後，便是直接趴在床上睡了一整天。

迷迷糊糊時，聽到一陣嗚咽的笛聲。蘇白芷側耳聆聽了一會兒，這才起了身，分辨了一會兒，不知不覺便跟著唸道──

秋風清，秋月明，落葉聚還散，寒鴉棲復驚。

相思相見知何日？此時此夜難為情！

入我相思門，知我相思苦，長相思兮長相憶，短相思兮無窮極，早知如此絆人心，何如當初莫相識。

分明夏至未至，卻有人吹奏這淒苦冷清的悲秋之詞。她不由得起了身，開了門，四寶已經等在門外，低聲說道：「姑娘已經睡了一天了，想必餓壞了。這是奴才特意為姑娘所做的羅勒雞湯，姑娘先暖暖肚子吧。」

蘇白芷在門口站了一會兒，那笛聲卻弱了。她方才問四喜道：「是誰在吹笛？」

「許是沈二公子吧。他昨兒也將香入窖藏了，這笛子也吹了好一會兒了。」四寶低聲道，頓了一會兒方才道：「聽聞二公子院子裡的丫頭說，二公子入園那日晚上許是在外頭吹了風，咳嗽了數日，一直不見好轉。直到今日淑貴妃來看望他，方才遣了太醫來。」

「無大礙吧？」

「應該是無大礙。」四寶老實回道。

蘇白芷點了點頭，用了餐，想到沈君山此刻應是在屋中休養，便自個兒出了園子。

沒想到，這會兒遇到的卻是喬至廣同靳遠揚。

三人各自行過禮，喬至廣方才笑道：「都說琦梅園中景色如人間仙境，可我不過在這院子中待了五日，便有些待不住了。幸而，今日遇到蘇姑娘。這景色再美，又哪如蘇姑娘如花美眷楚楚動人？」

蘇白芷嫣然一笑，反倒忽略了喬至廣，同靳遠揚說道：「聽聞靳公子兩日便將所需的香全數製出，不知道這第二十一味香，是否也在窨裡？」

「尚未。」靳遠揚笑道：「靳某製香時費料過多，如今，手頭的原料著實不大夠用，還在思考如何處理。」

喬至廣攤手道：「靳公子那還算好。我製到第十五道香，所有的原料便全部用盡。什麼御香局，這麼扣剋。我這次，真是純陪太子唸書了。」

「琦梅園好歹也是皇家園林，即使不能獲勝，能入此一觀，也算無憾了。」靳遠揚安慰道。

喬至廣眼睛一轉，又道：「聽聞二公子病了。若是二公子因病失了水準，那蘇姑娘的贏面可就大多了。」

「最後鬥香，不是看誰做得多，而是看誰做得好。」蘇白芷淡淡回道：「說不準，喬公子十五味香品味味出眾，拔得頭籌也說不準呢？勝敗，尚未可知。」

靳遠揚一心撲在調香上，論理也是謙謙君子。唯獨這喬至廣，見著誰都能親近，可過往又有那樣的名聲，她哪裡還敢多加靠近。指不定，他說是十五道香，可實際上，遠遠不止這個數呢！

蘇白芷思量片刻，此地仍是不可久留。匆匆告辭，沿途見百花盛開，心思一動，便採了一些鮮花回了園子。

那一廂，四寶卻已經嚴肅著臉站在院子裡，見她回來，連忙迎上來道：「姑娘，您的香窖險些出事了。」

蘇白芷連問怎麼了。四寶這才道，方才她前腳剛離開，院子裡有個丫頭見尋不著她人，便去香窖裡尋她。怎知毛手毛腳，險些將香罈打破。幸而前來尋蘇白芷的沈君山攔住了，方才沒釀成大禍。

這事報給管琦梅園的首領太監了，說是為了責罰那丫頭，打了三十個板子，不知道那丫頭身子這麼弱，三十板子下去，人就沒了。

四寶說得隱晦，可蘇白芷到底還是明白了。只怕這丫頭也是形跡可疑，衝著她來的。只是這下人都沒了，還哪裡去尋她問個清楚？

她不過出去片刻，一條人命便賠進去了。人命竟是輕賤若此。

蘇白芷越發警惕，這餘下的幾日，便自個兒守在屋子裡，一步也不敢邁出。

待離園子前日，天上突然噼哩啪啦下起大雨，隔天便傳來消息，說是靳遠揚藏香的屋子年久失修，屋漏偏逢連夜雨，所有的香都泡了水，只怕是不能用了。

所有的努力功虧一簣，他離去之前，望著那屋子許久，定定地說了一句：「這御香坊的比試，從今往後，靳家人不再參與。」

許是少了這許多追名逐利的心，靳遠揚潛心學習製香之術，終在佛香一脈上有所成就。此是後話。

在三個人皆從琦梅園中離開的當日，三人皆須將自己所製的香上繳，交由御香局保管，鬥香比賽隔日舉行。出乎蘇白芷意料的是，喬至廣也交了白卷——零道香。

她驚訝地望著喬至廣，他仍是不慌不忙地搖著玉骨扇道：「小爺就是來賞院子的。這你爭我奪的事兒，還是交給妳同沈二公子幹吧！小爺不奉陪了。」

這鬥香大賽，徹底成了蘇白芷同沈君山的專場。

喬至廣臨走時，附在她耳邊，低聲說道：「民不與官鬥，好自為之。」

蘇白芷身上一凜，待要尋他時，他已經走遠了。

回了家，屋子裡坐的卻不是姚氏與蘇明燁，反倒是笑咪咪的韓壽。

她正要規規矩矩地上前喊一句「五殿下」，韓壽攔著她，擰著眉道：「又沒有旁人，要這些虛禮幹什麼。」

蘇白芷不依，仍是低下身去。韓壽擰不過她，冷著臉看她，半晌不說話。

片刻後方才道：「我讓四寶給妳做的菜，妳可喜歡？」

「都是平日蘇九愛吃的，讓殿下費心了。」

「妳喜歡便好。」韓壽伸手去拉蘇白芷，見她又要躲，索性用了強，拉過她的手，往她手裡塞了個草編的螞蚱，笑道：「前幾日在梁州，看著那漫天的螞蚱想，若是妳在場，定要失聲尖叫的。這螞蚱是梁州街頭賣藝的老人教我做的，我做了幾日方才做了這麼個像的。妳可收好了。」

「好端端的，給我螞蚱幹麼……」蘇白芷抑鬱了。莫非他看了幾天的蝗蟲還看不夠不成？

「我只是想告訴妳，這一條繩子上的螞蚱，誰若是跑了，便帶著另一隻一起跑，挺好。」

韓壽盯著她笑，爾後又道：「我可是想著妳今日出園子，特意從梁州趕回來見妳的，妳倒是擺著個冷臉給我瞧。」

「我哪裡有冷臉了……」蘇白芷低聲抗議，眼見著韓壽壞笑，別過臉去。

韓壽趁她不備，輕輕摟著她，旋即放開道：「我真要趕回去了。明日妳鬥香大賽我是看不得了。這一路上，該掃掉的人，淑貴妃都替妳掃了，她也動不得妳，明日妳只需盡全力便好。什麼御香坊不御香坊的，妳得了便好，若是不得也無須掛懷。」

「才不要……」蘇白芷低聲道。

「什麼要不要的，養家餬口，本就是男人該做的。妳要不得御香坊才好，我便可以名正言順地養著妳。」韓壽含笑道，揉了揉蘇白芷的頭。「我真要走了。若是不走，梁州知府只怕會以為他們的五殿下憑空消失了。」

臨走時，卻又是叮囑了一句。「不要想東想西，凡事自有我撐著。蘇白芷，如果妳我之間只有一百步的距離，妳不願意動，或者害怕動，都不打緊。我來走這一百步，我來靠近妳。妳只要同我保證，妳不後退，一直在原地等著我，就夠了。成嗎？」

他說完，上了大馬便飛馳而去。

蘇白芷一個人愣在原地，待回神時，眼角已經落了淚，明明心裡該百味雜陳，這會兒卻只剩下韓壽的話語。

她暗暗回了神，卻聽到有人在揚聲喚道：「秋兒，妳怎麼在這兒？」

第三十章

夜色如墨涼如水。

婉轉淒涼的笛聲迴盪在定國公府的上方，一遍一遍的回轉。

沈君柯靜靜地站在迴廊裡，沂源細細說道：「二公子自從琦梅園回來，便一直將自己困在屋子裡，不曾出來過。」

「最近他可曾見過什麼人？」

「不曾。」沂源低了頭，恭敬地回道。

「不曾？」沈君柯瞇起一雙眼，仔細打量沂源，片刻後像是鬆了一口氣般，道：「也罷。你去吧，好好看著二少爺。」

一僕不能事二主，沂源總算明白了這個道理。

他許久沒聽過沈君山這樣亂的笛音。第一次聽，是他方才從邊關回來，他連自個兒的新娘都未曾去見，便興致勃勃地想要去尋他。也是這樣，他站在院子裡，聽著他雜亂的笛音，可那笛音裡有淡淡的綿柔，似是羽毛一般撓得人心癢癢。

第二次……

「許久沒聽你這麼吹笛子了。」按下沈君山的手，笛聲戛然而止。沈君柯接過沈君山的笛子，翠綠的笛身，晶瑩剔透，偏生有些點點滴滴的紅，滲進笛子本身。

「許久未曾碰過這笛子，有些生疏了。」沈君山淡淡笑道。

「上一次見你用這管笛子已經是三年多以前了。」

宋景秋死後，他依舊是溫雅淡笑，可卻是大病了一場，險些也去了。自此，再也沒見過沈君山用過這管笛子。

「可是遇到了什麼人？」沈君柯低聲問道。

沈君山挑起一雙好看的眉眼，靜靜地看著沈君柯，突然淺笑。「近來我總是想起小時候，我還在藥廬時，兄長總給我來信，說是宋將軍家有個頂可愛的小姑娘，見著你，總跟在你後頭調皮搗蛋。」

沈君柯的臉色變了變，蹙著眉道：「好端端的，怎麼說起了這個？」

「兄長不知。在藥廬時，為了治病，我得成日泡在藥酒裡，連個同齡的伴都沒有。痛不欲生時，我便想著，我總要早點好，好見見兄長口中這個可愛的小姑娘，或許，她還能帶著我抓蛐蛐兒。」

「抓蛐蛐兒……」沈君柯笑，若是按照宋景秋兒時的脾性，上竄下跳沒個定性，像個假小子一般，別說是抓蛐蛐兒，沒準兒還能拉著沈君山去河邊釣魚，去山上爬樹。

他一直都不明白，入府之前的宋景秋分明活潑開朗，同一般的女子是不同的，可就在她入府之後，似乎一切都變了。

那個小時候調皮搗蛋的假小子變作了一般宅門裡的女子，儘管溫婉如水，卻似用模子打出來的行屍走肉。

以至於他再次見到她時，隱隱地有些失望。

那個他親自向母親求娶的女子，最後卻在他面前以最決絕的方式結束了自己的性命。那燃起的大火，似乎還在他的眼前灼灼燃燒。

「你可曾後悔過？」沈君山一雙墨染的眸子看著沈君柯，低聲問道：「若是讓你再選一次，你是不是還是選擇捨棄她？」

沈君柯靜靜地看著他，許久之後方才起了身道：「姑母這次對御香坊勢在必得，辛苦二弟了。」

後悔？從來輪不到他後悔，他只能往前看。當日他娶宋景秋，是真的想同她過上一輩子。

沒人知道，成親之後，他曾經回府一趟。

新婚燕爾，他未能親自迎娶新娘，他本就愧疚。那日過府，他特意悄悄回來，本是想給宋景秋一個驚喜。

那日悄悄回來，他卻看到了什麼？

偌大的花園裡，宋景秋恬靜地坐在假山上的亭子裡。他家的二弟站在花園的角落，凝望著她的眼神，是讓他驚懼的情意。

他欠沈君山的，他曾經說過，用什麼還都成，命也可以。

可是宋景秋不成。當真不成。

那是他一直心心念念的女子啊……

當時，他以為他做不到。

可偏偏事隨時移，他的家族需要他娶蘇白禾……

一個無依無靠、無權無勢的宋景秋幫不了他，即使他想，可淑貴妃不許，定國公不許，整個沈氏也不許，他終究要走上這一步。

與其看著那個鮮活的生命在定國公府漸漸枯萎，不如放過她。

學著冷面冷心，讓自己成為一個自己都鄙視的人。

可到底，還是害了她。

若是當初，成全了她和君山……

「怎麼可能呢？」沈君柯自嘲地搖了搖頭。

終究，做不到。

筆尖的墨水，啪嗒一聲，正正落在紙上，模糊了紙上那人的笑靨如花，沈君柯愣怔了片刻，喃喃道：「若是再選一次，我絕不讓妳靠近定國公府半分。」

「秋兒……」又是一聲呼喚在耳畔響起。蘇白芷夢裡雙腳踏了個空，人便醒了。

白日裡，有人喚秋兒，她習慣地回頭去看，卻是一個老伯摟著個小姑娘，在那兒笑咪咪地逗她吃糖葫蘆。

她失聲笑了笑。宋景秋這個名字，刻進她的生命裡十幾年，再也拔除不去。便是這聲「秋兒」，她就已逃脫不去。

回身時，那老伯已經抱著那個小「秋兒」遠去了。

蘇白芷胡亂洗了把臉，姚氏已經準備好早飯等著蘇白芷。蘇明燁見她眼底全是青影，取笑道：「我只道妹妹膽子大得能包天，怎麼也會緊張得睡不著覺？」

蘇白芷喝一口白粥，回嘴道：「哥哥過幾日便要會試，只怕又要挑燈夜讀，眼底比我還要黑。到時候可別怪我這個親妹妹不仁義，取笑你。」

「那哪敢不拚了命去唸書呀！妹妹今日若是得了香狀元，哥哥我怎能示弱？」蘇明燁笑著又給她遞了塊薺菜盒子。「今兒個我可是特地跟書院請了假，去湊一湊妹妹的熱鬧。」

「這熱鬧不太好湊。」蘇白芷道：「入場觀看的人需要有請帖……」她話音還未落，蘇明燁已是揚了揚手上的帖子，洋洋得意道：「前幾日五殿下便派了人送來請帖。如此重要的場合，我如何能讓妹妹孤軍奮戰？」

蘇白芷一口白粥噎在喉嚨口，鬱悶了……

因到了鬥香這一環節時，已經只剩下瑞昌同十里香風兩家香料行，十里香風乃是常勝將軍，而瑞昌作為京師裡方才熱門崛起的香料行，也獲得了不少的矚目，外界對瑞昌的評價也越發高了。

更重要的是，許多閨閣中的女子都想看看，蘇白芷究竟是何方神聖，竟能走到今天這一個位置，而坊間，也越來越多的人聽聞了蘇白芷同蘇白禾的賭約——這十里香風的匾額，摘是不摘？

所以蘇白芷到達現場的時候，便見到了許多熟悉的面孔。包括簇擁在蘇白禾身邊的那一群官家夫人。

蘇白禾只狠狠地剜了她幾眼，便若無其事地挪開了視線。倒是她身邊認得蘇白芷的人不屑地嘀咕道：「這蘇姑娘好大的架子，見了將軍夫人也不知行禮，這般沒禮數，也不知道是誰教出來的。」

「就是。」旁人附和道：「不過是贏了兩場，便當自己真是烏鴉變鳳凰了。還妄想摘下十里香風的匾額，也不看看自己幾斤幾兩重。」

「我是真想看看這位姑娘收拾包裹滾出益州的模樣呢！」又一個人捏了帕子低聲笑道。

蘇白禾靜靜地聽著，見蘇白芷臉色未變，咬著牙含笑對她道：「念在妳我是同宗同族的姊妹分上，若是妳即刻認輸，我還可以體體面面地讓人用馬車將妳送回建州。否則……」

「謝謝堂姊如此為阿九著想了。」蘇白芷掃視一圈蘇白禾身邊的人，福了福身淺笑道：「蘇九自小受娘親教導，有約必守。這中途棄約之事，蘇九萬萬不敢想。自個兒幾斤幾兩重，蘇九也是知道的，十里香風乃是大齊香料行之首，蘇九若是輸了，也是應當的，到時回了建州，只當潛心修練。哦，對了，我娘自小教導我，在背後妄議他人可是欠教養的市井女子才會做的事兒，蘇九從來不敢呢。」

「妳！」被拐彎抹角罵了一通的那個姑娘正要發作，蘇白禾攔著她，低聲笑道：「那便祝妹妹事事順意。」

斜睨了她一眼，蘇白禾帶著一旁絞帕子、咬牙切齒的幾個人入了旁席。

蘇白芷笑盈盈地恭送她們離開，一回身，沈君山就站在背後。她忙朝沈君山福了福身，兩人雙雙入了座。

今日鬥香的評判總共五人，她放眼過去，只認得一個林信生。在鬥香比賽正式開始前，那五個評判同沈君山都一一打過招呼，獨獨一個林信生，走到她身邊頗為擔憂地說道，其餘的四個評判，素日同定國公府交好，在來之前，又受了宮裡人的指示。

至於是宮裡哪個人，蘇白芷自不必問。

抬眼看向蘇白禾，正好她帶著一絲譏誚看著自己。

「哐」一聲響，鬥香比試正式開始。

正如蘇白芷所預想到的，前十味香，可說是以一邊倒的局面。幾乎所有的評判在品香之後，都是判定沈君山勝出。

這注定是個不公平的比試。蘇白芷閉上眼睛，耳邊不斷喧囂著場中觀眾的喧譁聲。鬥香要的是靜心，可偏偏已經開始喧鬧，所有人都在斷定她的失敗。

或許所有人都認為，她是在不自量力。蚍蜉何以撼樹……林信生的憂心，那幾個評判的不以為然，所有人的眼神都落在她的眼裡。

或許同情，或許譏誚，或許……

這樣的眼神她看了太多次，自重生後，蘇白芷遇到過太多這樣的情形。看，她就是個不自量力的人。她幾乎聽到這句話。

握緊了拳頭，蘇白芷輕聲笑，低低說道：「全是假的……」

她的聲音雖小，可卻清晰地響徹在席間。沈君山側過頭，只看到她嘴邊噙著笑，忍不住問了一句：「妳說什麼？」

「我說，這些評判全是假的。」蘇白芷站起身，一一掃過那些評判的臉，最後定在了林信生臉上，只見他含著笑，默默地點了點頭。

「我曾聽聞，今日來當鬥香大賽評判的皆是剛正不阿的仁者，全是品香的大家。可今日看來，全不是如此。」

「妳說什麼！」席間，一評判拍案而起，指著蘇白芷道：「在座的，皆是在香道上頗有造詣的大家，受了朝廷重託方才當了這評判。妳一個小小女子，怎可如此誣衊行內長者！」

「蘇九不才，但也不敢誣衊各位品香大家。」蘇白芷徑直走到五位評審面前，福了福身，這才清嗓子道。

「蘇九素聞，大齊之所以好香，是因為香之高雅若人之品行節操。文人好香，是因為現世污濁，我們只能通過各種香料的純粹來淨化現世，以達平心靜氣之用。焚香的目的正是如此，當士子躋身茅屋定下，端坐於斗室之中，求的不過是拋卻雜念，蕩滌心中塵埃。所以對於品香師來說，不僅僅是要香氣正，品香之人也應心如止水，不偏不頗。我相信，各位既是受重託，必定秉著公平正義之心去品香。」

「小小女子，能有如此見地，也不枉費林大人細心教導。」那白鬍子評判點了點頭，旋即蹙眉頭：「既是如此，妳何以言評判全為假？」

蘇白芷淺淺一笑，方才轉身對其中一位評判道：「既然已經品過了十味香，晚輩想向各位前輩討教討教。這十味香，蘇九總共才有兩味香勝過了沈公子。那麼，蘇九究竟是敗在了何處，可否請各位前輩點評一二？」

那白鬍子評判捋了捋鬍子，眼底閃過一絲訝異，吹著鬍子道：「這是御香坊的鬥香比試，豈是兒戲？若是姑娘想要聽點評，大可比試完後再來聽取。」

「就是鬥香比試，事關重大，蘇九才想要輸個明明白白，心服口服！」蘇白芷面向場內其他人，一掃而過時，正好看到蘇白禾眼底裡的憐憫，她宛然一笑，正對白鬍子評判時，已是神色清明。

「今日在場這麼多百姓，許是裡頭也有行家，但大多數都是來看個熱鬧的百姓，想必大家都想知道各位評判的標準在何處。這分明是一樣的香品，一樣的香氣，如何分個高下？」

蘇白芷字字抑揚頓挫，便是面對大家時，也是一副自信滿滿的模樣。偏生停頓下來，嘴角抿出一個倨傲的線條。

林信生指尖點了點桌面，等蘇白芷說完，方才道：「阿九，今日乃是鬥香比賽，幾位大家多是妳的前輩，妳不可放肆，退下！」

「師父……」蘇白芷聞言，語氣軟了幾分道：「阿九不服！」

「有什麼不服？難不成妳想說，這些大家有心偏袒沈二公子不成！」林信生厲聲道，揮了揮手。

正要遣退蘇白芷，蘇白芷雙腿一跪，梗著脖子道：「我不知道大家是否有心偏袒沈二公子。只是今日的香，不對！」

「有什麼不對？那香是妳親手製作的，交與御香局管理，不過一日，妳總不能說妳的香被人調包了？」

白鬍子評判怒目道：「蘇九，妳這樣不依不饒，莫非是要換掉我們幾個評判妳才甘心？」

「目無尊長。」一旁的評判冷哼了一聲道：「這樣焦躁的性子如何能挑出平心靜氣的香。若要說缺點，便是妳這樣的性子。在妳的香裡，全無一點真心，就算是香氣到了又如何？不過是做個樣子。」

一句話將蘇白芷噎在原地，回頭去看沈君山，揚聲道：「沈二公子，這可如何是好？孫評判覺得，你的香裡，全無一點真心。」

自第一道香開始，她就隱隱覺得不對。香是她配的，雖說她同沈君山調香的方子可能一模一樣，可是，她就覺得那香不是她的。

直到那勝出的兩味香，她才覺察出來。那香湯本是她的弱項，卻是沈君山的強項，還有那香粉……

若是這幾位評判仔細品香，或許能覺察出其中的異樣，可惜，他們都是走過場的傀儡，一味地附和沈君山。

除了林信生，幾回打眼色讓她按捺住。她原本也想就這麼到最後……可是她偏偏看到沈君山臉上的笑。

那種若有似無的笑，她幾乎可以斷定，到了二十道香完全評定完，他幾乎鎖定勝局之後，他一定會來個大反轉。

沈君山，從來就不是個卑鄙的人。而他說一句話，勝過她在這些老頭面前說的幾十句。

白得的一場勝利……可就是在看到他的那抹笑之後，蘇白芷忍不住說了那句——「全是假的……」

之後的一切，像是有人推了她一把，以至於她硬著頭皮走到了現在。

沈君山嘴角方才抹開一絲淺笑，在蘇白芷不可思議的眼神中，起身走至那些評判面前，笑道：「晚輩製香亦有許多年，經驗不足，多謝孫前輩指教。」

「這……」孫評判一怔。

沈君山已經指著即將燃盡的香，笑道：「晚輩也不知道為何。只是這已經評定的十味香品，全是蘇姑娘的，不是我的，晚輩輸了。怕是剩下的十味香也是被人弄錯了，還是換回來的好。」

「這怎麼可能。二公子莫不是搞錯了？」孫評判擦了把汗。

沈君山已是作揖道：「晚輩自個兒的香，還是認得的。」

林信生看向蘇白芷道：「阿九，妳如何說？」

「確實弄錯了。」蘇白芷道：「只是二公子的香，配方用量同阿九一模一樣，阿九原本也不確定，直到這十道香過去了，阿九方才覺察出不對。想必二公子同我也是一樣的。」

沈君山已是點點頭，含笑道：「確實如此。」

啪啪啪，場地中突然響起一陣枴杖的聲音，眾人回頭，這才發現旁邊的白色帷幕中一直有人。

蘇白芷還沒反應過來，旁人已經是齊唰唰地跪了一地，她連跟著跪下。

蘇白芷心裡咯噔一下，頭頂上響起一個略顯蒼老卻透著威嚴的聲音，對著她的方向道：「這個小姑娘倒挺有意思的。那股倔強的勁兒，我看著挺喜歡。」

「蘇姑娘也是個有本事的人，前兒個太后娘娘聞到的暖香，便是蘇姑娘調配的。」

太后？竟然引來了太后。

也不知道他在一旁看了多久。蘇白芷心裡哀怨，昨兒個韓壽分明說要去梁州，今兒個怎麼又在這兒出現了？還帶來了太后！

「哦，抬起頭來給我看看。」

蘇白芷靜了氣，慢慢抬頭，見一個白髮霜鬢的老人家，微微笑著，點頭道：「嗯，長得很是俊俏。都起來吧！難得今兒個天氣好，老五孝順，願意同我這個老人家一起湊個熱鬧。」

「是。」蘇白芷連忙站起來，恭恭敬敬地站到一旁。

太后只旁若無人，對著韓壽笑道：「這御香坊的比試也是熱鬧。前兒個聽說還弄傷了幾位調香的老師傅，惹得人家生計都沒了。淑貴妃還自請閉足一個月，這會子也不知道反省好了沒。我倒不知，這不過調香、配香，怎麼就有這麼多名堂，好端端的，讓人品香的心情都沒了。」

「那是沒碰上讓祖母喜歡的香。」韓壽笑道：「看起來倒是這御香局的奴才做事不盡心，都沒給祖母尋幾品好香。」

「是該罰。人家盡心盡力忙活了半個月，還把人家的香給弄錯了，這可是真造孽。」太后笑道，見蘇白芷低頭站在一旁，指著笑道：「你看，好端端的一個小姑娘，累得手指都粗了，到頭來，還輸得冤枉。如今的姑娘，一個個都嬌滴滴的，難得遇上個能幹的。」

「祖母當年可是披著戰甲隨太祖在戰場上廝殺過的人，如今的姑娘哪裡能比得上。」韓壽笑道。

祖孫倆你一言、我一語，聽得幾個評判心驚膽戰。

韓壽這才笑道：「這回祖母可是錯怪御香局那幫奴才了。孫兒在外遊學時曾聽聞，在大周國鬥香，調香者的名字是不許洩漏出去的，這樣可以避免有些懂得看眼色的評判失了公允之心。是以孫兒方才仿效大周，將兩位調香師的香品調換，各位評判果真不讓孫兒失望。到底還是蘇姑娘技高一籌，贏得多。」

太后笑道：「原來如此。」

這兩人，一言一語間便給幾個評判搭了個臺階。蘇白芷輕輕吁了口氣。

片刻後，太后方才喚道：「孫林？」

那姓孫的評判忙跪下，太后這才道：「不是還有十幾味香，繼續吧。我乏了，回去了。年紀大了，記性什麼都不大好，幸而眼睛還看得清……」

「好的、好的……」孫林擦了擦汗。

誰知道蘇白芷卻跪下來，對著太后磕了頭方才道：「太后娘娘，方才蘇九不知太后娘娘在帷帳之中，是以言行有些無狀，懇請太后娘娘赦免阿九冒犯幾位大家的罪過。」

太后一怔，旋即笑道：「沒什麼。妳也是據理力爭，不礙事。想來幾位評判也是眼界開闊的人，不會將這些小事放在心上。」

蘇白芷見幾位評判青著臉點頭，又對太后磕了個頭道：「但凡比試應當有個規則，作為評判，更應事先懂得那個規則。如今既是五皇子殿下改了這規矩，那我們過往不計，鬥香結果，以餘下的十幾道香為準，不知太后娘娘可否應允？」

「方才可是妳贏得多，妳不覺得可惜？」太后笑道。

「若是阿九有實力，餘下的香也定然不會出岔子。」蘇白芷恭恭敬敬地低著頭，直到太后應允方方才起了身，背後卻已是濕了。

什麼是比試，現在才是真正的比試。

如果她蘇白芷方才喜孜孜地就這原本十道香的成績繼續比下去，她才是白活了。傻子都看出來，是韓壽在中間搞了鬼，她才能贏得前半局。若是她就著方才的結果接著鬥香，那傳出去，就是太后不公允，她走了太后的後門。

在太后娘娘這兒，她更是吃定了貪小利、不明理的虧，這個印象一旦落下了，不但她完了，幫著她的韓壽也抬不起頭來。

兩人在看完前半局、攪渾了水便走，也正是說明，兩人只是撥亂反正，並沒有想要偏袒任何一方的意思。

早些年，她便聽說這個太后不簡單，遇見了千萬要小心。如今看著和和樂樂的，誰能想到，當年便是她馳騁戰場隨著先帝奪下江山？

當年宋良無數次提起太后的光榮史，她也極為敬仰。今日方知，敬仰和畏懼不過一線之差。

幸好……蘇白芷背後冷汗往下掉，幸好方才她忍住了。方才她一激動，險些將宋景秋兒時的個性暴露出來——她是真的很想指著那幾個老頭的鼻子罵他們一丘之貉。

幸好啊……

蘇白芷抬頭，太后已經遠走，身旁的沈君山輕輕地吁了口氣，嘴角微動。

唯獨蘇白芷一人聽到，他低聲說：「咱們的比試，開始了……」

蘇白芷越過沈君山的身後，座位席上的蘇白禾身子微微一傾斜，倏然臉色發白。

第三十一章

轎子剛落了地，蘇白禾便在旁人的攙扶下入了府。丫鬟見著她臉色不大好，忙將準備好的蔘茶奉上，誰知她剛剛接過，手卻不停哆嗦。

丫鬟連忙問道：「少奶奶，可是身子不舒服，可要喊大夫？」

蘇白禾擺了擺手，只覺得自己頭痛欲裂，指尖揉了會兒眉心，腦子裡突然打了條通路一般，忙喚來丫鬟道：「快，備轎，去學士府。」

一路上，蘇白禾不停催促轎伕加快腳程，走入學士府時，也顧不得平日的教養，直奔蘇學士的書房，跪在了蘇學士面前。

「爹，這回您一定要幫我。」話未曾出口，便已經哽咽。

「怎麼了？」蘇學士吃了一驚。自蘇白禾出嫁後，雖是同沈君柯之間有諸多問題，在成親沒多久便因為爭吵回了娘家，可自小她便傲得不行，何曾這樣兩眼淚汪汪？若不是遇上天大的難題，蘇白禾如何能服軟？

「爹，二弟他……二弟他輸了御香坊的比試！」

誰都沒料到，在經過八比二的逆轉再戰之後，蘇白芷竟然能以五比五同沈君山打成了平手。

那些個評判，被太后一嚇唬，再不敢輕慢，每一樣香品都在認真品評之後方才得出結果。

她原本以為沈君山會在最後一味香品中完敗蘇白芷，甚至所有人都這麼認為——大齊第一香坊的調香師如何會輸給一個名不見經傳的小角色？

可偏偏……

「蘇姑娘，妳這香雖好，可是卻壞了咱們御香局比試的規矩。若是老夫沒斷錯，這香裡只怕加了芍藥、丁香等花。」蘇白禾分明聽到孫林這樣說。那一瞬間，她一口氣放鬆下來。為了贏，蘇白芷不擇手段，簡直自取滅亡。

她不屑地起了身，準備離開時，卻聽到身後的蘇白芷不疾不徐地在眾人面前解釋道：「咱們比試的規矩裡，只是讓咱們用御香局提供的香草製成二十道香品後的餘香調香，可並未規定咱們製作幾味香品。是以，蘇九便以餘香另製了三道香品，這一道百花爭妍不過是其中一道，所取的百花，也是在琦梅園中所取，並未出園，若是評判覺得此味香不合規矩，那便權當替各位評判舒筋活絡，換個心情。旁的還有兩道香品，卻是蘇九正正經經以餘香製作。」

她詫然回頭，便見沈君山溫雅地站在蘇白芷邊上，微微彎腰作揖，道：「蘇姑娘匠心獨妙，沈君山甘拜下風。」

隨著沈君山的認輸，她的霉運隨之來臨。

蘇白禾心思亂成一團麻，卻見蘇學士淡然一笑，微微點頭道：「意料之外，卻是情理之中。也不枉族長大力推薦她入了京，還為她打點好在京城的一切，如此一來，也算是光耀蘇氏門楣……」

「爹，二弟不能輸，二弟不能輸！那個小賤人不過是個下等人，憑什麼能贏得御香坊的名號……」

「禾兒，妳究竟是怎麼了？」蘇學士喝止住她的喃喃自語，斂著眉道：「什麼是小賤人？這等粗俗的話如何會從妳的口中說出？那是妳堂妹！」

「不！我不要這樣的堂妹！爹，二弟輸了，我便完了……」蘇白禾癱在座位上，低聲將兩人打賭之事一一說與蘇清和。

「妳……」蘇清和一張臉氣得發白，幾度揚起的手又放了下來。

見蘇白禾蒼白著臉，他低聲道：「妳自小心氣高，什麼都要比別人好，爹只想著，若妳是男兒身也好，若不是男兒身，這爭強好勝的性子定然會出事。後來妳要嫁給沈君柯，爹拚了命給妳爭了來，讓妳入了個乾乾淨淨的定國公府做這將軍夫人，只是想要妳過個安穩日子。如今你們也有一子，妳盡心相夫教子不比什麼都好？今兒個捅了這個樓子，不僅是摘了匾額這麼簡單，那是打定國公和淑貴妃娘娘的臉，妳如何擔得起這個責任？」

「女兒那時氣上心頭，淑貴妃娘娘也是應了女兒，這御香坊定是十里香風的囊中物，可誰知……」

啪！

蘇清和終於忍不住狠狠甩了蘇白禾一巴掌，罵道：「囊中之物？所以在這場比試之中出了許多麻煩，也有妳一分功勞？妳可曾想過，蘇九也是姓蘇！她是族長親自託付給爹的，若是將來讓族裡人知道，便是妳殘害自家姊妹，妳讓爹如何在族裡抬起頭來？」

「爹，她無權無勢，爹娘不濟！您竟為了她打我？」蘇白禾捂著臉，一時忘了哭。

「無權無勢？」蘇清和冷笑。「這次御香坊的比試，人人都出了事，唯獨沈君山同蘇九沒遭罪，大家都知道沈君山有淑貴妃護著，那蘇九憑的是什麼？明裡是太后同淑貴妃不和，蘇九祖上冒青煙被太后看上，可背後卻是五皇子大力推薦的。韓公韓斂，便是皇上見了他也要禮讓三分，卻幾次三番提起蘇九這個名字，且讚不絕口。還有……」

蘇白禾抖了一抖，蘇清和繼續說道：「今日大周國的文王爺來訪大齊，不意間同皇上提及一個叫蘇九的女子，說是幾年前曾在建州求學，此女曾贈香墨與他，那香墨他甚是喜歡……妳說，這個蘇九，是哪個蘇九？」

「那又如何！」蘇白禾梗著脖子道：「就算她認識的人再多，不過是個女子，能成什麼大事？」

「我看妳是成日只知嫉妒鬥狠，壞了腦子！」蘇清和怒其不爭氣。「這話妳在家中說說便罷了，若是在旁人面前還這麼口無遮攔，傳入了太后耳朵裡，我看妳如何是好！」

蘇白禾這才想起來，蘇清和曾經不止一次跟她說過這樣的話。當今太后，曾經是天子身邊的女將，最恨的便是她說的這樣的話。

蘇清和嘆了口氣。「她再是個女子，她家中也還有個兄長。聽占兄說，燁哥兒雖未必是狀元之才，可性子極好，占兄對他亦是讚譽有加。都說寧笑白髮翁，莫欺少年窮，假以時日，燁哥兒的成就或許超越我。女兒，妳何時看事情變得如此狹隘了？」

「爹，女兒錯了。」見蘇清和真動了氣，蘇白禾縱然心有不甘，仍是放軟聲音。「女兒如今如何是好？」

「蘇九那丫頭雖是年紀比妳小，可看著卻是通情達理，妳若登門道個歉，她必定不會放在心上的。」

「道歉？她不過是個小賤……」蘇白禾揚聲正要怒罵，見蘇清和額上的青筋隱隱動了動，連忙壓下怒火答道：「是。」

瑞昌門口車水馬龍，不大的店面裡，卻滿滿當當全是人。蘇白禾下了轎，見著店子裡人來來往往，似都是慶賀蘇白芷奪得這御香坊的名號的。她不由冷哼了一聲。

這些香坊的掌櫃倒真是能見風使舵。換作往日，這夥人應當是在十里香風裡誠惶誠恐。一思及此，也不知道十里香風現在如何。蘇白禾心裡不是滋味，更何況，人如此之多，她頓生了逃匿之意。

隨身的丫鬟卻是攔住了她，低聲道：「少奶奶，學士大人千叮嚀、萬囑咐，讓少奶奶千萬今日便把事情辦妥，遲了恐怕有變。」

蘇白禾緊了拳頭，深呼了一口氣，這才帶上滿臉笑意、攢足了氣勢往裡走。才走沒幾步，便有個漂亮的小丫頭攔住她，笑道：「夫人，今兒個東主有喜，不賣香料。若您有中意的香，可明日再來。」

蘇白禾白了她一眼，身邊的丫鬟連忙迎上來道：「這位妹妹，我家夫人是來尋蘇九姑娘的。」

「這兒所有的人今日都在尋我們家小姐。」靈雙笑了笑，引著她入了最顯眼的位置坐下，這才道：「我家姑娘很快便來。」

蘇白禾使了個眼色，身邊的丫鬟連挽住靈雙的手，往裡偷偷塞了錠銀子，低聲道：「這位妹妹，這可是定國公府沈將軍的夫人，也是蘇姑娘的堂姊。有幾句話想同蘇姑娘說說，說完便走。不知可否安排個僻靜的地兒……妳看這人來人往的，姊妹倆說點私房話也不成啊。」

靈雙將銀子往外推了推，見那丫鬟執意推回來，笑笑道：「姊姊這般客氣是做什麼。若是堂小姐，這事便好辦。小姐這會兒只怕在沐浴更衣，我進去同小姐說一說便是了。」

靈雙揣著銀子往堂後走，蘇白芷正坐在書桌前閉目養神，聽見腳步聲，迷迷糊糊道：「靈雙，讓我再休息一會兒，一刻，一刻之後我再出去見他們……」

眼前突然由暗變亮，蘇白芷皺著眉道：「靈雙，別拿開我的書。」

半晌靈雙也沒反應，蘇白芷睜開眼，便看到一錠銀子，不免不滿道：「孔方什麼時候這麼大方了，竟給了妳這麼多銀子讓妳來叫我？」

「哪裡是他……」靈雙笑道：「您的好堂姊，將軍夫人說要見您，同您單獨談談！」

「蘇白禾？」蘇白芷直了身子。「來得這麼快？我想著，她至少也得下半夜才來呢。」

「那您見還是不見？」

「見！」蘇白芷眼珠子一轉，笑道：「妳都收了人家的銀子了，我怎麼不見？不過，讓我喝盞茶、吃個糕點再說。」

這一盞茶，蘇白芷整整喝了一刻鐘，靈雙在旁不急不緩地等著，等蘇白芷吃飽喝足，方才起身。

殿堂外，果真如她所料，已經是亂哄哄成一團。靈雙機靈，給蘇白禾安排了個上座。所謂上座，入門便有人能看到她，於是，認得蘇白禾的，都上前恭恭敬敬地打個招呼。

尤其像喬至廣這樣的滑頭。

她出去時，便見喬至廣站在蘇白禾面前，彬彬有禮道：「將軍夫人果真如傳聞所說如此大度，雖說十里香風未能奪得御香坊，可將軍夫人仍是來恭賀自家姊妹，這份胸襟，就算是一般男兒也比不上。」

蘇白芷掐準蘇白禾臉上要笑不笑、想笑卻又笑不開的時機，果斷上前招呼道：「堂姊。」

這一聲堂姊叫得蘇白禾越發尷尬，連起了身。蘇白芷走到堂中，那些人已是上來打招呼，蘇白芷笑道：「讓各位久等了，真是對不住。蘇九方才比試完，有些體力不支，故而……」

「不礙事，不礙事。」眾人笑道，又一同上來恭賀蘇白芷，因著蘇白禾在場，那祝賀的場面反倒不太熱烈，不一會兒，反倒漸漸有人走了。

蘇白芷這才問蘇白禾道：「不知堂姊今日找我有什麼事？」

蘇白禾鐵青著臉，半晌不說話，蘇白芷了然，連忙讓靈雙帶著她到了後廳。

兩人落了坐，蘇白禾也不說話，蘇白芷索性自顧自地喝茶。

半晌，蘇白禾方才說道：「恭喜妹妹今日得勝。」

恭喜？恭喜的話，怎麼拳頭捏成這樣了？

蘇白芷暗暗一笑，方才客氣地說道：「原本蘇九想著明日便到學士府上，今日能得御香坊，也是仰仗了學士大人的多加照顧。這也是蘇氏一族的大事，蘇學士畢竟是長輩，蘇九總要問過學士大人的意思，再將此事上報回族裡的。」

蘇白禾見她恭恭敬敬，也不知道她葫蘆裡賣的什麼藥，只得附和道：「妹妹如今地位不同一般人，卻能不忘本，這自然是好的。」

「蘇九無權無勢，多是仰仗族裡，才有今日成就。」蘇白芷客氣道。

隨蘇白芷入後堂的孔方唯恐她吃了蘇白禾的虧，帶著靈雙兩人在屋子外聽蘇白芷這麼說，索性將聊天的聲音提到了最高。

「咱們小姐能走到今日，也算是千難萬險了。一路過來，不見外人害咱們家小姐，這自家人的虧倒是吃了不少。若是今日敗了，只怕要被人掃地出門，滾出益州呢！」

「瞎說什麼呢？咱們小姐有得是本事，哪能讓人低看了去。」靈雙責備道。

孔方越發揚了聲音道：「本事再大也禁不住暗地裡的小人害啊！妳看好幾個調香師都折了，咱們小姐是福大命大硬闖過來的。陽春白雪和下里巴人終究有別，咱們小姐做的是高等香，咱們小姐也是高等人，同那些個小人大大不同，那些小人，只怕佛祖都不願護著。」

前面聽著還有點意思，後頭卻是把沈君山繞進去了。

蘇白芷沒想到這孔方還挺有記性，當初，便是蘇白禾信誓旦旦地說，要讓蘇白芷懂得「陽春白雪同下里巴人終究有別」，這下，蘇白禾真是搬起石頭砸自己的腳。

看她臉色鐵青、惱怒不得發的樣子，看來，這下砸得不輕。

蘇白芷咳了兩聲，對著屋外說道：「孔方，靈雙，你們兩個是不是皮癢了。前堂這麼多事兒，你們竟敢偷懶！當心我扣了你們倆月銀！」

屋外頓時噤了聲，孔方同靈雙相視一笑，孔方這才去了前廳，靈雙提了新製的糕點入了屋。

蘇白芷看了靈雙一眼，果斷不敢往那糕點伸去手——指不定裡頭添了什麼料。孔方到底將一個溫柔可愛的靈雙，調教成古靈精怪、愛作弄人的模樣了。

偏生還是一副天真無邪小羔羊的模樣……蘇白芷默默無奈。

蘇白禾臉色青一陣、白一陣，想著索性伸頭一刀、縮頭一刀，長吁了口氣，對蘇白芷說道：「今日我來，主要是想同妹妹說那賭注之事，當日……」

「賭注？」蘇白芷微微一笑。「什麼賭注？妹妹已經不記得了。」

「是是是，妹妹說的是。」蘇白禾暗暗鬆了口氣，想來蘇白芷也是畏懼了定國公府同學士府的權勢，不管蘇白芷背景再大，敵不過定國公府，她如何開罪得起？

枉她提心弔膽了半日，枉她在外被人羞辱了半日，枉她在這兒聽那兩個夥計冷嘲熱諷了半日！

看蘇白芷眉目淡然，不似假意，蘇白禾也低了姿態說道：「當日受了堂弟媳的挑唆，對妹妹多有誤會，姊姊在這兒同妹妹賠禮道歉。不論如何，咱們還是一家人，有什麼誤會，解開了就好。」

「那是自然。」蘇白芷笑笑，同蘇白禾和樂融融地閒話了幾句，方才送走她。

靈雙頗為不服氣道：「當日這位夫人那樣對待小姐，今日她不過是軟言說了幾句，小姐便原諒她了？未免太不解氣了！」

蘇白芷這才伸了伸筋骨，笑道：「這位夫人心性如此高，能讓她低聲下氣來咱們面前軟言軟語已是極大的不易，更何況，當日之事，許多人多有聽聞，在堂外的人雖是恭敬，大體上，卻是看她如何以敗將姿態前來的。她雖是高傲，可必定也是受了學士大人的教訓，不得已才登門，你們方才又給她排頭吃，她沒扭頭走，便已經是給了小姐我極大的面子了。」

「那她可以不來，明日去摘了匾額便是了。」靈雙嘟著嘴。「願賭服輸才對，何必來求小姐？」

「那是因為，她擔不起這個責任。」蘇白芷解釋道：「反正咱們已經示好，今日人來了這麼多，是看著她走進門，又看著我客客氣氣地送她出門了。咱們已經擺好了原諒的姿態，今後十里香風發生什麼事情，都與咱們無關，學士大人也不會怪到咱們頭上。」

這樣，她對族長也有個交代，當日是蘇白禾挑釁在先，她是以弱者之姿勉強應下賭約，今日她又以強者身分諒解了蘇白禾的挑釁，一笑而過。誰還能苛責她？

當日她定了這個約就想到了各種結果，這便是其中一種。若是一味追究到底，最終吃虧的還是自己。

不論如何，她贏了，而且，遠遠不只如此……

蘇白禾，近四年了，妳嫁入沈家近四年了，竟然還完全不瞭解妳婆婆蕭氏的性子。那十里香風，可是她陪嫁的產業，何時輪到妳作主？

蘇白芷微微一笑，對著靈雙說道：「靈雙，有時間不若幫我想想，過幾日我進宮見太后該穿什麼衣服吧！」

她太瞭解蕭氏的性格，在家作威作福了這麼多年，就連沈研都讓她三分，若是讓她知道今日沈君山輸了御香坊，她的兒媳婦兒同人定了這賭約，又低聲下氣地上門去毀約，視面子大過天的她，會如何？

甚至，還有沈君柯、沈研……那一張張臉飄過去，十年，她謹小慎微地過了十年，用心揣摩著他們的心思，當時只圖能討得他們的歡心，如今，卻也正是憑著這點瞭解，給了他們重重一擊。

這個賭局，還未落幕。

啪！

一個重重的耳光甩在蘇白禾的臉上，火辣辣的疼。蘇白禾捂著自己的右臉，不可思議地看著氣得直喘的蕭氏，喃喃道：「婆婆……」

蕭氏拄著龍頭枴杖，直指蘇白禾道：「妳有什麼資格，竟然拿我的十里香風同人設了賭局？若不是今日我在荊國公府中，被幾個夫人圍著問起這事，我還不知道妳竟如此膽大妄為！我活了大半輩子，今日竟是為了妳丟盡了面子。」

「婆婆，我知道錯了，那不過是我蘇家姊妹之間的玩笑話，昨日我同她已經冰釋前嫌，那賭局，是做不得數的。」蘇白禾低聲道。

「玩笑話？」蕭氏冷哼一聲，幾乎是不齒地看向蘇白禾，揚聲道：「如意，妳將今日所見所聞仔仔細細說給少奶奶聽聽！」

如意乃是蕭氏房裡的大丫頭，上前先是恭恭敬敬地給跪著的蘇白禾福了福身，方才清了嗓子道：「今日夫人前去荊國公府，府上有文君王王妃、右丞相夫人、鄭參知夫人等，統共七、八人，她們說起昨日御香坊的事兒，原本夫人也不大放在心上。只是後來幾位夫人說起當日少奶奶同那位姑娘的賭局，言之鑿鑿，鄭參知的夫人更是明言了，當日她在場，說是少奶奶先冤枉人家姑娘的香有毒，後來冤枉不成，惱羞成怒，硬向人家姑娘下了戰帖，揚言要將蘇姑娘連人帶鋪子趕出益州。昨日輸了，上門同人家道了歉，人家姑娘才沒放在心上。」

如意說到一半，偷偷瞥了眼蕭氏的臉色，蕭氏蹙著眉頭喝道：「說下去！」

如意這才吞了口水道：「參知夫人才說完，幾位夫人便妳一言、我一語，說是早前便聽說了這個事兒，當日少奶奶大鬧瑞昌香料行，許多人都看到了，都說少奶奶態度囂張，以權壓人，就連昨日的鬥香賽，少奶奶帶著的人都沒少給那位姑娘排頭吃。那幾位夫人還調笑夫人說，咱們家，是不是已經由少奶奶作主了……」

蘇白禾的身子軟了一半，連忙爬到蕭氏面前道：「婆婆，兒媳不敢，兒媳萬萬沒有這個心哪……」

「妳是沒有這個心。」蕭氏冷笑道：「妳素日張揚，人家敬妳是定國公府的長媳婦，沒人敢動妳。可妳千不該、萬不該張揚到全城皆知這事兒，還淪為笑柄，妳能丟得起這個人，定國公府卻賠不起。這定國公府我執掌了幾十年，從未出過這事兒，這十里香風如今我不要也罷。明日，妳便去將十里香風的匾額親自摘下來，也好全了定國公府說到做到的好名聲。既然沒了御香坊這個擔子，從今往後，定國公府再不經營香料行！」

「婆婆，都是兒媳的錯。可十里香風是婆婆的陪嫁產業，如今，更是二弟在經營，如何說停就停了？」蘇白芷哭訴。

「君山身子不好，原本就不該過於勞累。他昨日便同我說，今後不再調香。」蕭氏冷著臉。

沈君柯進門時，便見到跪在地上哭泣不止的蘇白禾，和鐵青著臉一言不發的蕭氏。

「娘親。」沈君柯同蘇白禾跪在一起，磕了頭道：「是兒子不孝，惹娘親生氣了。」

蕭氏一雙眼盯著沈君柯，許久後，方才支著頭，擺了擺手道：「領你媳婦兒回屋子反省去吧。這幾日不用來跟我請安了。」

沈君柯扶著蘇白禾，轉身離去之時，兩人同時聽到蕭氏近乎微弱的嘆息之聲。

「或許這全是報應……終究是娘對不起你，是娘選錯了……」

沈君柯腳步一頓，蘇白禾幾乎全身靠在沈君柯身上，失了力氣。

回了園子，沈君柯給蘇白禾倒了杯茶，蘇白禾捧著茶杯愣了半天，抓著沈君柯的胳膊直問道：「宸兒呢？宸兒呢！」

兒子就如她在這個家中的最後一根稻草。她知道沈君柯不喜歡她，當日正是在蕭氏和淑貴妃的一力支持下，她才入得了沈家。

沈君柯穩住她的肩膀說：「宸兒在二弟那兒學藥理，一會兒便回來。」

「那便好……」蘇白禾失魂落魄地說道：「夫君，我不能摘下那塊匾額，若是摘下了，我如何對得起娘娘，如何對得起婆婆？沈郎……」

她從未叫過沈君柯「沈郎」，這一回，幾乎是呢喃著哀求他。

可偏偏是這麼親暱的稱呼，讓沈君柯寒毛直立，彷彿數年前，那個火中的女子也是這樣喚他，質問他。

「沈郎，你沈家，如何配得上『十里香風』這四個字？」

終究，是他配不上「真情」二字，這全是報應。

「這回，妳不摘都不行了。」

沈君柯低聲道：「沈家長寵不衰，許許多多雙眼睛盯著定國公府看。我早同妳說過，讓妳行事低調些，妳從不放在心上。這回的事兒，早就讓有心人傳入了聖上耳裡……」

「蘇白芷不過是個賤民，聖上如何會放在心上……」

「伴君如伴虎。」沈君柯說出五個字，再不願同蘇白禾多說。

若是換作宋景秋，或許她會明白沈君柯的意思。可是蘇白禾自小接受的便是女子教育，繡花或許在行，可朝政上的事兒……

「今日聖上在朝中玩笑般地說起妳同新晉御香坊坊主蘇九的賭約，旁的人以為是玩笑，可爹卻嚇得跪下了，妳可知為何？」

蘇白禾搖了搖頭，沈君柯笑笑。「妳不明白就算了。好好休息吧！明日隨我去摘匾便是了。」

自成親以後，沈君柯從未如此柔聲同她說過話，蘇白禾只覺得今日的他與往日有很大不同，可心上卻是高興的，遂也不曾多想。

直到許久以後，蘇白禾想起今日，方才知道沈君柯此刻眼裡的柔情背後更深層次的涵義是什麼。

那便是：愧疚，和虧欠。

第三十二章

蘇白芷原本是打算自己親自入宮一趟，去領那御香坊的牌子。金漆的「御香坊」三個大字，想起來便讓人興奮，孔方還嚷著要和蘇白芷一同入宮去扛御香坊的牌子，順便見見世面。

怎知兩人還未計劃完，趙和德便帶了人親自將「御香坊」的牌子送來，場面宏大，震動了整條街的人都來圍觀。孔方站在香料坊的前面接受眾人羨慕的眼光，頓時覺得自己是巨人。

因著這個事兒，他還足足讓靈雙取笑了一個月，說他死好面子。

蘇白芷當時便給趙和德遞上了厚重的喜錢，那個分量讓趙和德笑得開不了眼，直誇蘇白芷懂事，得人賞識。

私下裡，趙和德拉著蘇白芷借了一步說話，說是要告訴蘇白芷一些朝裡的密事。

從趙和德零碎而隱晦的語句裡，蘇白芷這才知道，也不曉得是哪個夫人，將蘇白芷同蘇白禾的賭約當作趣事告訴了宮裡的娘娘，有幾個娘娘見不慣淑貴妃囂張跋扈的模樣，隨即將那話添油加醋了一番。

話到了聖上耳裡，便是定國公府的將軍夫人仗勢欺人，強權欲驅逐蘇白芷出京，一窮二白三無權勢的蘇白芷忍辱負重，克服重重困難，最終勝利了卻一笑泯恩仇，原諒了仗勢欺人的將軍夫人。

這個故事頗為勵志，不僅僅讓當今聖上記住了蘇白芷，更讓聖上越發關注定國公府是如何仗勢欺人。

這個不是故事的重點，重點在於，趙和德說，他路過十里香風時，見著那位將軍夫人在一干人的圍觀下，準備摘下「十里香風」的匾額。

趙和德說完這番話，頗為善解人意地留了段時間給蘇白芷，自個兒帶著一干人浩浩蕩蕩地又回去了。

趙和德如此盛意，蘇白芷自然是明白的。

帶著靈雙前去圍觀時，事情正好進展到高潮部分，蘇白芷特意選了能直接看到十里香風門前狀況的酒樓二樓包廂，既隱蔽又低調，且視野開闊。

那匾額已經摘下來，蘇白禾木然地站著，身旁的沈君柯一字一句地對大家說道：「前幾日，內子同御香坊的蘇姑娘有過一個賭約，內子輸了，今日便願賭服輸，親自取下這匾額。」

那聲音極大，想是沈君柯在軍中多年，操練兵士時已經練出了這抑揚頓挫的腔調。眾人譁然之時，沈君柯在蘇白禾驚詫的眼神中，讓人取出了一桶油，徑直潑在十里香風的匾額上。

一把火起，應在幾年前便焚毀的匾額，今日終於迎來了灰飛煙滅的宿命。

「你在幹什麼？」蘇白禾衝上去想要救火時，卻發現一干人等像是早知如此般，一動不動。

她突然看到沈君柯嘴角彎起一絲詭異的笑，像是一種釋然。

「從今往後，大齊再沒有『十里香風』，定國公府不再涉足香料行業。」

蘇白芷靜靜地看著，一言不發，直到那火燒盡，靈雙方才奇怪地問道：「小姐，這沈大公子莫非是瘋了？匾額摘了便是，燒了又是何必？畢竟是經營了這麼多年的產業，留個匾額做個念想也好啊。」

「大約，是他不再需要那個念想吧！」蘇白芷收回了視線，淡然道。「那塊匾額，早幾年前便該焚毀了……」

後半句恍如囈語，只蘇白芷一人聽聞。

「取桃仁，杏仁湯浸去皮，麝香細細研磨，以粟米煮飯，取其清汁製成漿水三大盞，令沸，納鹿角膠溶於漿水中，和糯米煮做粥……」

靈雙細細唸著，半晌後，抱怨道：「小姐，這方子裡頭全是吃的，我可不信能起到淨身、潤澤肌膚，還能祛斑的效果。全吃到肚子裡才好……」

蘇白芷無奈地放下書道：「妳怎麼淨記得吃了。有空便看看劉師傅給妳的藥理書，看完了再跟我說這方子為何如此配製。現在，妳只管背下便是了。」

「哦……」靈雙癟著嘴。「自從變成了御香坊，小姐您每日忙到焦頭爛額，連我都要被拉著充數，可真是累透了。」

「那有什麼辦法。這淨身香，太后娘娘用過一次之後便喜歡，連帶著幾個宮裡的娘娘都要。趙提點同我說了幾次，還讓我研製新的美顏方子呢。」

靈雙無語了，瞥向一旁，見韓壽正走進來，做了個噤聲的動作，笑著走開了。

那一旁，仍在看書的蘇白芷還在絮叨道：「咱們店裡的香也不夠用了，最近讓孔方少接些單子，再接便讓他自己製去。讓他幫忙找的調香師傅到底找到沒？」

「找不到……拿我來湊合湊合如何？」

蘇白芷一拉下遮住臉的書，見韓壽正笑咪咪地望著她。

她道：「咦？你怎麼來了。」

片刻後方才覺得冒失了，連站起身來，規規矩矩地叫了聲：「五皇子。」

韓壽讓她起了身道：「近來妳入宮的次數不少，我怎麼總也見不著妳。」

「昨兒個才在太后娘娘那兒遇見你的……」蘇白芷抗議道。

原本那些香她交給趙和德便可以了，只是太后娘娘像是挺喜歡她，沒幾日便會召她入宮聊聊天，次數多了總能遇見去請安的韓壽。

「是嗎？我總覺得好幾日不曾見妳了。」

蘇白芷臉紅了紅，韓壽逕自取了桌上的梅花糕，隨意坐下。「這幾日忙得快趴了，總想著能來妳這裡偷會兒懶便好。」

「聽你說的，我這兒好像是你的避難處似的。」蘇白芷笑道。

韓壽嘿嘿一笑。「美人在時花滿房，有香環繞，若是再有美人在懷，那這兒可算是極樂的避難所了。」

對於韓壽這種經常性的調戲之詞，蘇白芷已經恍如未聞，轉身入了屋子，出來時手上已是多了個香囊。

「我見你原本身上的香囊也破了，不若換上這個吧。這幾日你總說累，這香囊裡我加了蘇合香，又加了些金顏，你若疲乏之時便可一用……」

這香遞得落落大方，偏生韓壽接過時用一種極其曖昧的眼神將蘇白芷看了又看，蘇白芷梗著脖子道：「我能奪得御香坊，五皇子頗費了些心思，是以這是用來，感謝五皇子的……」

這聲音越說越弱，韓壽將那香囊貼身收好，這才道：「近來妳替太后娘娘調的那些香，太后娘娘頗為滿意，只是怕累著妳。若是妳忙不過來，我幫妳說說去。還有，定國公府的那個香料行誰都不敢碰，說是要賣，可誰也不敢買。掛了半個月，昨日卻被人高價買走了……說是從永州來的一個商人，像是要經營酒樓。這下妳不用擔心了。」

「好的、好的。」蘇白芷滿口應承道。若是讓韓壽得知，十里香風是她讓孔方過了幾道關係轉手幾次買回來的，不知道韓壽會怎麼想。

總之，十里香風是歸她了。至於經營什麼暫時不知道，反正不會是香料行。目前的想法是開間玉器店，店名她都想好了，就叫「金玉滿堂」。

偷偷看了眼韓壽，韓壽像是想起什麼，道：「那個蘇白禾是妳堂姊吧？我方才從老狐狸那兒回來，聽聞，她被沈家大公子下了休書！」

「為什麼？」蘇白芷手一抖。

怎麼可能呢？為了一個十里香風，不至於。更何況，蘇白禾還是生了一個兒子的，大錯沒犯，哪裡說休就休了。那放蘇清和在什麼位置？

韓壽道：「妳抖什麼，她當日那麼對妳，我還沒下手呢！沈君柯也算是條漢子，做事不耽誤自家妻子。」他頓了頓，這才壓低聲音道：「皇上怕是要對定國公府下手了。」

蘇白芷記得在宋景秋小的時候便不止一次聽宋良說過，自古以來，「內舉不避親，外舉不避仇」，這種任人唯賢的用人舉措雖說為廣大君主推廣，但是，歷代君王最怕的，也就是外戚過於強大導致君主權力弱化，外戚干政甚至奪權的事，在歷朝歷代也不是沒有的。

就以前朝為例，前朝幾經動蕩，在文宗帝的手中雖是風雨飄搖，但仍不至於滅朝。

怎奈文宗帝終究過不了美人關，在位後期寵幸了歌姬出身的梅妃，日日笙歌，梅妃那不學無術卻諂媚無雙的兄長乘機掌權，最終導致了前朝的沒落。即使後來文宗駕崩，文宗之弟仁宗力挽狂瀾，也是強弩之末。

歷史教訓就在眼前，大齊開國皇帝即位之時，便嚴令禁止後宮干政，對於外戚也多有控制。當今太后當年本是孤兒，卻有一干義兄支持，助先皇即位後，當今太后在冊封后位之前，那些義兄為了讓先皇無後顧之憂，也為了讓太后安心，一個個全部將自個兒的產業慢慢收回。

反思當今，在武，各軍將領多是沈研手下出來的，對沈研多加尊敬；在後宮，淑貴妃專寵多年；在文，更是有學士這樣的姻親。

這些年，皇帝對於定國公府的嘉獎從未斷過，便是沈君柯，在軍中的位置也是越發穩固。可聖寵過極卻未必是一件好事。

蘇白芷原本便料到這一點，沒想到，過了這麼多年，皇帝才想起來要下手。

「這些年，定國公已經收斂了許多了，怎麼……」蘇白芷喃喃道。

韓壽眼前一亮，沒想到蘇白芷這麼快便想到事情的關鍵，拍了拍她的手笑道：「女人若是太聰明，她男人可難辦了。」

蘇白芷白了韓壽一眼，韓壽只當渾然未覺道：「這些年，沈研仗著自己的功勞和皇上的寵信，作威作福，驕橫跋扈，時常做出越禮之事，時間長了，皇上自是不滿。加之排除異己，貪財斂富，種種罪狀擺在跟前，皇上怎能容他？皇上捧他越高，他越不知收斂，露出的尾巴也就越多，最後只會摔得越狠。沈研也是個聰明人，近來怕也是察覺了皇帝的心思，他賣了十里香風，妳還真當是應了妳的賭約啊？那是他在向皇上示好。不只香料行，定國公府名下許多產業都在收斂，沈研這幾日稱身子不適，養病在家不見人。」

「世事無常。」蘇白芷嘆道，韓壽卻不以為然。

「不是世事無常，是皇帝的心太難測，也太無情。」

蘇白芷一下被噎住了，這皇帝，說白了是韓壽的爹，哪有兒子說爹無情的？她這是接話好，還是不接話好？

韓壽見她面露難色，隨即笑道：「成，看妳近來這麼辛苦，我便告訴妳個好消息犒勞妳。妳的好姊妹顧雲即將來益州了。」

「雲兒要來？真的假的！」蘇白芷撫掌道。

「我說的哪裡能假？顧雲的爹升了官，就是顧尋也升了將軍，被皇帝派去西北邊陲重地了。」西北邊陲原本的將領是沈研的得意門生，如今卻因一點小錯被皇帝撤了官，這一舉措的用意極為明顯。

講到顧尋，韓壽臉色頗為不自然，將蘇白芷看了又看，蘇白芷橫了眉，韓壽方才道：「顧尋前幾日給我來了信，問我將他的未婚妻照顧得如何了。」

「噗……」正在喝水的蘇白芷差點噴出來，這顧尋……

見韓壽臉色越發陰鬱，蘇白芷笑道：「記得幫我回信，就說，我很好，非常好。」

韓壽冷笑道：「我已經加急回了信告訴他，皇上讓他就待在邊陲了，二十年都不用回來，要娶妻，自個兒在西北找吧，那兒的姑娘個兒高、開朗，沒事兒還給他唱唱山歌，極為適合他。」
這人……無恥！
蘇白芷無語，這才是官大一級壓死人！
這世間還有誰能像韓壽這般無恥，可偏生，這樣無恥的人她看著還滿可愛的。
這一日，蘇白芷正在瑞昌，難得偷一會兒懶，索性拿了長椅在後堂院子中躺著曬太陽看書。若是平日犯懶，她便這樣躺著，反正靈雙他們已經習以為常，見怪不怪。這一日，她卻出了醜態。
正躺得舒服，起身便伸了個大大的懶腰，背後突然響起一個男聲，言語裡全是戲謔。
「幾年不見，看樣子，蘇姑娘的日子是越來越好了。」
她打了個趔趄，連忙轉身，陽光下的秦仲文像是從未離開過一般，墨色長袍，長身挺拔如松，只是眉眼間多了些威嚴，越發多了男子的氣息。
可為何，她這窘態被他看到……蘇白芷恨恨想，這後院都讓人出入自由了，孔方這身皮，只怕是不要了！
「多年不見，秦公子可好？」蘇白芷淡然笑道。
「我家王爺可是專程來看姑娘的。」秦仲文身邊的小廝依然是秦安，搶著話頭答了。
秦仲文只抿著笑，低聲問道：「不知蘇姑娘是否有空陪秦某逛一逛這益州城？」

這益州城，她以蘇白芷的身分還真未曾正經逛過，何況，身邊還是秦仲文。這樣一個長身玉立、面如冠玉的男子走在街頭，那是多受矚目的，饒是蘇白芷也跟著被多看了幾眼。

蘇白芷只當身邊的人全是紙片人，強裝鎮定同秦仲文並肩而立，偶爾替秦仲文介紹益州的特產。

在街頭，卻是不期然遇上了沈君柯。不過幾日不見，沈君柯卻是消瘦了許多。聽說當日他要休了蘇白禾，蘇白禾鬧了幾日，後來也不知怎麼收的場，蘇白禾當真收了休書，回了學士府。

從前想知道沈家的消息，卻從未有人提及。如今不想聽了，卻總有人在她耳邊嘮叨。說是沈君柯因著一點小錯，聖上大發雷霆多有苛責。

還有人不知道怎麼就翻出了李嫂的事兒，說蘇白禾對下人苛刻，竟生生將生病的老人害死，就連蘇清和都逃不過，上摺子自責沒有教好女兒。

她只冷冷地看了一眼，想著這人此後再同自己沒有半點關係，而這一波又一波的打擊，想必還不會停止。

既然是皇上開始動手，自然是牆倒眾人推，有定國公府難受的日子了……

兩人就這麼在街頭站著，四目相對，片刻後，她挪開視線，他轉了身。

「沈將軍真是可惜了。」秦仲文低聲道，蘇白芷只如未聞，秦仲文微微一笑，指著不遠處河上的船隻。「不知道蘇姑娘可否陪秦某泛舟一遊？」

「樂意之至。」蘇白芷微微一笑。

兩岸風光過，船槳有節奏地拍水，老船伕拔高了嗓子，揚聲唱道：「連就連，你我相約定百年，誰若九十七歲死，奈何橋上等三年。肩並肩。琴瑟和諧天地間。孟婆莊裡苦三年，粗茶淡飯更香甜。一座橋，一縷魂。走走停停又三年。兩情悅，兩相依，心心念念不羨仙。三生石，三世緣，生生世世輪迴殿……」

剩下的只有靜謐。

兩人坐在船頭，蘇白芷這才從身上掏出了當日秦仲文讓靈哲轉交給她的製香書籍，朝秦仲文福了福身道：「當日若不是文王此書，蘇九怕是不能贏得這御香坊。如今既是文王親臨，這書自然也該物歸原主。」

當日秦仲文離開時，告訴她，他來自晴煙山，她便猜到秦仲文是大周國的人。只是不曾想，秦仲文竟是大周的王爺。

「秦安這個快嘴……韓壽也告訴過妳吧？」秦仲文抿著笑，無奈地搖了搖頭。「這書於我無半點用處，我看到此書時便想，若是妳有了，必定是歡喜的，這會兒也算物盡其用了。」

秦仲文凝神聽了會兒船工的歌聲，低聲道：「自小我便被送到大齊求學，隱姓埋名，誰也不知道我是誰。那段時間反倒是我最自由的，不論是韓壽還是妳哥哥，我同他們在一起求學，覺得很愜意。回了大周，不過三年餘，我卻覺得過了好久。三年來，我不曾同任何人這樣輕鬆地走在街頭，坐在船頭聽船工唱歌，這樣的生活真好。」

「這樣的日子過久了，你會膩的。」蘇白芷回道：「文王只是繃緊太久了，如今嚐個鮮便喜歡上了。可這樣閒適的日子過久了，你又會懷念當初那樣充實的日子。」

「是嗎？」秦仲文一雙眼睛發亮，看著蘇白芷，難得爽朗地揚聲笑道：「或許是我身邊缺個可心的人陪著我過日子，所以我才越發覺得無聊。」

蘇白芷心裡咯噔一跳，岔開話題。「文王此番來大齊是為了什麼事？」

早前聽韓壽說，大周國起了內亂，幾個皇子奪太子之位正奪得火熱，其中又以八皇子的實力最強。可若是以秦仲文的實力去參加未必就沒了勝算，可就在這個時候，秦仲文卻來了大齊，這件事兒實在耐人尋味。

她問起韓壽時，韓壽故作神秘地說，秦仲文這是要讓自己乾乾淨淨地上位。

秦仲文望著遠方，卻答非所問。

「今日有人加急告訴我，我父王病重，幾位兄弟盡數去了。父王讓我趕緊回大周……」他停了停，這才道：「我來，就是想問問蘇姑娘，可願意隨我一同回大周？」

盡數去了……大周八位皇子奪位，最終卻只剩下一人，其中的慘烈可想而知。而秦仲文人雖在大齊，但在這過程中他起到什麼作用，她幾乎不敢去想。周王病重，那這皇位，穩穩地便是秦仲文的。

此刻，他卻問她願不願隨他一同回大周……

蘇白芷早已不是懵懂無知的小女孩，她即使想裝，也躲不開秦仲文燦若星辰的眼。可是他這樣直白地問出來，她卻愣住了：是什麼時候起，他對她動了那樣的心思？論理，他們多年未見，從前更沒有太多的接觸。

她認真地思考了片刻，搖了搖頭道：「不願意。」

「為什麼？」秦仲文嘴邊含著笑，顯然早就料到蘇白芷會這麼回答。「韓壽有這麼好？讓妳放棄可能得到的皇后之位？」

「不，不是……」蘇白芷臉一紅，隨即抬了頭道：「你怎麼知道？」

話一出口，秦仲文的眼裡已滿是戲謔。

「當日知道妳入了天牢，我馬不停蹄地往大齊京師趕來。半途便聽說，突然冒出了個五皇子救妳出了天牢。直至見到韓壽，我便知今日妳的答案。」秦仲文慢慢說道。

這一問，不過是全了自己的心思。可後半句他卻未曾問出口——若是當日他未曾離開，或者，當日遠遠看著她時，他便透露一、二分心思，今日，是否答案有所不同？

世間從未有如果，他知道，蘇白芷也知道，所以他斂了心思。

注定是孤家寡人，難得的一份兒女心思拋開，全了他帝王的冰冷。

他笑了笑，突然想起離開建州那日，韓壽來尋他，那時，似乎彼此都知道了對方的身分。

他們兩人在驛站喝完最後一杯茶，他要離開之時，還意味深長地對韓壽說過，他們終究還會再見。到時，或許兩人依舊是孤家寡人。

當時，韓壽說了什麼？

「我最不想要的，便是自己的出身。」

這樣的一個蘇白芷或許不適合宮廷。

後宮佳麗三千，蘇白芷做不了三千中的一人。

而作為大齊當朝或許最適合當皇帝的韓壽……

秦仲文的嘴邊突然漾開笑。

「這個皇子的身分，我兒時不要，如今我更不想要！所以你該慶幸，將來你的對手不會是我。」

就在他來尋蘇白芷之前，韓壽對他說過這樣的話。他很想知道，被皇帝逼著承認皇子身分的他，是如何「不要」的。

「蘇姑娘，此生妳遇上一個韓壽，不知道是妳的福氣，還是韓壽走運。」

第三十三章

建元十四年六月，大周國周王崩，周王第二子文王即位。

建元十四年六月初八，會試出榜，蘇明燁以會試第三名入殿試。

蘇白芷挾了隻大大的雞腿放在蘇明燁的碗裡，笑道：「哥哥如今身分可大大不同往日，妹妹我要趕著奉承哥哥才好。」

姚氏見兄妹倆在鬧，笑得合不攏嘴。

蘇明燁感嘆道：「原本想著，妹妹能做香狀元，哥哥拚了命也要拚個三元及第，可惜哥哥沒妹妹那般出息了。」

「胡說。」姚氏笑道：「你們兩兄妹都是有本事的人，只要盡了力，你們都是最好的。」

蘇白芷點頭道：「就是就是。外頭不知道多少人羨慕我有這麼個才華橫溢的哥哥。」

「外頭不知道多少人羨慕我有個才華出眾的妹妹才是。」蘇明燁敲了敲蘇白芷的頭。

「如今妳日日進宮見太后，長了眼界了是不是，竟敢取笑哥哥?!」

蘇白芷吐了吐舌頭求饒。原本過了會試是件大事，若是此刻他們還在建州，族裡還會擺個流水席請鄉里鄉親一同慶祝。只是蘇明燁卻不大放在心上，只求一家人好好聚一聚便是了。

姚氏特地又讓瑞昌歇業一天，這會兒，不大的院子裡熱鬧得很。

靈哲正帶著一幫夥計來向蘇明燁道喜，門口卻是傳來一個熟悉的聲音：「姊姊大喜了！」

許久不見，林氏風采依舊，笑咪咪地站在門口，身邊的顧雲眉目全長開了，原本見了人怯生生的，如今卻是大方了許多。

姚氏連迎了出來道：「先前我還問了阿九，只道妳前幾日會到益州，怎得這會兒才到？」

「來得早不如來得巧，一來便聽到燁哥兒的喜事。姊姊好福氣呀！」林氏挽住姚氏的手輕輕拍著，蘇白芷、蘇明燁連忙上來見禮。

爾後，蘇白芷才挽住顧雲的手道：「雲兒妳總算來了。」

顧雲嫣然一笑，朝蘇明燁福了福身道：「恭喜蘇世兄高中。」

蘇明燁連忙伸手虛扶了一把。「顧家妹妹路上辛苦了。」

蘇白芷眼見著兩人之間有些不一樣，顧雲見了蘇明燁臉上便飛了紅霞，蘇明燁難得失了分寸般不知所措，她一個旁人看得極為歡樂，看林氏和姚氏臉上的表情，似乎也是看在眼裡、樂在心裡的。

果不其然，等林氏、顧雲走後，姚氏將二人叫進了屋子裡，一上來便是個無奈的長嘆，嘆得蘇明燁心驚肉跳，連問怎麼了。

姚氏朝蘇白芷打了個眼色，方才告訴蘇明燁道：「兒呀，你也知道娘同顧夫人那是一同長大的情誼。娘當時年輕，便玩笑般同顧夫人訂過一門親……」

「啊……」蘇明燁懵了。

姚氏為難道：「原本娘也只當是玩笑，可今日顧夫人卻說起這門親事。娘想著，你也到了適婚的年紀，雲兒也是咱們知根知底的好姑娘……可若是你不願意，娘只能……」

姚氏看了一眼蘇白芷，蘇白芷心領神會，蹙著眉頭道：「咱們蘇家一向言出必行。既然娘同顧夫人有這樣的約定，那定然是要履行的。如今哥哥是有功名的人，將來若是成了狀元郎，那娶公主都是有可能的，也不是非雲兒不娶。既是如此，那顧尋顧將軍也是不錯的人，不若讓女兒全了這約？只是那西北邊陲山高水遠……」

蘇明燁的臉色變了幾變，連忙說道：「那怎麼行。妹妹身子弱，哪能去那苦寒之地。既是娘親訂下的婚約，理當由兒子來履行，兒子只怕……」蘇明燁低了頭，聲音低了下去。

「兒子只怕顧姑娘不願意……」

蘇白芷分明看到蘇明燁嘴角彎起一絲自己都不曾察覺的笑意，同姚氏相視一笑。蘇明燁隱約察覺不對，見蘇白芷笑成了一朵花，惱怒道：「妹妹又來戲弄我，連娘親都跟著妹妹胡鬧。」

姚氏笑道：「這次可真是阿九攛掇我試試你心意的。」蘇白芷連忙立手求饒，姚氏這才道：「不鬧了。今兒個顧夫人來，便是同我商量你同雲兒的婚事的。雲兒這姑娘我極為喜歡，不知道你意思如何？」

「但憑母親作主。」

「但憑母親作主。」

兩個聲音異口同聲，蘇明燁歪過頭去，這才發現蘇白芷竟然同他做了同樣的動作，說了同樣的話。

蘇白芷一躍而起，笑道：「我就知道哥哥會說這句話。雲兒知書達禮、溫柔賢慧，哥哥喜歡都來不及呢！」

說完，一溜煙人就跑出門外去了。

蘇明燁撓了撓頭，對姚氏無奈道：「娘，我怎麼覺得妹妹那年落水醒來像是變了個人，如今更是越發皮了？」

姚氏笑道：「那也只在你我面前方才這樣，你看你妹妹在外頭，端的是溫柔嫻淑，擺著一副自信大方的大師架子呢！」

母子倆一時哈哈大笑。

蘇顧兩家的婚事就這麼定下來了，因為怕耽誤了蘇明燁八月的殿試，兩家只訂了親。

八月初八，蘇明燁金榜題名，探花郎，賜進士及第。半個月後，蘇明燁大婚，正是應了那句「金榜題名時，洞房花燭夜」。

這一場婚禮辦得極為有面子，京城有名的香料行皆送了賀禮前來，包括許多官員也在婚禮上出現，新郎俊朗無雙，新娘更是美貌非凡，好幾日，這場婚事都讓人津津樂道。

酒席間，觥籌交錯，蘇白芷卻被韓壽拉出了酒席，兩人皆喝了不少酒，蘇白芷微醺，瞇著一雙眼睛，被韓壽牽著手走在河畔，只知道傻笑。

「今兒個嫂子好美。」蘇白芷感嘆道：「娘親笑得都年輕了好多歲。」

韓壽替蘇白芷理了理鬢邊的髮，平日裡見多了她對外那副機靈狡黠、時而強悍的模樣，這會兒卻是眼睛微茫，頗有些任人欺負的感覺，心裡的一塊柔軟不由得被觸動了。

想著顧雲比她還小上一歲就已經嫁作人婦，她卻一直披著銅鐵一般的外皮撐著瑞昌，便心疼得不得了。

只是這會兒他也身不由己，這皇子身分也不能說不要就不要了。最近皇帝對他的動作多有察覺，時不時便召他入宮耳提面命，他總要長遠地計議一番。

只是他的幾個哥哥都成親了，唯獨他還在耗著，皇帝旁敲側擊了幾次，似乎有意將左丞相的女兒許配給他……

他摟著蘇白芷沈默了片刻，方才道：「妳我成親那日，妳的美貌定然勝過今日妳嫂子。」

蘇白芷雖有些醉了，可腦子還是清醒的，在韓壽懷裡換了個舒服的姿勢，低低地應了一聲：「嗯。」

愛便愛了，活過兩世，她蘇白芷也不是什麼扭捏之人。

既然考慮清楚了要跟著眼前的男人，那不若將來要面對什麼，她與他一同受了便是。她都死過一次了，還有什麼好怕的？

因著府裡辦喜事，那一條路上都掛滿了火紅的燈籠，遠遠看過去，甚是喜慶，延綿到河畔，映在河面上如星光點點，極為好看。

蘇白芷看了一會兒笑道：「瞧著這個時辰，他們該是去鬧洞房了，咱們回去吧？」

「不了，我得回宮去。」韓壽低聲道：「近日實在太忙，有些要事都要親自處理。」

這麼多年下來，沈研結黨營私，皇帝既然動了要除根的念頭，那告發他的奏摺便如山一般壓來，連帶這幾個皇子都開始不安。

聽聞皇帝已經數月不曾去過淑貴妃那裡，淑貴妃每日以淚洗面，形容消瘦，連帶著六皇子都受人冷落。

「別累壞了身子。」蘇白芷叮囑道。韓壽微微一笑，從懷裡掏出蘇白芷給他的香囊嗅了嗅道：「每次累時都聞一聞這個，神清氣爽，做起事來有如神助，哪裡能累到。」

蘇白芷站在門前，直到韓壽騎馬走遠了，方才笑著轉身準備入屋。

那腳剛邁進去，斜下裡卻衝出一個人來，她還沒反應過來，那人已經跪下來，扯著她的胳膊道：「蘇九，蘇九，我求求妳，救救我家相公，救救他……」

蘇清松一個早上心神不寧，李氏已經哭了好一陣子，就連蘇白雨都帶著哀怨的眼神看著他，時不時啜泣上一陣。

他心煩意亂，煩躁地喝止道：「妳們兩個別哭了好不好，這是要哭喪還是要幹麼！」

兩個女人頓時噎住了。

蘇康寧的小廝迎上來，恭敬地說道：「二老爺，族長今兒個一早便去尋幾位族中的長輩議事了，想必快回來了。」

蘇清松沈著臉點了點頭，心裡越發亂了，在屋子裡踱著步子。

直到傍晚，蘇康寧才冷著一張臉回來。蘇清松連忙迎上來，禮節都忘了，問道：「族長，燦哥兒他……」

「他這次真是惹下大禍了。」蘇康寧道。

李氏雙手一擺，哭道：「燦哥兒媳婦來信說，燦哥兒不過是收了些銀子，怎麼就招來殺身之禍了？」

「不過是收了些銀子？」

蘇康寧冷哼一聲。「當日燦哥兒去京師之時，我千叮嚀、萬囑咐，千萬別麻煩了學士大人，結果如何？學士大人好心好意給燦哥兒捐了個成忠郎，若是他安安分分地也就算了，偏偏，如今卻是連學士大人都連累了！」

原本他也以為是小事兒，可仔細打聽方才知道，這蘇明燦在京師，四處宣揚自己伯父是學士，姊夫是將軍，那些三教九流的見他這麼說，紛紛動了以他為踏板的念頭。

蘇明燦收了不少人的錢，拍下胸脯保證能讓他們有個一官半職。還都是以蘇清和的名義……

不只如此，在他得知韓壽的身分之後，幾次酒醉時，糊裡糊塗便把牛皮吹大了，說是同五皇子一同唸書，五皇子不學無術，是個街頭痞子，比他不如，連帶著還說當今聖上也是個風流胚子，五皇子壓根兒就是個私生子……

若是平日裡，也就算了。可今時不同往日，朝廷中的事兒他多有聽說。

如今定國公府危矣，就連學士也受到殃及。如今更是有人參了蘇清和一本，說他以權謀私、收受賄賂，人證物證俱在。還有蘇明燦言行無狀，多次冒犯聖上及皇子。

原本學士近來已經夾緊了尾巴做人，如今卻是被自家人潑了一身髒水。

「今日我收到學士加急來信，燦哥兒如今他是保不了了。」蘇康寧甩了袖子。

若是學士當真出了什麼事兒，他蘇家一門都將受牽連。朝中多有蘇家子孫，一榮俱榮，一損俱損，誰也跑不掉。

這樣一比較，一個不學無術、堪稱老鼠屎的蘇明燦，他如何會去保？

「我就這麼一個兒子，求求族長想想法子。」

蘇清松連忙跪下，道：「燦哥兒再不濟也是蘇家子孫、蘇家的血脈，求族長想想法子。自得到消息已經過了十五日，燦哥兒在牢中肯定已經吃盡了苦頭，莫非真要讓我白髮人送黑髮人？」

蘇白雨哽咽了幾聲，突然腦子一亮，跪著挪到蘇康寧面前，磕了幾個頭道：「族長爺爺，還有九姊姊，還有九姊姊可以救哥哥的。若韓公子真是五皇子，以九姊姊、明燁堂哥同五皇子的交情，若是五皇子肯開口，哥哥或許還能保下一條命來。」

「就是就是，」李氏連忙附和。「當日蘇九受了族長大人不少恩典，若不是族長幫襯，她京師的香料行如何能開張，更遑論能得御香坊的名頭？她有今日全靠族長提攜，若是族長開口，她必然是會答應的。」

「這個口，我還真開不了。」

眼前的一家人，在危難時候方才想起蘇九同他們是一家人？蘇康寧心裡冷笑道，突然想起許多年前，那個倔強的小姑娘在他面前同他說過的話。

當日他不信，蘇清松會做出那等畜生不如的事情。可如今，他想看看他們的表情。

若是要求生路，便由他們自個兒去求吧！

喚來小廝去取了當日那封信，蘇康寧扔在蘇清松面前。「這封信，是蘇九去京城之前交給我的，你們看看，再決定開不開這個口。」

蘇清松不解，拿起那封信，不過看到「王守恆」三個字時，蘇清松終於身子一軟。天網恢恢，疏而不漏，不是不報，時候未到。

難道這就是他該還債的時候？

他的兒子啊，他唯一的兒子。

蘇清松眼前一黑，終於昏死過去。

蘇白芷從未想到有一天會讓顧玉婉這樣跪在面前苦苦哀求自己。曾經她以為顧玉婉心心念念著蘇明燁，這樣無知無畏的一個女人，或許會在顧雲婚禮當日大鬧現場，她防著，可最後，顧玉婉竟然會真的為蘇明燦低聲下氣，甚至哭求到背過氣去。

之後回門了的顧雲回來說與蘇白芷聽，她才知道，顧玉婉懷了蘇明燦的孩子。

一個女人就算再不喜她的丈夫，可若是懷了孩子，那自然什麼都以孩子為重。

如今顧府幾乎不認顧玉婉這個庶女，娘家靠不上，那顧玉婉的所有指望只能在蘇明燦身上。

蘇清和自身難保，拒絕接見顧玉婉。

顧御史方才到益州，如今形勢並不明朗，他更不可能插手這件事，走投無路的顧玉婉只能將蘇白芷當作最後一根稻草。

只可惜，顧玉婉萬萬想不到，蘇白芷並不可能管這件事兒。不論她同韓壽的關係如何，男人有男人的世界，她怎麼可能讓韓壽為了這麼個不相干的人為難？

「皇上那是要用蘇明燦的事兒敲山震虎。如今誰也救不了他。若要救蘇清和，那只能讓蘇明燦將所有的事兒全部扛上身，否則，就連明燁兄的前程都很難有保證。」韓壽似乎早就知道她的想法，早早便告訴她這些話。

一榮俱榮，一損俱損。

如今蘇家的許多子弟在朝中或多或少都受到了排擠。在一干受排擠的人當中，蘇明烨卻穩穩地做著翰林院編修，這同韓壽時常說起兩人在建州的同窗之誼分不開。

如今，蘇明燦入大牢已經足半個月了，也不知道情況如何。

蘇白芷將幾味香品收好，近來太后身子不太爽利，總喚她入宮伴伺左右，她特地著人用上好的檀木雕刻了一串佛珠，原本是要讓韓壽親自給太后的，韓壽不肯，非要讓她自個兒給太后送去。

她去時，再次遇上了韓壽。打了個照面，連忙行禮道：「叩見太后娘娘，叩見五殿下。」

太后點了點頭，對韓壽道：「還是這丫頭看著舒心。從前玉書那丫頭也貼心，可偏偏……唉。」

韓壽道：「祖母千萬要節哀。」

玉書便是淑貴妃的女兒，去年嫁給大周國的八皇子，可大周內亂時，幾個皇子盡數去了。前幾日從大周傳回來的消息，王妃玉書難產，母子都沒活過來。

淑貴妃原本是想讓自家的女兒嫁去大周，八皇子原本也是皇位的有力爭奪人選，一旦上位，淑貴妃手頭便更有了籌碼，如今卻是連女兒都賠進去了。

太后支著頭。「原本這門親事我便不同意，玉書是多好的丫頭，同她娘全然不一樣的，卻偏偏被嫁去這麼遠的地方，如今更是客死異鄉，可憐了玉書呀！」

「祖母不是說要親自浴佛，祈求平安？」見太后越說越傷心，韓壽連忙岔開話題。

蘇白芷連忙道：「前幾日太后娘娘說要浴佛，白芷便準備好了香湯。」

這次是太后親自要浴佛，又是特地吩咐了蘇白芷弄好，她便按著《浴佛功德經》中的記載，以白檀、紫檀、鬱金香、龍腦香等為原料，精心炮製了香湯。

此行太后只帶了蘇白芷、韓壽兩人，走在護國寺，倒像是老祖母帶著孫子、孫媳婦出行，一個手攙著一個，畫面極為和諧。

禮佛之後，太后便去找護國寺的住持參禪去了，蘇白芷、韓壽兩人便商量著到護國寺後院中走走，才走不遠，迎面便是一個面若桃花、韶華年少的美貌姑娘，見著韓壽驚訝了一番，隨即恭恭敬敬地行禮道：「若蘭見過五皇子。」

轉過身又對蘇白芷說道：「見過蘇姑娘。」

蘇白芷分明不認得眼前的人，疑惑地看向韓壽，韓壽微微皺了下眉頭，低聲道：「這是左丞相家的大小姐，司徒若蘭。」

「哦，司徒小姐。」蘇白芷刻意拉長了音低聲重複道，若有所思地看著韓壽。

這幾日在宮中，總有人在太后面前提起這位琴棋書畫皆精通的京師第一才女，今兒個她算是見著正主兒了，果真是好看得緊。

所以，眼前這位便極可能是將來的五皇子妃了？

「司徒小姐有禮了。」蘇白芷也依樣畫葫蘆。

若是要裝賢良淑德，她蘇白芷上輩子可是賢良淑德的典範。

不過眼前的這位姑娘，看著倒不像是裝的。京師對這位姑娘的讚譽不是一天、兩天的，想必也是真的好，所以才能入得了太后的法眼。

「這位司徒小姐看著是不錯。」待人客氣有禮，打了招呼便同家人離開了，也不多話。

「泛酸水了？」韓壽笑著問道。

蘇白芷搖頭笑笑。「我真是覺得這姑娘不錯。只是咱們的五皇子卻未必有這個福氣能消受……」

她轉身，視線卻被地藏殿中的一個人吸引住，不由自主地便往那兒走。

蘇白芷站在殿外卻怎麼也挪不動腳。

地藏殿中供奉著地藏王菩薩，同時，又有許多人將冤親債主的牌位在此供奉，只求往生者也能得到功德、得到超度。

蘇白芷靜靜地看著眾多牌位中極為顯眼的位置，心中竟不知道如何是好。

她以為再沒人能記住宋景秋，她死得無聲無息，得不到一絲一毫的憐惜。可如今，卻有人在這兒供奉著她。

撫遠將軍之女宋氏景秋之靈位——不是什麼沈宋氏，不是。

那跪在佛墊上的人慢慢起了身，見著蘇白芷先是一驚，很快又恢復那般溫文爾雅的模樣，朝蘇白芷點了點頭。

「二公子……」蘇白芷輕聲喚道。

朝廷內的黨派之爭已進入了白熱化階段，便是沈研平日的一言一語都可能成為他居心叵測的標誌。

皇上卻遲遲再未有任何動作。

在天牢中關了兩個月的蘇明燦終於意識到，蘇氏一門已經徹底把他當作棄子。他也算明智，在最後時刻將所有的事情全部攬在自己頭上，只說自己好大喜功，被錢迷了心，方才借著學士的名義做下那許多事情。至於對皇子侮辱之事，更是酒醉無心之言，求五皇子念在同窗之誼饒過他的酒後之失。

趕到京師、散盡了家財的蘇清松，盡了全力終於將蘇明燦一條小命救回來，判了個流放。

只是流放之地苦寒，蘇明燦這平日裡養尊處優的少爺能不能熬過去，能不能活著回來，那就不得而知了。

這個結果原本就在蘇白芷的意料之中，讓她意外的，是顧玉婉這個女人。

當日她跪著苦求，蘇白芷還想著她同蘇明燦好歹是有些感情的。不承想，在判決出來當日，顧玉婉便想著法子讓蘇明燦簽了和離書。

「想必二姊是在妳這兒碰了壁，知道蘇明燦不會有什麼好結果，便提早為自己做了謀算。」顧雲感嘆道：「真是機關算盡太聰明，反誤了卿卿性命。」

誰能想到，聰明一世的顧玉婉，在拿了和離書之後，便迅速勾搭上了蘇明燦的同袍，一個鰥夫，一個算半個寡婦，也算是匹配。可肚子裡的那個拖油瓶始終是個阻礙，顧玉婉便去拿了一副猛的墮胎藥──怕效果不夠，兩副並作一副煎。

一碗紅花落肚，顧玉婉一命嗚呼。

誤了兒子，丟了孫子。消息傳回，李氏捶胸頓足，蘇清松兩眼一翻，差點昏厥過去。他這一脈算是徹底毀了。

到了年底時，一個關於宋景秋的流言漸漸甚囂塵上。

蘇白芷搓了搓手，到了冬天，她就會縮成一團，整個人像是蔫了一般打不起精神。韓壽秋狩時特地給她弄了張虎皮，她鋪在貴妃椅上自個兒蜷著。韓壽進門來，見她團成一團，就露出一張臉，不由得笑道：「妳再把脖子往裡縮一點，我就認不出妳來了。」又取了個手爐往她的被子裡塞了塞，蘇白芷蔫蔫地道：「今年似乎特別冷啊。」

韓壽笑道：「妳第一年在益州過冬天，大約是不習慣。要不我帶妳回建州過個冬天再回來？」

「哪裡能說走就走了？如今頂個御香坊的名頭越發忙了。還有你，最近不是忙翻了？」

蘇白芷擤擤鼻子。

「過陣子我便不忙了。」韓壽自顧自地倒了杯熱茶，笑道：「定國公府怕是真的要完蛋了。」

「怎麼了？」蘇白芷強打精神，雖說定國公府如今同她無半點關係了，可是聽到他們倒楣，她還是習慣地豎起了耳朵。

韓壽發了半晌呆，才說道：「我記得我小時候見過撫遠將軍家的那個小姑娘，那時候我娘親才死，我成日不說話，偶爾見了她，她跟皮猴子一般在我面前上竄下跳。那時候我便覺得，這樣的姑娘必然是能開心一世的。」

蘇白芷見他面帶憂傷，這會兒偏偏又是替自己憂傷。這種錯亂的感覺讓她不知道如何開口好。想到兒時的自己，有爹爹寵著確實無法無天了些，可也的確如韓壽所說，那時的自己，開心得有些得意忘形。

「時間過了太久，我幾乎忘了她。那日在護國寺看到那靈位，猶如當頭棒喝。當年撫遠將軍逝世後，沈研將宋景秋領進定國公府時，人人都讚沈研仁義，卻沒人知道，沈研那不過是獲取原本宋良手下將領信任的伎倆。宋良死了十年，那些人便將宋良忘得差不多了，誰還管天地間還有個無依無靠的宋景秋……」

「是……誰都不記得無依無靠的宋景秋。」蘇白芷黯然道：「即使是過了這麼多年，誰還能記起她來？」

沈君山能為她立個靈位，定然也是為了往日他同宋景秋的情分。能如此，她已是吃驚。無聲無息，又能如何？

「曾經沒人記起，是沒到必要的時候。」韓壽低聲笑道，那雙拳頭已經輕握。

「大難臨頭，誰都想自保。九兒，妳伯父蘇清和已經呈了摺子，皇上今日已下了旨，徹查當年宋良真正死因——宋良當年，是被沈研害死的！」

第三十四章

蘇白芷手上的暖爐，「哐噹」一聲便落在了地上。

姚氏半夜裡起身，見蘇白芷房裡燈一直未滅，遂搖頭想著，自家女兒便是承了這御香坊的名頭卻依然不得閒，在香上總是苛求於己，若是得了一味新香，總是廢寢忘食地非要製出來不可。今日韓壽走後，她便心神不寧，這會兒不知道是不是又在看什麼書呢？

攏了攏身上的貂裘大衣，姚氏呵了口白氣，挑了燈往蘇白芷的房間方向走去。還未走到，卻聽到一陣壓低的哭聲，片刻後，便是蘇白芷不安的夢囈。

她連忙推門進去，房裡的暖爐早就沒了炭，分明冷得不行，可蘇白芷卻已經是滿頭大汗，嘴裡不安地唸唸有詞。

姚氏吃了一驚，連忙解下身上的大衣披在蘇白芷身上，想要喚醒她。怎奈搖了半日，蘇白芷卻哭得越來越厲害，甩開姚氏的手，大聲哭喊道：「爹，爹，是女兒不孝，爹……」那一雙手在空中亂抓，也不知道在抓些什麼。那被子早就被踢到地上，她的身上都涼了，姚氏連按住她的手喊道：「阿九，阿九，娘在這兒，妳醒醒。」

蘇白芷依然不醒，姚氏想起從前蘇白芷也曾這樣夢魘過，狠了心拍了她兩個巴掌，蘇白芷悠悠醒來，見著姚氏，迷茫了片刻，放聲大哭。「娘，娘，女兒為何會如此糊塗啊！」

她竟然嫁給了沈君柯，竟然還為了他，選擇去死。

她為了殺父仇人而心酸流淚，甚至放棄了自己的性命！若是當時她真就這樣去了，她有何顏面見九泉之下的父親？

幸而，幸而上天待她不薄，讓她再活一次，親眼見見那些害她的人，如何徹底覆滅。

天道有輪迴，蒼天放過誰……

蘇白芷突然低低地笑了，那一聲笑過於嘶啞，把姚氏嚇了一跳，忙道：「女兒，妳究竟作了什麼惡夢，怎地嚇成了這樣？要不要喊燁哥兒來瞧瞧，這樣折騰一番，別得了風寒才好。」

「娘，我不會有事的。」蘇白芷抹了把淚，低聲道：「這惡夢我作了四年，總該過去了。」

「太后娘娘。」林信生跪拜太后，見蘇白芷站在一旁，使了個眼色讓她退下。

林信生在宮裡一向替淑貴妃做事，淑貴妃也極為倚重他，淑貴妃宮裡的香，從來只由林信生一人負責。只是每隔個把月，太后會尋他來問話，每回都是極隱蔽的，也不大有人注意到。

每回他來，蘇白芷便會尋個由頭退下。

在這深宮裡，最要不得的便是好奇心。

所以蘇白芷雖疑惑，仍是朝太后福了福身道：「太后娘娘近日胃口不大好，阿九特意做了道酸棗糕，這會兒正好去拿些來。」

這一回卻有所不同，梁太后抬了抬手道：「阿九不必退下了，這後宮裡頭的狀況，她總有一天也是要知道的。你們師徒倆都是哀家的人，有什麼話，你說便是了。」

林信生若有所思地看了一眼蘇白芷，蘇白芷分明看到他臉上的難色。奈何太后已經開口，她也走不開。

林信生無法，只得如實稟告道：「今兒個太醫院傳回消息來，說是這幾日淑貴妃娘娘一直跪在殿前求見聖上，一來疲累，二來這幾日天寒，又下了場雨，淑貴妃娘娘淋了一夜的雨，身子怕是要調養數月才能好。」

「那些香她還在用嗎？」梁太后恍若漠不關心淑貴妃的身子，而是換了個問題。

林信生看了一眼蘇白芷，硬著頭皮道：「那些香，淑貴妃娘娘用了十多年，早就將她的身子掏空了。這幾日她受了連番的打擊，身子本就極為孱弱，前些時候在香裡加重了分量，臣只怕淑貴妃娘娘的身子受不住……」

「跪了幾天，又受了寒？她自個兒不愛惜自個兒的身子，旁人還能替她保重不成？」梁太后冷笑一聲，將桌面上的一包東西丟給他道：「今兒個你再將這一包香交給她。」

「阿九，妳今兒個同妳師父一起去一趟延福宮吧。」梁太后沈著臉，嘴邊漾起一絲淺淺的笑。「順道替我告訴她幾句話。」

梁太后在蘇白芷的耳旁低語了幾句，蘇白芷身子一震，瞬間睜大了眼睛，難以置信。

延福宮早不如往日輝煌。自沈家出事後，延福宮一日不如一日。林信生帶著她到了宮門口，阻止道：「妳回去，若是太后問起，妳便說太后交代的事兒妳已經辦好了。」

「太后娘娘讓我親自對淑貴妃說幾句話。」蘇白芷答道。

林信生嘆了口氣，他不知道太后究竟是什麼想法，可韓斂曾經千叮嚀、萬囑咐，雖說蘇白芷同宮裡有了牽扯，可一些不該讓她知道的事情，萬萬不能讓她接觸。

可如今，他怕是保不住蘇白芷了——鐵腕太后要做的事兒，誰能阻止？他知道得太多，如今他也自身難保。

「一會兒妳進去之後見機行事。說完太后要說的話妳便離開，切莫多待。」林信生叮囑道，這才攙著蘇白芷往裡走。

淑貴妃面色蒼白，同他前幾日見時相比，形容又消瘦了幾分。

見到蘇白芷，她似乎有些意外，卻很快恢復了平靜。兩人按規矩行了禮，淑貴妃這才道：「這幾日不見你來，我只當人人都看出我這兒沒盼頭了，連你也嫌這裡晦氣。」

林信生連忙道：「娘娘如今身子虛弱，理當放寬心才是。」

「放寬心？」淑貴妃低聲笑道：「如今我哥哥落了大牢生死未卜，皇上不願意見我，就連六皇子也不許我見，我這兒冷得如冰窖一般，你讓我如何放寬心？」

「近日南部流行瘟疫，皇上想必是太忙了才沒能顧得上娘娘，但是皇上心裡還是惦記著娘娘的。娘娘您看，這香品便是皇上囑咐下官給娘娘送來的。」林信生連忙遞上香品。

淑貴妃拿過看了一會兒，頗為落寞的低聲道：「那一日，我在你那兒聞著這頤神香便十分喜歡，皇上便上了心，每個月都讓你送來這香。這一送，也快十多年了……這十來年，我都經歷了些什麼？爭來奪去，卻送了自個兒女兒的命，就連娘家都保不住。落得白茫茫一片……」

她笑得有些慘然，隨即回過神來，笑道：「你回去吧。這香我留下了，兩日不聞這香，頭疼得厲害……蘇姑娘便留下陪我說說話吧。」

林信生意味深長地看了蘇白芷一眼，見蘇白芷微不可見地點了點頭，左右不放心，出了門，連忙搬救兵去了。

「蘇姑娘如今可是太后娘娘面前的紅人呢……」淑貴妃挑了挑博山爐中的爐灰，挑了一雙鳳眼看蘇白芷，縱然面無血色，卻仍是嫵媚得驚心動魄，便是蘇白芷這個女人都頗為動心。這個上了年紀的女人，在年輕之時也不知如何傾國傾城，怪不得能長寵不衰。

「蘇九不過就是個調香、賣香的小人物。」蘇白芷謙虛道。

淑貴妃不置可否地笑了笑，卻是自言自語道：「當年我入宮時，年紀比妳還小。那時家中沒落，哥哥不過是個前鋒，我在宮裡受盡了欺負，還不是一步步走到了今天。若要說風光，宮裡哪個女人能比我那時風光？」

可偏偏，到頭來這一切都是假的呀……

淑貴妃暗自嘲諷地笑道，喚了人來，將方才林信生送來的香點上。

「今兒個太后讓妳來，不單單是給我送東西來的吧？她讓妳來跟我說些什麼？」

沒想到淑貴妃早有料想，蘇白芷愣了一愣，方才道：「太后娘娘讓我來問娘娘一句話。」

「嗯？」淑貴妃挑了眉。

「娘娘當日害死五皇子的生母，這幾年，睡得可還好？」

「哈哈哈……」淑貴妃先是一愣，這才笑道：「這個老虔婆，過了這許多年，她如今卻搬出這個事情來。」

那樣的語氣，像是默認。淑貴妃輕輕搖了搖頭，苦笑道：「她同我鬥了這麼多年，我一直想著，只要皇上待我好，我就是同她鬥到底也無所謂，再苦再累我也甘之如飴。可皇帝的心，何時只停留在一個女人身上？後宮這麼多人都想爬上龍床，我又防得了哪個？即使韓玉芷當初沒死在我手下，最終也會受不了這後宮裡的寂寞。她本就不該愛上一個皇帝。」

那樣柔弱的女子，她不過撩撥了兩句，她便鬱鬱而終，命如紙薄，死了又能怨誰？

最是無情帝王家啊！她如今反倒羨慕她早死了，早死，便不會有這般希望，最後這般絕望。

那股香漸漸散開，她貪婪地吸了一口，笑道：「皇上就愛我身上這淡淡的頤神香味，這後宮裡，唯獨我能用這頤神香。」

蘇白芷這才發現，四處的人全退了，整個屋子裡密不透風，角落裡卻放了三、四個香爐同時點燃。

她輕輕嗅了一口，只覺得那香頗為濃郁，在濃郁的香氣底下，卻有一絲異樣。起初她以為是空氣不流通，所以她有點氣悶，可漸漸地，她開始頭痛。

蘇白芷勉強站起身來，身子卻晃了一下，她連忙道：「娘娘，這話蘇九已經帶到了。蘇九告辭。」

不過走上兩步，蘇白芷的腿腳開始發軟，眼前的淑貴妃變作了幾個人影，在她面前頗為猙獰地拍了拍她的臉道：「這香可是皇上賜給我的，我聞了這麼多年，直到昨天才知道，那香裡竟是下了毒藥的。呵呵，妳能信嗎？日夜作伴的枕邊人，其實才是最想妳死的那個。」

淑貴妃攤開雙手，在屋子裡繞了個圈，像是瘋了一般笑道：「妳看，我的延福宮是不是很美？那也是皇上給我的，只有最受寵的妃子才能住進來。」

最美，它也不過是妳最後的墳墓！蘇白芷咒罵道，趁她不備，連忙取了身上常備的清心丸塞入口中。

那一頭卻是笑得燦爛。「娘娘，皇上的確疼妳，送了妳這麼美的一座……墳墓。」

淑貴妃拍了拍她的臉道：「那老虔婆這麼疼妳，那小孽種如此幫襯妳，想必將來妳也是能住這宮裡的。我早早地拉妳一起來住，妳是不是該感謝我？妳看，有這麼美的宮殿當作妳我的墳墓，妳是不是與有榮焉？」

一直以來，她已習慣了用這香，直到前幾日那香斷了，她便頭疼無比，心裡存了疑慮，她輾轉拿出了宮外問了幾個大夫，當知道香裡有慢性毒時，天像是劈開了一個口子。

那些過往的蛛絲馬跡漸漸浮上來，怪不得，每回她點香時，皇上便避開。她以為皇上不喜這個香，可偏偏，他卻總賜給她。

每回她頭疼，去喊太醫時，太醫總說她是偏頭痛，不打緊。

醫術高超的太醫，如何能不知道這香裡的蹊蹺？

不過是全天下人都領會了聖上的意思，獨獨，她被蒙在鼓裡。

今兒看到林信生時，她便明白，皇上已經容不得她了。這樣的死法於她而言，已經是十分體面的。病死，比被打入冷宮永不翻身好，至少於六皇子而言，他還能有個體面的娘親。

能有一個人陪葬，她真是賺到了……

淑貴妃腿一軟，見蘇白芷已經失去了意識，不無得意地笑開。

真是不甘啊……

十年相伴，皇帝的心裡竟還是沒有她。

「砰」一聲巨響。

淑貴妃在倒下之前，看到韓壽怒氣沖沖地站在門口，踢飛了宮門。

一陣忙亂的腳步聲，幾個宮女、太監一併衝入屋子裡，其中一個大著膽子上前試了試淑貴妃的脈搏，一下跪在地上，長聲哀號道：「淑貴妃娘娘薨啦……」

「她怎麼還沒醒！」蘇白芷在一陣頭暈中，聽到耳旁一個聲音大聲咒罵。

太醫誠惶誠恐，忙道：「殿下，這牽機之毒原本就難解。所幸蘇姑娘吸入不多，又服用了清心丸，休息片刻便無大礙。」

「休息片刻？這都幾個時辰了！」韓壽拍了桌子咒罵道：「若是她出了什麼事兒，你如何擔待得起！」

「你下去吧。」梁太后吩咐道，見太醫連滾帶爬出了門，這才斥責道：「你這是什麼樣子！幾個太醫都說了，阿九不會有事。做大事者，怎可遇事便如此慌張？」

韓壽喉頭動了動，生生忍住咒罵。梁太后笑道：「你可是怪我讓阿九去送這香？」

「若是她出了事兒，孫兒……」韓壽望著床上蘇白芷蒼白的臉，心痛道。

「若你要為阿九著想，就該讓她去看看這後宮真實的模樣。」在這後宮之中站穩腳跟的，有幾個手上沒沾血？耍心計、玩手段，就算是死了也要拉個墊背的。

這就是真實的後宮。

她不過是提前給蘇九上了一課。若是如此便不能自保，將來她該如何？

韓壽握了握拳頭，終慢慢鬆開。

這後宮，他兒時已看過一遍，齷齪不堪，滅絕人性。便是市井之中最髒、最亂的乞丐窩，或許都比這皇宮乾淨。
這無恥的世界，他怎能容許蘇白芷經歷他娘親曾經歷過的一切？
梁太后拍了拍韓壽的肩膀，自顧自地去了。
韓壽轉過身，抱起蘇白芷，心裡百轉千迴，終是低聲說了一句：「九兒，咱們離開這裡，可好？」

淑貴妃的死被形容為，心力交瘁，猝死宮中。
在定國公府出這麼多事情之後，這個解釋很快就被接受了。
蘇白芷因為身體不適，這幾日都不曾入宮裡去，閒在香料行裡，偶爾看看書。
這一日，卻有個意外之客登門。
過了這麼多年，蘇白芷以為自己再也不可能跟沈君柯有牽扯，這一日，他卻再一次站在自己面前，揭破了自己的真面目。
孔方一早便帶著其他幾個夥計去街市上收購香料去了。大堂就一個靈哲看著。
蘇白芷閒著無聊，隨手畫了幾個花樣，想著來年夏天姪兒出生的時候，正好能用上。正畫得興起，靈哲打了簾子進來，說是沈君柯沈公子求見。
蘇白芷手一滑，那個花樣上平添了一道長痕。誰知道沈君柯已經從靈哲身後竄出來，眼睜睜地看著她慌了神。

「沈將軍。」蘇白芷福了福身，揮手讓靈哲準備茶點，自個兒卻是笑著迎上來對沈君柯道：「不知道沈將軍尋蘇九有什麼事兒？」

沈君柯拂了拂袖子，自顧自地尋了位子坐下，一雙眼卻是直直看著蘇白芷，蘇白芷只當未見，仍是掛著笑，不動聲色道：「沈將軍這麼看著蘇九，若是旁人看見了，只怕要誤會沈將軍同蘇九有仇。」

「旁人誤會不怕，倒是怕蘇姑娘誤會。」沈君柯停了停，見蘇白芷面色不變，這才笑道：「聽聞蘇姑娘待任何人皆進退有禮，在京師裡已是廣交好友。沈某幾回聽他人提起蘇姑娘，皆是讚揚一片，今日一見卻不像是如此。是不是姑娘對沈某有什麼誤會？」

「我總聽聞沈將軍少年成將，神勇威武，更是難得的逸群之才。今日卻如見了殺父仇人一般看著蘇九，蘇九惶恐，倒是要問問，沈將軍這是為何？」

「好個牙尖嘴利的姑娘。」殺父仇人……這幾個字如同烙印一般敲在他的腦門上，他神色黯然了片刻，方才拱手道：「在下只是聽聞淑貴妃娘娘薨時，唯獨姑娘在場，便是來問問，淑貴妃娘娘究竟是如何去的？」

「猝死。」蘇白芷挑了挑眉。「幾位太醫到場時，娘娘還一息尚存，只是娘娘身子太弱，太醫們回天乏術。想必太醫們告訴過將軍了？」

「那為何當日無任何人，唯獨姑娘在場？」沈君柯逼近一步，反問道：「莫不是姑娘對娘娘說了什麼話，讓她怒氣攻心，方才，方才……」

「沈將軍慎言。這可是死罪，蘇九萬萬承擔不起。」蘇白芷厲聲道：「當日之事，幾位太醫皆清楚，五殿下也在場，若是將軍不信，大可尋人與我對質。蘇九身子不適，便不送將軍出門了！」

這就是她曾經愛在心頭，甚至為他去死的沈君柯，這就是她心心念念的如意郎君！

蘇白芷背對著沈君柯，心頭一陣起伏，那雙手扣著桌沿，只恨不能將桌面上的香爐直接往他腦門上扣去。

他竟然還有臉質問她？正如前世一般，他也是這樣義正辭嚴地問她：宋氏，妳待如何?!

沈君柯萬萬想不到三言兩語間便被人下了逐客令。他向蘇白芷走近了兩步，蘇白芷不防備，往後走了兩步，一抬手便將畫好的花樣打落了一地，沈君柯俯下身去幫忙拾取，才將視線移到那紙上，身上卻像雷擊了一般定在了原地。

蘇白芷蹙眉去接，不由得也愣住了。

那張字，恰好是她方才閒著無聊的隨手之作，上面正好寫了兩句詩詞──柿葉翻紅霜景秋，碧天如水倚紅樓。

兒時，初次見沈君柯時，她便拍著胸脯笑道：「君柯哥哥，我叫景秋，我爹說，我的名字出自『柿葉翻紅霜景秋，碧天如水倚紅樓』，因為我出生在秋天。」

她習字起，第一句能寫的詩便是這句。方才無聊時，竟是不知不覺又寫了出來。

「沈將軍這樣冒失，不知將軍的部下們見了會如何？」蘇白芷譏諷地笑道，硬是將那疊紙從沈君柯手中搶回，反面扣下。

沈君柯不言不語，就這麼看著蘇白芷，許久之後，方才問道：「如今已是冬天，不知道蘇九姑娘怎突然想起這首詩？」

「將軍未免管得太寬了吧？」蘇白芷凜然道，心卻莫名地慌了。

沈君柯板著臉，慢慢地，慢慢地從懷裡掏出一條絲帕，爾後，卻是將蘇白芷輕輕推開，將那反扣的詩句拿起，將那絲帕同詩句放在一起。

那絲帕，正是那年她嫁給沈君柯，遠方傳來沈君柯的捷報，她見之不著，便特意製了香帕子同家書一同寄給他的。

多年過去，帕子上的香味依舊，上面還有她清秀的小楷——柿葉翻紅霜景秋，碧天如水倚紅樓。

她怕他忘了她，可偏偏，那香帕子他帶了這麼多年。

如今兩個同樣都是她的字跡，這麼多年，她的霜字依然寫錯，那目，她總寫作日……

「妳究竟是誰？」沈君柯逼近一步，蘇白芷便往後退了一步，再次掃手時，直接將硯臺打翻，黑色的墨汁沿著桌面，淹了紙面，濕了帕子，瞬間，一切都變成黑色。

「不……」沈君柯跨前一步，要搶時已經晚了，那條帕子終究面目全非。

「妳是故意的。」無庸置疑。他冷冷地看著蘇白芷，聲音已是嘶啞。「宋景秋，妳是故意的。」

蘇白芷抽了一口冷氣，怕臉上太過驚訝洩漏了自己的情緒，忙轉過身去，怒斥道：「沈將軍今日來莫非是來找蘇九麻煩的？方才誣陷蘇九害死淑貴妃，如今又要給蘇九扣上其他罪名不成？將軍請速速離去，否則別怪蘇九趕客了！」

「妳如今不就是在趕客？」沈君柯反問道，那一廂，卻是繞到蘇白芷的面前，看著她道：「從第一次見妳時，我便奇怪，為何妳對任何人都彬彬有禮，獨獨仇視我。人人都畏懼定國公府的勢力，可妳拚了命卻要贏過十里香風。還有妳的容貌……蘇九，有沒有人告訴妳，妳長得很像我的亡妻？」

「將軍，請自重。」

蘇白芷怒道：「將軍若是愛妄想，蘇九也無能為力。至於容貌，蘇九只能說，人有相似，物有相同，你確然認錯人了！」

「若只有一件巧合，我今日怎敢上門。」沈君柯再次逼近一步，這一次，卻不容許蘇白芷逃脫，生生將她困在懷裡。

蘇白芷要喊，沈君柯低聲哀求道：「妳聽我說完，若是有什麼不對，妳大可再離開。」

「我同將軍沒有什麼好說的！」蘇白芷抬腳便要踹沈君柯，卻恰好被他制住。

待要叫時，沈君柯突然說道：「宋景秋八月初五身亡，蘇白芷八月初五落水，大夫都說回天乏術了，可八月初八妳卻醒了，醒來之後，性子卻換了一個人般。人人都道蘇白芷因落水受難，一夜長大，此後便有如神助一般，調香、製香樣樣精通。可那桂花油……秋兒，那桂花油是妳創的，十里香風的老師傅們都認得，還有這帕子上的香，便是妳製的百花露。如今這香還在賣，妳如何能抵賴？」

蘇白芷正要回嘴，他又道：「還有這字，秋兒，妳交給御香局的香方我已經看過了，那上面，確然是妳的字體，妳如何能狡辯？」

蘇白芷硬了身子，終於冷冷道：「聽聞沈將軍幾年前已經娶妻，後為攀富貴休妻再娶。如今被人曝了短處，莫非是失心瘋了不成，四處認妻？還是沈將軍心有愧疚，如今這般惺惺作態，只為求個心安？將軍莫要忘了，將軍前陣子才休掉的妻子，便是我的堂姊蘇白禾！」

「我為將多年，殺敵無數，我不信佛不通道，可看到妳時，我卻信了這天理昭彰。我負了妳，於是註定一輩子孤獨，沈家負了妳宋家，於是從最高處跌落，家破人亡。秋兒，這就是妳看到的報應，這全是報應……」

「這自然是報應。」蘇白芷揚聲笑道：「若我真是宋景秋，我最想看到的便是定國公府從此低入塵埃裡。別人是家破人亡，你們卻風光了十幾年。沈將軍，但願你生生世世莫要忘了，今日你沈家的榮耀，全是踏在他人的骸骨之上！」

「這就是妳想要的？」

沈君柯低聲笑道：「若這是妳想要的，那妳已經實現了。秋兒，定國公府已被抄了家，爹爹在獄中聽聞姑母的消息，一時悲傷，已經去世了。這些債，沈家該還的已經還上了。而我呢……」

那雙看向蘇白芷的眼裡，有滿滿的懊悔，似是無底深淵一般將蘇白芷往裡拉。

蘇白芷一時挪不開視線，只聽他淡淡道：「我向皇上辭官卻被拒絕了。秋兒，今日我來，便是同妳辭行。我已經申請去建州疫區，那邊瘟疫盛行，我去協同治理。或許……或許這是妳我的最後一面。」

停了片刻，他終於艱難地說道：「不論妳是蘇白芷，抑或是宋景秋，沈某在這兒，望姑娘往後的日子順心如意，再無半分煩惱。」

所有的一切，他都想終結在今日。當他在父親面前，親耳聽到父親承認，宋良是父親所殺害時，他便知，一切早已回不去。不，在宋景秋放火燒店的那日，一切便已經回不去。

那一年，他執意要娶她，母親不讓、父親不肯，他硬是要娶了，邊關戰事突然緊急，他不得回家……可心卻是念著她。

那一年，他總算回了府，可是在入門的剎那，卻看到他的親生弟弟——他一生之中，最最愧疚的弟弟沈君山——癡癡地望著他的新嫁娘。

那一年，他有意無意去尋找蹤跡，終於在君山的屋裡，看到了他藏得嚴實的畫像……

看到畫像時，他整個人驚呆了。

如果當年，他不娶她；如果當年，他早些回府；如果當年，他心胸再開闊一些，不是心存芥蒂，而是開誠布公地同君山談上一談，結果會是如何？

又或者，當年，他就順著她的心意，和和美美地活下去。在母親勸他休妻之時，他再堅定一點、自私一點，結果會不會改變？

當年的宋景秋，分明是愛他的呀……

沈君柯癡癡一笑，心痛得無法自抑。

天道有輪迴，老天何曾放過誰……

這就是報應啊！不論他再如何努力，死去的人再也回不來，愛也隨之去了。

連灰燼都不剩。

一分一寸鬆開對蘇白芷的箝制，沈君柯苦笑道：「如今姑娘有五皇子照顧，沈某說這些已是多餘。」

蘇白芷的嘴張了又合，趁著沈君柯不備，抓起手邊僅有的一個筆洗，狠狠地砸向沈君柯。

血順著沈君柯的臉緩緩落下，蘇白芷手一鬆，手上的筆洗「哐噹」一聲摔成了碎片。

低頭撿起一塊瓷片，蘇白芷久久地看著，突然低低地笑了。「旁人都知道，定國公府如今家破人亡。若是我今日在這兒將你殺了，再告訴他們，你是對我懷恨在心，特意上門尋釁，我在百般無奈之下反抗不成，失手將你殺害，你說，他們信嗎？」

那一下撞擊力量極大，沈君柯雖是武將出身，卻是毫無防備受了這重擊。捂著頭部，勉力站穩了身子。

蘇白芷逼近了一步，用極低的聲音說道：「是，我是宋景秋。沈研害我家破人亡，還蒙著良心帶我回了沈家換取將士的愛戴信任，簡直無恥至極，若是老天長眼，十幾年前便該劈了你沈家一門！是我有眼無珠，竟然還將沈研當作恩人。為了報答恩情，我寄人籬下，謹小慎微，盡了全力去伺候公婆。最後卻如何？沈君柯，今日你口口聲聲說已經遭了報應？可這夠嗎？」

蘇白芷仰天長嘯，那淚水在眼眶裡轉了許久卻生生忍住，那淚水，再不為不該的人而流，他們不值。

「沈君柯，那時我苦苦哀求你，你卻只冷冷看我。相識十多年，結髮五年，我用盡全力待你好，最終你是如何做的？你可知焚火燒身的苦痛？如今你能痛痛快快地這麼去了，不知是有多好！你們造的孽，合該一點點的報應在你們身上，我絕不同情半分，絕不！」

「秋兒……」沈君柯退了一步。「我知道妳恨我……」

「恨？你也配？」蘇白芷冷冷笑道：「我不恨。我只是睜大了眼睛等著老天來收拾你們。你看，老天開了眼，便是我爹都佑我不死，讓我親眼看著定國公府沒落，讓我……」

蘇白芷突兀地漾開笑，緩緩地舉起了手中的利器。「沈郎，如今，你便償了秋兒這條命吧。」

沈君柯緩緩地閉上眼睛，那瓷片刺入胸膛時，帶著股刺心的冰涼，他卻不躲不閃，只在瓷片入胸時，微微蹙起了眉頭。

蘇白芷只覺得眼前的人還無動靜，似乎早已對這疼痛麻木不堪，她閉上眼睛，拔出手中的利器，再一次，刺中。

這一次，沈君柯終於發出微弱的呻吟聲。

蘇白芷緩緩起身，見他傷口處，血透過玄青色的上衣，慢慢變作深色的模樣，一點點漫開，臉上卻是帶著漫不經心的模樣，似乎得到了一種解脫。

那抹似是得到救贖的笑，深深地刺痛了她的眼。

在漫長的時光裡，她早已模糊了他曾經的模樣。可那深刻入骨子裡頭的十年，以後重生的這四年，她在印象中不斷描摹他的模樣。

等到有朝一日，她真的想要發洩自己的憤怒時，卻突然似癟了氣。

救贖……倘若死亡便是他的救贖，那麼，她的救贖又是什麼？

蘇白芷突然失聲笑了，那手中的碎片早已嵌入她的掌心，隱隱地牽動他的疼痛。

她就這麼看著沈君柯，緩緩說道：「我不願你就這麼痛痛快快地死去，我不想自己還要背負上你這麼一條人命，你不值得我為你染血。沈君柯，你就這麼活下去吧！活著懺悔一生。我只願從今往後，你不認識我，我也再不要想起你，你我死生不復相見。」

丟下手中的瓷片，她終是頭也不回，走出了後堂。

第三十五章

沈君柯是在半個月之後方才下了地的。

蘇白芷那一下傷及了他的肺部，從今往後，每逢陰天，他便疼痛難忍。那一日，若不是靈哲送茶點進來時發現他躺倒在地，或許他真就這麼去了。

沈君山費了好大的勁兒才將他救了回來，醒來之後，沈君柯整整幾日不說話，看著房樑發呆。

「此身常放在閒處，榮辱得失，誰能差遣我？此心常安在靜中，是非利害，誰能瞞昧我？……風來疏竹，風過而竹不留聲；雁度寒潭，雁去而潭不留影。故君子事來而心始現，事去而心隨空……」

窗外傳來琅琅的讀書聲，沈君柯動了動，身旁的沂源忙扶起他。「主子，您總算醒了。二少爺出門採藥去了，一會兒便回來給您換藥。」

「外頭是宸兒？你去喚他進來。」沈君柯道。

定國公府如此動盪，沈之宸年紀小，顯見著怯生生了許多，見著多日不說話的爹，即使面色蒼白，仍是小心翼翼地問道：「爹爹可好多了？」

沈君柯點了點頭，見沈之宸瘦了許多，心頭一酸，道：「你方才唸的是什麼？」

沈之宸老老實實地遞上書道：「是二叔讓我唸的。這幾日他總讓我看這個……」

「天地有萬古，此身不再得；人生只百年，此日最易過……落落者，難合亦難分；欣欣者，易親亦易散。君子寧以方剛見憚，毋以媚悅取容。處富貴之地，要知貧賤之痛癢；當少壯之年，須念老之辛酸……」

沈君柯細細唸道，不由得暗自嘆氣。

若是比胸襟，他確實輸給沈君山十萬八千里。他本不該生在定國公府，這樣一個滿是慈悲心、滿是憐憫心的人，到最後，反倒是最看得開的。

望著眼前沈之宸稚嫩的臉，他還這樣小。他終是放下父親的威嚴，摸了摸沈之宸的頭道：「今後你便跟在二叔身邊，要聽二叔的話。父親過幾日要去建州，等那邊安全了，便接你過去。」

年幼的沈之宸只是覺得要同父親分離，心裡有些悲傷。然而自小畏懼這個父親慣了，如今見他這麼說，只得怯生生地答道：「父親早些接宸兒過去。」

沈君柯點了點頭，恰好沈君山回來，他叮囑沈君山的最後一句話是：「從今往後，讓宸兒做個平凡的人，再不要讓他入仕。」

遠離朝廷遠離紛爭，做個平凡的百姓，或許，這才是最適合沈之宸的人生。

沈君柯說完話，已是累了。閉上眼，揮了揮手讓眾人退下了。

誰都沒料到，這一次談話，便是最後的訣別。

建元十五年春天，大齊南部建州瘟疫以一發不可收拾之勢迅速蔓延，當地有實力的家族紛紛逃離建州，或到了益州，或到其他各方去了。蘇白芷憂心建州的老劉頭，一早便派了人將他接了回來。同來的還有蘇康寧與族裡的幾個親戚。

人心惶惶之時，皇帝派沈君柯入建州協助建州刺史安定民心，五皇子齊鈺自動請纓，願一同前往瘟疫重災區。

蘇白芷替韓壽收拾了一些藥材，挽著他的手道：「人人對建州都避之不及，唯獨你犯傻，搶著去那麼危險的地方。若是出了什麼事兒……呸呸，好的靈，壞的不靈！」

韓壽笑道：「人人都不去，我去了才有人稱道我啊！即使死了，也是流芳百世。人人都會說，我這五皇子當得夠親民。不瞞妳說，朝中多得是人認為我要在民間建立一個好名聲，才幹這種傻事的呢！」

蘇白芷翻了個白眼道：「那是他們不瞭解在建州時候的你。若是讓他們知道，堂堂五皇子在建州最受歡迎的地方是煙花之地、市井街頭，不知道他們還能怎麼想。只怕你到了建州，百花樓、翠玉坊的姑娘才是最開心的。親民……你一直都很親民呀。」

「欸，妳可是冤枉我了。」韓壽壞笑道：「那些姑娘是見我英俊瀟灑，方才喜歡我的。我可不出入煙花之地。西市上的大媽喜歡我，是因為我常常幫她們幹活呀。」

「是是是……」蘇白芷無奈道。

韓壽趁她不備，摟她在懷裡道：「小的時候我常常看著宮裡高牆紅瓦，我總在想，外頭的世界是什麼樣子的，才會讓我母妃念念不忘，後來我到了建州，我才知道市井才是最自由的地方。若不是我到了建州，我也遇不到妳……」

「我捨不得你去。」蘇白芷低聲道。

韓壽笑了笑。「放心吧，我會好好回來，站在妳面前的。倒是妳……」韓壽拉過蘇白芷的手，在她的手心仔細描摹道：「妳呀，平日裡做事不需要這麼拚命。像上回，還能把手傷得這麼深，妳看，都留疤了……」

她手心細細的一道疤痕，紋路極淺，若不仔細看是看不出來的。因為這事兒，韓壽唸叨了她許久。

蘇白芷點了點頭。「萬事小心為上。我給你備了些防疫症的香藥，還有兄長也給你開了治療瘟疫的偏方，你帶著去，給當地的大夫看看有用沒用吧。」

「知道啦。」韓壽刮了下她的鼻子，寵溺道：「從我要走開始，妳都唸叨了我上百遍了。再這麼唸下去，妳要變成白頭髮的老婆婆了。」

蘇白芷還要開口，韓壽已是輕吻她的唇。

那個吻原本極淺，韓壽是存了心淺嘗輒止。

可不知為何，到最後吻下去的時候，他倒是捨不得挪開。蘇白芷嘴裡的一抹丁香，他早就覬覦許久，如今到了分別的時刻，他便分外掛念。

兩片唇，在她的唇上輾轉反側，他大著膽子伸了舌頭在她的唇廓輕輕一舔，懷裡的人卻是輕輕一顫。

韓壽越發來了興致，手扶上蘇白芷的頭，趁著蘇白芷喘息的瞬間，他迅速進入她的口中，攻城掠地。

輕敲貝齒，久久不開。

他存了暗笑，低聲喚道：「九兒，乖……」

眼前人的臉上飛上兩團暈紅，平日裡，蘇白芷或嗔或惱，卻斷然沒有今日這般嬌羞的模樣。

韓壽將她看在眼裡，只覺得喉頭一緊，在她略張開唇的片刻，他的舌靈巧地落進，尋找那一片丁香。

這個吻極深，讓蘇白芷臉紅心跳。她下意識地想逃，可是突然看到韓壽那雙凝望她的眼。

從許久之前，這雙眼睛就這麼癡癡地望著她。初初一算，他追在她身後，整整四年有。而她，抗拒了四年、逃避了四年，最終，卻落入他的懷裡，甘之如飴。

韓壽啊……蘇白芷心裡暗暗唸著：數年來，心早已與君同，刻骨的相思，不獨獨由你一人承擔。

即將而來的分離，為何帶著一股風雨欲來的悲壯？

你能平安回來嗎？

她靜靜地看著，唇邊的笑卻突然一深——也罷也罷。此刻，不僅只有他想一親香澤，她也想記住他的味道。

「此去甚遠，你一定要平安歸來。」

所有的話都化在吻裡。

韓壽摟著她，幾乎用盡了力氣。

空氣裡氤氳著一股曖昧的氣息，蘇白芷覺得自己要醉了。

方才抱著她的人，不知何時，將她帶到了床邊。

她的背抵在帷幔上，風輕輕一吹，帷幔遮上了她的臉，一陣陣，暖暖地吹拂著。

韓壽的手漸漸撫上她的背，隔著衣裳，她甚至能感受到他掌心的溫度。

「九兒，妳會想我嗎？」眼前的人此刻仍不忘確認道。

蘇白芷咬著唇不說話，他暗暗笑了一笑，附在她的耳畔，蘇白芷以為他有話要說時，他卻是一口含住了她的耳垂，若嬰兒一般，細細吮吸著。

「嗯……」蘇白芷禁不住這樣的撩撥，不由得淺吟，待回神時，她的臉早就紅到了耳根，她只得咬住自己的唇，不讓自己發出半點聲音。

可是沒用，一點用都沒有。

韓壽這廝早就拿準了她怕的是什麼。

在她即將發怒的時候，他的唇卻是從耳根離開，一點點地下滑，直接挪到了她的胸前……

「喂……衣服，髒……」蘇白芷紅著臉閃躲。那是她的衫裙，不若外頭的姑娘愛著輕紗，她總是穿什麼方便就穿什麼。如此刻身上的衣服，遮得嚴嚴實實。

可是他卻埋首在她的胸口，隔著衣裳，撩撥人一般，緩緩地親吻著。

「真的髒！」蘇白芷還要躲，韓壽一把抓住她的身子，在她警覺自己身上一鬆時，她一摸腦袋後頭，頓時驚呆了——這廝，這廝竟然將她肚兜繫於脖頸後的絲帶解開了！

「你……」蘇白芷一想到他熟練的手法或許是在青樓裡頭練就的，一口氣憋在心口，她伸了手便去捶他。

「你這個人，你說，你從哪裡學來的這些！」

方才還滿是別離氣息的兩人，一時間換了氣場。

韓壽措手不及地被她打了個正著，在房裡閃躲不及，在最後終於想明白蘇白芷此刻怒氣從何而來。

他不由得浮上笑，一把將她摟在懷裡，這會兒哪裡也不動了，只管哄著懷裡的蘇白芷，喑啞著嗓子道：「傻瓜，我能上哪裡練去。從前不懂事，上那些地方瞎晃蕩，也是逛個熱鬧。自從認識妳，我滿眼滿心都是妳，哪裡還有心思去練這些？」

「那你方才……」

蘇白芷還要捶，韓壽哈哈大笑地握著她一雙握拳，順勢將她往懷裡一帶。「蘇九妹妳這個笨蛋，哪個男人沒有個本能？我只是，我只是……見了妳才這般厲害罷了！」

蘇白芷又羞又臊，轉開身子不理他。

韓壽從背後環著她，此刻再不動了，安安靜靜地擁著她，一時間，心裡頭滿是離別的傷感。「阿九，我捨不得妳。」

「我也是……」蘇白芷低聲道。

「妳等著我回來娶妳，阿九。到那時，再沒人能分開我們。」

「好。」

韓壽這一走，便是一個月。時而從建州傳回消息，說是那邊的情形不太樂觀。日子卻總是要過下去的。

這一日，蘇白芷正在店裡忙著看新進來的一批麝香，正蹙著眉頭想要問孔方，卻有人搶了開口道：「這是心結香，乃是麝被其他獸類捕殺追逐，驚慌失心時，不得已狂奔於大山之巔，墜落崖谷而死之後，人們破其心室取而得之的麝之血塊。這是麝香中的最下品，香塊乾燥，不宜使用。」

蘇白芷微微抬了頭，便見沈君山唇邊帶著溫暖的笑望著她，那笑卻不似從前那般若有似無，而是發自肺腑。

「聽聞御香坊還需要一位調香師，不知君山可有這榮幸，能加入御香坊？」沈君山指了指門口道：「那門上還貼著招工啟示呢，不知道掌櫃的，這裡還要人否？」

蘇白芷微窘地笑道：「請，還請的……只是公子這樣的大師來此做工，蘇九怕付不起這工錢。」

「沈某要求不高，只求三餐能果腹，每月月銀能有盈餘為小姪奉上兩頓雞湯便可。」沈君山認真道：「聽聞瑞昌的夥計伙食極好，掌櫃必不會苛刻沈某吧？」

蘇白芷愣愣地看著沈君山，兩人相覷了良久突然放聲大笑，孔方縮了縮頭，正想著怎麼悄悄地離開，卻被蘇白芷一眼瞄準，隨手砸了桌面上的一本書到他身上道：「盛孔方，你聽到沈師傅說什麼沒？那心結香是麝香中的最下品！你竟然連最下品的香都給我買進來，你這個月的月錢沒了！拿著這本書給我抄一百遍，順道，我要到劉師傅那兒告你的狀！」

孔方拉長了臉，哀怨道：「小姐，這香是我和靈雙去山上遊玩時，無意間撞見的，不要錢呀……」

「嗯……」蘇白芷收了聲，瞥向一旁的沈君山。

他的唇微微顫動，嘴邊的笑意像是要忍不住漾出來。

自從沈君山加入後，孔方的位置極為不保。據蘇白芷觀察，靈雙在沈君山加入後，便時不時對他表示關心，平日裡沈君山在後堂製香，靈雙便時而噓寒問暖，直看得孔方怒火中燒。

孔方狠狠地拍下手中的帳本，蘇白芷被嚇了一跳，抬頭見孔方面色不豫，她還沒開頭，孔方便道：「小姐，沈公子在咱們瑞昌不行。我知道他很好，他為人很正直，可自從他入了瑞昌，鋪子裡的那些小丫頭便散了心思，淨知道看他了。您看，前頭的小柳今兒差點撞柱子上，把客人都嚇到了，還有翠兒，每日打扮得花枝招展，臉上的脂粉都快能和麵團了！」

蘇白芷聽他絮絮叨叨了半日，不動聲色地抿了口茶道：「我覺得挺好啊。前頭的丫頭們這麼一打扮，一個個跟花兒似的，咱們瑞昌近日的生意可好得不得了呢！」有來看丫頭的，更多的是來看沈君山的。雖然他不常在大堂裡，可許多人，大都是碰運氣求能見上一面。

沈君山如今可是鎮店之寶，瑞昌的活招牌呀……

「這……」孔方噎了聲，忿忿道：「那也不成啊，人心都散了。」

蘇白芷笑了笑，起身湊近孔方道：「靈哲過些時日也要成親了。指不定，明年會抱上個胖小子。如今靈哲自個兒也做些小生意，這日子過得可好，到時候登門給靈雙提親的人，可就不知道多到哪兒去了。咱們靈雙長得真水靈，天仙一般的，喜歡的人，可不是一般的多……」

「咳咳。」蘇白芷假意咳嗽，往屋外走時，嘴裡自顧自地哼哼道：「誰不知先下手為強，後下手遭殃……」

提了個酒壺，蘇白芷晃晃蕩蕩到了後堂。自沈君山來後，她便在後堂又為他闢了間書房和調香房。

她到時，沈君山正在書房裡琢磨著一味香，見她來，沈君山連忙迎她進去，喜孜孜地拿起桌面上的香草道：「蘇姑娘妳看，這便是傳聞中的艾納香。出產於剽國，這種香焚燒的時候能聚斂香氣，使之不喪失，青煙直上，如細艾一般。」

蘇白芷忙拿了看，垂眸子思量道：「我記得若是艾納香使用得當，可主傷寒五瀉，心腹注氣，下寸白，止腸鳴，燒之可辟瘟疫！」

「正是！」沈君山撫掌道：「大齊的艾納草極少，可剽國卻是極多的，若是我能將它入藥，到時，建州的百姓或許能得救了。」

「對。」蘇白芷笑道，卻更是憂心。韓壽已足足一個月沒消息了。

「咳咳……」沈君山咳了兩聲，蘇白芷連忙起身將窗戶關上，分明是春天，可今兒個卻莫名起風回寒。

「你身子不好，理當好生休養的。若是病倒了，我這瑞昌的生意可要去了一大半了。」蘇白芷笑。沈君山擺了擺手道：「妳不是給我帶了壺好酒？這枸杞酒可是好東西，難得我心情好，妳便陪我喝上一杯吧。」

「好。」蘇白芷拿了杯子同他坐下，沈君山先是自飲了一杯，低聲說了句：「對不起。」

「嗯？」

「鬥香時的事兒……」沈君山解釋道，對不起，為了淑貴妃所做的一切，還有……定國公府，沈君柯，包括他沈君山，一切的一切，都對不起。

蘇白芷以為他想著淑貴妃的事兒，低聲道：「人死如燈滅，那些都過去了，咱們都不要去想了。」

更何況，沈君山再錯，不過是投錯了胎，錯成了沈研的兒子。

那個黑心肝的能有這麼個兒子，真算是上輩子積福了。

可想起沈君山兒時的遭遇，她又不得不說，估計是沈研犯下的錯全報應在兒子身上了，才會讓如今的沈君山落下一身毛病。

每逢陰天下雨便咳嗽不止，分明年華正好的少年郎，卻是百病纏身、痛苦不堪。真真是作孽喲。

「大夫說了，這枸杞酒能滋補身子，強身健體。你每日小酌一、兩杯便好。」蘇白芷交代道。

不過個把月，蘇白芷便發現，沈君山面上寡淡，兩人在喜好上卻是驚人的一致，在製香上，兩人常常爭執不下，可最終出來的香卻是極好的。

「好。」沈君山淺笑道。

正說著話，沂源突然急匆匆地進了門，沈君山正要斥責，見沂源面色焦急，心頭沒來由地一陣慌亂，沂源幾乎是帶著哭腔，跪倒在地。

「公子，建州傳來消息，將軍……將軍他死了。」

沈君山面色一沈，就聽孔方慌慌張張，還未入門便叫道：「小姐，大事不好了！五皇子……薨了。」

蘇白芷心下一驚，手中的杯子，應聲而落，碎了一地……

沂源跪在地上哭道：「隨五皇子和將軍一同到建州的劉副將就在外頭，公子要不要見一面？」

沈君山見蘇白芷蒼白著臉，一個字都說不出，揮了揮讓沂源出去喊人。

劉副將進屋，一五一十說道：「我們到了建州才知道當地有多嚴重。幾乎每天都有很多屍體抬出去，似是人間煉獄一般。當地人嚇得水都不敢喝，每日的吃食都是臨縣送來的。五皇子到了那兒後，就將所有染了疫症的人關在一個村子裡，徹底隔離開來，每日定時撒石灰，沒多久，太醫院那兒便找到了醫治瘟疫的方法。我們都以為事情肯定會慢慢好起來的。可是那日被關在瘟疫村的人卻鬧起來，非要衝出村子外。」

劉副將頓了一下，像是想起什麼可怕的事情，打了個寒顫道：「那些人原本還能得救的，也不知受了誰的唆擺，同守村的官兵起了衝突。將軍就是在亂民中……被打致死。」

一群以為自己要死、卻誅死救活自己的人，在最後發出驚人的戰鬥力。

而沈君柯到了建州之後，身子一日不如一日，他每天夜裡都見沈君柯的屋子裡燈常亮，徹夜的咳嗽聲，一直未停止過。

似是要耗盡自己最後一絲力氣，而刻意折磨自己。

「將軍死時讓我們將他就地埋在建州。」劉副將低聲道：「他去建州時，身上什麼都沒帶，倒是日日看著這帕子發呆，想必是極為重要的物件，我便將它帶了回來，二公子您看看怎麼處理？」

沈君山接過來，見是一條洗得發白了的帕子，清清爽爽地繡著幾朵小花兒，上有兩行清秀的小楷──「柿葉翻紅霜景秋，碧天如水倚紅樓」，不由得心一痛。

看向身邊的蘇白芷卻似渾然未覺，只是面有戚戚，他忙低聲問道：「五……五皇子是怎麼去的？」

沈君山不忍，倒了杯熱茶遞到她手上，她抱著茶杯卻仍是哆哆嗦嗦，仍是鎮定不下來，索性將茶杯扔在一旁，閉上眼睛，勉力道：「劉副將，你說吧。」

劉副將見眼前的女子身子嬌小，雖是過了段時間方才鎮定下來，可如今卻是不亂分寸，不由想起沈君柯彌留之時，嘴裡反覆喊的宋景秋和蘇白芷。

他神色一凜道：「五皇子入建州後便一直忙於慰問疫區的百姓。那日疫症村的村民大亂，是五皇子帶了士兵方才鎮壓下來。過了不久，瘟疫也算基本控制住了，我們原本打算就這麼回來了，可五皇子卻病倒了。隨行的太醫細查之後才知道，五皇子竟是染了天花……」

「天花……」最可怕的傳染症，人人聞之色變。

曾經有個村子一人得了，最後全村覆滅，唯一活下來的一個人，卻是全身痘疤，面目全非。自此，方圓十里再無人敢靠近那村子。

可為何偏偏是韓壽，為何？

「五皇子自從知道自己得了這病，就將自己困在山上一小茅屋，每日我們送些吃食進去。他的病卻一日重過一日，他怕自個兒的病害了他人，便將自個兒連著屋子燒了個乾淨……」劉副將想起那日的火，心有餘悸。

蘇白芷連淚都流不出來了，低聲道：「聖上可知道了？」

「早有人八百里加急將訊息送回來了，聖上只怕早就知道了。」劉副將回道，只是不知道為何遲遲不宣布五皇子的死訊。

蘇白芷點了點頭，站起身道：「我知道了。你們都出去吧，我想一個人靜靜。」

沈君山伸出手，想要安慰她，想著自個兒如今也是心痛難當，收了手道：「妳好好休息吧。」

等身後的房門關上，那些腳步聲漸漸遠去，蘇白芷拿出當日韓壽送與她的玉珮，反覆琢磨，忍了半天的淚終於流下來。

那送給她的玉芙蓉還越長越茂盛了呢，怎麼這人說沒了就沒了？

他走之前，分明說過，讓她等著他回來。這人，怎麼能說沒了就沒了呢？

蘇白芷想了片刻，這才覺得有些異樣。若說八百里加急，皇帝早些時候便知道這個事兒，那意味著韓斂也知道，韓斂若是知道了，不可能不告訴她！

更何況，韓壽那個臉皮比門板還厚，惜命又臭美的人，如何會怕傳染他人，把自己關在茅草屋裡？

別逗了！

若是他要死，想必也是選大宅子陪葬。

蘇白芷這麼一琢磨，越發覺得有道理，忙收了眼淚，二話不說往韓府奔去。

一到韓府，站在門口卻久久說不出話來，這一門素衣縞冠，處處飄白，家丁、丫頭個個泫然欲泣……

她心頭咯噔一跳，忙往裡走。

今日來弔唁韓壽的人不是一般多，全是面露哀思的。這些人也不知道打哪裡來的消息，竟是比她還早到。

丫頭帶著她入了靈堂，這才低聲道：「老爺傷心過度，幾度暈倒，這會兒只怕見不了客人。」

靈堂裡頗有幾張熟面孔，朝她點了點頭，當作致意了。

蘇白芷回了禮，丫頭又道：「老爺子說，若是見了姑娘，便讓您自個兒去老爺子房裡。」

見著韓斂時，他卻是沈著臉，面帶慍怒。

蘇白芷小心翼翼地行了禮，這回卻是連聲音都在發抖。「韓公，韓壽他……」

「死了。」韓斂乾脆俐落地回答道。

蘇白芷見他竟如此爽快，便猜到他這是氣的。只是如今這陣仗鋪陳得夠大，想必大半個京師都知道了。

韓斂白了她一眼，低聲道：「跟我來。」

蘇白芷亦步亦趨地跟著，在花園裡繞了幾個彎兒，韓斂卻帶她走入一個密道。身後的石門緩緩落下，「轟」一聲，伴隨而起的便是韓斂快步往前走了幾步，拿起手邊的竹板便往前面的人招呼去。「我讓你辦喪事，我讓你辦喪事！我還沒死，你就掛了一門子的素縞。你連阿九都騙不過，你還想騙你親老子？你去騙鬼。乾脆我真把你打死算了，省得你在這兒礙眼！」

蘇白芷定睛一看，那蹲在桌子旁啃雞翅膀啃得滿嘴流油的，不是韓壽還是誰？

韓壽被韓斂打得跳腳，道：「老狐狸你別打我。我喝了十幾天的清粥，差點餓死啊！你讓我啃了這隻雞翅膀再說，要麼我先餓死了！哎喲，你別打、你別打我腦袋，會死人的呀！老狐狸，我是你親外孫啊！」

無處可躲的韓壽只得躲到蘇白芷身後道：「阿九救我。」

那一抱，卻是發現蘇白芷已經滿臉淚水。韓壽不由軟了身子道：「妳別哭，我沒事兒。」

蘇白芷擦了擦眼淚，將身後的韓壽牢牢定住，對著韓斂說道：「韓公，我抓住他，你狠狠打，別手軟。」

韓斂聞言，一竹板正正打在韓壽的背後，他痛得撫著痛處道：「老狐狸，你打死我就沒人給你送終了啊！慎重！哎呀，你別打了！再打我可真要死了！」

一邊卻是抱住蘇白芷道：「好阿九，妳別氣。我就知道妳聰明，一定能猜到箇中緣由的。妳看，我都跟妳說過了，要死，我也是流芳百世的。」

「呸！」韓斂吐了口唾沫道：「如今這情形我看你怎麼收拾！欺君大罪是要誅九族的，我看，到時候我們倆一起被砍了算了。」

「九族還包括父皇呢……要砍，第一個砍的就是他。」韓壽喃喃道。

見韓斂又揚起竹板，忙告饒道：「那場大火可是燒得全建州都知道五皇子死了的。這素衣縞冠只當是給娘再辦一場喪事了，今兒個是娘親的忌日，只當是兒子給娘的一場孝心，娘定然不會怪罪於我的。」

「我知道你不愛當這皇子，可你這做法未免愚蠢得太過極端了。」韓斂蹙眉道。

「我演這戲是給天下人看的，又不是給我父皇看的。」韓壽笑道：「自古君心難測，尤其當今聖上這個君主，想騙他，我相信自己沒這個能耐！」正如韓斂所說，兒子想騙老子，這個難度極大！

韓斂狠狠地拍了下韓壽的後腦勺。「你知道便好。今兒個皇帝身邊的總管太監都來了幾回，我看他就是不信你小子會死。你給我自己去自首，別連累我！」

「好啦。」韓壽拉過站在一旁的蘇白芷道：「今兒這裡擺的是狀元郎韓壽的靈堂，五皇子要順順利利地死，還得父皇點頭。要去，我和她一起去。」

第三十六章

蘇白芷萬萬沒想到平生第一次見皇帝，便是如此情形。

自始至終，皇帝的眼神都不曾放在她身上，她低頭跪著，便聽到皇帝帶著不可抵抗的威嚴，沈聲問道：「你就這麼不願當皇子，竟不惜詐死？」

「是。」身旁的人窸窸窣窣，她原以為韓壽定然也是怕的，沒承想，他卻抬起了頭，迎向了皇帝的目光道：「是，這皇子，我不願意當。」

「為什麼？」皇帝說話，就是這麼言簡意賅。隨即卻是從書桌上掃落所有物件，直直砸向韓壽身上，顯見著，他是暴怒了。

韓壽動也不動，任東西砸到自己身上，不卑不亢地磕了個頭，這才道：「父皇，兒臣志不在天下，做不好這皇帝。在民間十多年，我早就過慣了閒散的日子，我做不了這每日批閱奏摺的事兒，更做不了父皇這樣，數十年如一日的好皇帝。更何況……」

韓壽頓了一頓道：「父皇，母妃是不是不曾告訴父皇，在這深宮裡，她從未開心過一日？」

當著皇帝的面，韓壽慢慢牽過蘇白芷的手道：「母妃雖不曾說，我卻知道，母妃從未開心過。皇宮裡的榮華富貴，卻不如在宮外的自由一日。父皇登上這皇位，卻負了後宮一眾女子，更是負了母妃。當年父皇明知道是淑貴妃害死了母妃，為了倚仗沈研，生生忍了下來。父皇要這天下安寧，兒臣理解。可終究，父皇還是負了母妃的一腔深情。第一次見到蘇九，兒臣便想，若是母妃當年能如蘇九一般自由自在，如今，母妃是不是還能開開心心地活在這世上。」

蘇九暗罵一聲，韓壽這混蛋，方才還將自家老子吹到了天上，順道將自己踩到了泥裡襯托他老子的偉大，瞬間，又要利用她勾起他老子對於他娘親的愧疚之情。這張牌打得……

她適時地略略抬頭，盡量讓皇帝看到她的角度是楚楚動人、溫婉清秀的，韓壽捏了捏她的掌心，抬頭道：「當年母妃在阿九這個年紀，想必已經遇到父皇了。當時，母妃定然是極美的。聽外祖父說，當年父皇便是聞到了母妃調的香，才被母妃吸引住了。想兒臣四歲便沒了娘，就連娘的香都未曾聞上一回，我……」

韓壽哽咽地抹了把淚，蘇白芷側臉看過去，還真的落了淚，情真意切。

他又道：「父皇，母妃死時便叮囑過兒臣，若是可以，便過普通人的生活。兒臣無經世之才，卻也想能護著自己喜歡的女子。阿九她這般單純，如何能應付得來這後宮？當日為了救她，兒臣不得已才恢復了這皇子身分。如今，天下人都當這五皇子已經沒了，只要父皇一點頭，兒臣便能繼續過上普普通通的生活，既全了兒臣的念想，也全了母妃的遺願。若是能如此，想必母妃泉下有知，也能含笑九泉了。」

遺願……韓壽你狠，竟連遺願這招都用上了。蘇白芷低著頭，悶不吭聲，心裡卻暗潮洶湧。

一番話，說得皇帝憶往昔，思現狀，可卻仍是半句話不說。

韓壽抬眼偷偷看了皇帝一眼，見他雖是蹙眉，卻仍不為所動的樣子，咬牙正要用殺手鐧，搬出韓斂當日為全天下犧牲了自家產業，如今也是他報答韓斂的事兒時，皇帝卻開了口道：「你若是真不想當這皇子，悄悄離開便是了。帶上這女子，尋一處住下。天下之大，朕上哪裡去尋你們？你又何必回來？」

韓壽愣了片刻，方才道：「兒臣如今不是一個人。兒臣隱姓埋名不打緊，可我不想連累自己的女人也不能以真面目做人。這益州城，沒幾個人真的認識兒臣。詔告天下，誰還敢懷疑兒臣的身分？兒臣雖是換了身分，卻也想在離父皇最近的地方活著，盡自己的孝道。」

「朕若是不肯，你當如何？」皇帝橫眉道。

「父皇若是不肯，兒臣也無法。為了不讓父皇被天下人恥笑有這麼個裝死欺君的皇子，兒臣只能真的去死一死，假戲真做一回了。」韓壽深深地俯下身去，悄悄地拉了一把蘇白芷，蘇白芷忙跟著磕頭。

「你！」皇帝哼了一聲道：「好的不學，倒是學會市井女子一哭、二鬧、三上吊了，你真是有能耐了。罷了罷了，當初終究是朕負了你母妃，你母妃的臨終遺言，想必是對朕說的……你去吧。只是從今往後，你不能再叫齊鈺，也不能再喚做韓壽，你……改名叫韓金玉吧。」

「謝父皇。」韓壽這次，終於是真誠地低下身去。

皇帝拂了袖子，方才走出殿外，蘇白芷鬆了口氣，回頭去看皇帝時，他那雙眼，正如鷹隼一般狠狠地盯著她看。

蘇白芷身子一軟，待皇帝走遠，方才掐著韓壽的胳膊說道：「陪你來這一趟，我的小命都短了一半，若是日後你對我不好，我便將你交給韓公，送你去回爐再造，韓金玉！」

半個月後，京師益州的人驚訝地發現，原本的十里香風香料行改頭換面，換做了一家叫「金玉滿堂」的玉器店，而店主韓金玉同前些年連中三元的狀元郎韓壽樣貌頗為相似，只是臉上多了兩撇鬍子，見著更加年長一些，卻也更有魅力一些。韓金玉待人更是平易近人，在玉器店裡遇到看著順眼的姑娘，那玉器的價格還能給個大大的實惠。

韓狀元待人客氣有禮卻似有段距離，可韓金玉卻是同老幼婦孺都能聊上兩段。據韓金玉自個兒說，他便是因著面貌相似而被韓斂收為乾孫子。而韓金玉說得最多的一句話便是：「你看，我跟韓狀元是不是長得很像？」

於是，短短幾個月內，全京師的人都知道了金玉滿堂有個面如凝脂、眼如點漆，待人極為親厚、為人更是幽默的掌櫃。

在此之前，韓狀元——即當朝五皇子——的事兒在民間便甚有流傳，但這也只是個流言，平頭百姓無從得知其中關係。五皇子死後，聖上便昭告天下，一來告知天下，韓狀元即當朝五皇子；二來，卻是五皇子的死訊。

那時天下譁然，悲痛者有之，議論宮廷秘聞者有之，但大體上，均是為韓壽的英年早逝扼腕。此時卻憑空冒出個同韓壽極為相似的韓金玉，韓斂疼之，同五皇子交好的御香坊坊主蘇白芷也願與之親近，再加上各路達官貴人對他也是畢恭畢敬，時人甚有疑惑，私下更是隱隱猜測，韓金玉或許是大難不死的韓狀元。

但眾人也只是懷疑罷了——五皇子之死，是當今聖上昭告天下的事兒，這世上，就只能沒有五皇子這個人。

金玉滿堂原本秉承的原則就是童叟無欺，又因著韓金玉被眾人猜測的身分，京中的許多官家婦人都以能擁有一件金玉滿堂的玉器為榮。

蘇白芷抬頭看了一眼金玉滿堂的對聯：玉可琢可磨不可失其澤，商勿奸勿詐應以誠為本。

不由得搖頭嘆氣，誰能想到，這家店裡為人稱道的店主就是天下最大的奸商？

店中的韓壽正同一個美貌少女聊得開心，抬眼見了蘇白芷，連忙收斂了神色別了那少女，笑著問蘇白芷道：「怎麼樣，這玉器店我經營得不錯吧？」

兩人到了後堂，蘇白芷睇著眼睛笑道：「不錯、不錯。」

她拂淨了椅子後坐下，這才揚了眉問道：「你當初說不要離開京師，要為皇上敬孝道，我如今聽這話，怎麼極為懷疑？」

「這妳可不能懷疑！」韓壽道：「我原本就是個以孝為先的人。當然……」

他摟過蘇白芷道：「若是在京師，咱們這生意才好越做越大，更何況，在京師，有人護著咱們，即使是做了什麼違法亂紀的事兒，也沒人敢拿我如何啊。」

韓壽賊笑兮兮，蘇白芷唉聲嘆氣。

誰能想到，韓斂便是大齊最大的商賈。即使後來漸漸收了在全國的產業，可實則，暗地裡他卻仍然在經營，可謂整個大齊最有錢的商人，一個動作便是牽一髮動全身。

別看韓壽如今經營的金玉滿堂小，實際上，西南整個玉城的玉石礦全是韓家的……

還有煤礦、金礦、絲綢莊……能想到的，韓家都有涉獵。

另外，韓家早就將生意深入到了鄰國大周。

當初從皇宮出來，韓壽笑嘻嘻地問她，如今他既不是皇子，又不是狀元，就是普通百姓一個，或許生活艱難，她怕不怕，她還認真地思索了半日，方才回答他。

「沒事，我能賺錢，我養著你。」一個普通的男子，估計日後的生活也好過，不用想這麼多，只需要好好過活，養家餬口過好日子便好啦。

蘇白芷的想法很單純，很美好，很……

她真是信了他的邪！當初韓壽是打心眼裡憋笑憋得痛快吧？若不是那日韓斂將她喊了去，將韓家大致的產業跟她說了一遍，她還不知道，自己身旁就是一座移動的金山。

婚期越來越近，她的壓力越來越大。

「妳當皇帝真這麼好說話呀，這皇子說不當就不用當了？」韓斂笑咪咪地看著她。「當初是我入了皇宮，將韓家的帳本扔在皇帝面前他才放人的。」

治理天下，明裡為政，暗裡為經濟。

當今皇帝也不傻，若是將來的經濟命脈能握在自家兒子的手上，總比落在未知的人手上好吧？

她說呢，當初皇帝怎麼就被韓壽那兩滴眼淚給騙了。人外有人，天外有天，當初皇帝看著韓壽演這齣戲看得挺歡快，韓斂送他去演戲的時候，估計也很開心。

這可怕的一家子啊……

蘇白芷淚目，她真是一隻小白兔誤打誤撞，入了狼窩了。

「我不想嫁了……」蘇白芷蔫蔫地道。

「什麼?!」韓壽頓時彈了起來。「那怎麼行！」

好不容易騙回來的娘子，生米都快煮成熟飯了，她卻想把火就這麼掐滅了，那怎麼成！堅決不成！

「怎麼不成？」蘇白芷捧桌子了！上輩子嫁個人就嚐過各種苦，這輩子原想找個普通人安逸過一生啊，可韓斂這幾日總抓著她去看帳本，她看呀看呀看……

壓力好大。這麼多的帳目、這麼多的人情關係，看韓斂如今是打定主意要當甩手掌櫃了，韓壽更不必說，祖孫倆一個模子刻出來的狐狸樣——她怕自個兒當不了這當家主母啊！

「當然不成。」韓壽拿起桌面上的喜帖揚了揚道：「老狐狸老早便把喜帖發出去了，這會兒只怕連建州該收到喜帖的人都收到了。妳若是跑了，我上哪裡去找個人同我成親？」

「什麼！」蘇白芷震驚。這怎麼就發出去了？

韓壽指了指角落那一堆的禮盒道：「妳看，連禮都有人送了，妳不想嫁也不成了。」

老狐狸就是老狐狸，在送喜帖的時候便揚了消息出去，說自個兒最近對各種玉石情有獨鍾。瞧瞧，這會兒大家送禮來，一色的好玉。瞧大家多麼善解人意，這晶瑩剔透的翠玉馬桶喲……定能賣個好價錢的。

韓壽喜孜孜地打著算盤，將蘇白芷圈在懷裡道：「若是老頭再逼妳看帳本，我帶著妳一起離家出走。一起去大周，看看仲文兒這皇帝當得舒心否！」

建元十五年八月初八，蘇白芷大婚。

大婚之日，十里紅毯綿延，紅毯兩側奇異地擺滿了一球又一球的綠色刺兒頭。直到新娘下了轎子，兩側圍觀的人才驚訝地發現，新娘的身上散發出醉人的花香。微風徐徐，那花香便隨風飄散四處，迷人得讓人不能自拔。

新娘邊走，便有人往她身上撒下各色花瓣，當真是步步生香、步步生花，宛如仙女一般。

沈君山就站在人群中，看臺階盡頭。韓壽帶著笑意，面上略帶著緊張。直到接過蘇白芷的手，他方才舒了口氣，低低地不知同蘇白芷說了什麼，蘇白芷略略低了頭。鳳冠下，風一吹，隱隱地能見到蘇白芷如玉的面龐，美得驚人。

那一年，他被母親逼著去迎娶嫂子進門時，他心不甘、情不願地換上了喜服，那時的婚禮極為低調，可他卻在一個女子身上看到了她對未來的期許。

倘若，倘若那場真是他的婚禮，如今，是不是有很大的不同？

沈君山怔神了片刻，方才察覺自己又開始神遊了，不由得輕笑。

沈之宸拽了拽他的衣角，沈君山低了頭，聽他奶聲奶氣地說：「二叔，您看姨娘，真像是仙女。」

沈君山揉了揉他的頭。「嗯。」

沈之宸仰著頭，見自家的二叔不知道為何，眼睛似乎紅了，又拽著他的手問道：「二叔，您是不是身子不舒服？」

沈君山揉了眼睛，笑道：「入秋了便起風，風大，迷了二叔的眼睛。」

「哦。」小小的沈之宸不知道為何，突然覺得心裡有些難過。可分明這場景極為熱鬧，二叔臉上也是掛著笑的，只得揉了揉肚子說：「二叔，宸兒肚子餓了。」

「好。」沈君山笑著牽起他的手道：「二叔帶你去吃姨娘的喜宴。」

一抬眼，蘇白芷隨著韓壽漸行漸遠，她永遠不會知道，這嫁衣上的香，是他費了四年時光，蒐集了天南地北的奇異香料調製而成。

當時他便想著，若是有朝一日秋兒復生，他會將這香用在她的嫁衣上，將那日的喜慶永永遠遠地留住。

幸好，縱然此刻，她身旁的不是他，可這香卻用上了。他餘願足矣。

喜房裡，門吱呀一聲響了，幾個粗壯的婆子扶著韓壽入門來，只聽「砰」的一聲，韓壽一下子倒在蘇白芷身邊。

蘇白芷頭上罩著大紅蓋頭，鼻尖卻是敏銳地聞到了一陣濃重的酒味。

她略略撩開蓋頭，便看到一旁的韓壽早已不知道醉到了何處，眼睛緊緊閉著，手胡亂擺著，嘴邊卻不時叫喚道：「沈君山，再來一杯。老子不信喝不過你！還有你，孔……孔方，你家小姐現在是老子的了！」

蘇白芷聽他越說越不像話，伸了手去拉他。

一旁的婆子見狀，趕忙上前說了好些吉祥話。蘇白芷全然沒聽到，只等她們說完，趕忙讓靈雙拿了喜錢與她們。

等她們各自散下去後，蘇白芷不由得嘆了口氣，低聲罵道：「這人真是……」分明酒量不好，還喝這麼多。往後若是不好好管教管教他，她就不姓蘇。

再說，活了兩世，這雖然不是她第一次嫁人，可好歹是蘇白芷第一次的洞房花燭夜，又是和自己真心喜歡的人。

白日裡，她緊張又害怕了一整天，方才他進來前，她還想著一會兒該如何呢。

可這會兒新郎卻酒醉不醒，這可如何是好？

蘇白芷往前一湊，一股濃重的酒味撲面而來，比方才還要濃烈。

「不是把酒都潑在自個兒身上了吧，這人！」蘇白芷嘀咕著。

看來要他動起來是不太可能了。她想著，索性用手去掐韓壽的臉。

可那手還沒碰到韓壽的臉呢，方才還醉得不省人事的人突然一個翻身抓住她的手，將她往懷裡一帶，低著聲音笑道：「謀害親夫可是大罪喲，娘子！」

那雙眼睛澄明得很，哪裡是喝醉的模樣！

蘇白芷啐了他一口，舉了他的手要咬，拿起來時，自個兒卻是臉紅了。

她在床邊掙扎了片刻，方才低聲道：「你……你餓不餓？我去給你弄些吃的吧？」

雖然做足了準備，可是這會兒只剩他們兩人時，她卻生了臨陣退縮的心。

怎麼辦？她從前也沒覺得自己這麼孬，可是此刻，此刻，這燭光，這人……

一切的一切，讓她恍如夢中，也讓她更想跑。

哪知她正要起身，韓壽愣是將她按在胸口。

看來雖是未醉，可是也喝了不少，聲音這般喑啞，卻是委屈地撒嬌道：「娘子，我這餓的，卻不是肚子……」

這廝流氓模樣，配上這可憐兮兮的語氣，怎這般讓人無法抗拒？

蘇白芷臉一紅，韓壽已是抬起了她的下巴。

看眼前的人，哪是人面桃花便可形容。此刻，她便是瑤池仙女，讓他恨不得捧她在掌心，抑或含在嘴裡。

韓壽看著她，越發覺得她惹人憐愛。

龍鳳燭光搖曳，他的心都要醉了。

韓壽忍不住便俯下臉去，初初吻上蘇白芷的唇，便如得了蜂蜜甘泉一般，越發想要加深那個吻。

上一回的吻，已經足夠讓他回味許久。可是隔了這麼長時間，每回他想起那個讓人意猶未盡的吻，他渾身上下都覺得疼痛難忍，撓心撓肺的癢。

這般難受，眼前的人又豈能曉得？

如今得以再碰甘霖，他便如飢渴了許久的餓漢，棄之不得。

蘇白芷初時只覺得緊張，待反應過來時，韓壽已是吻住她的下唇，比之上次，更是添了三分技巧，七分情慾，讓人推都推不開。

趁著腦子裡還有最後一絲清明，蘇白芷趕忙推開韓壽，話到了嘴邊她卻變成了結巴。

「欸欸，還沒更衣……」

話還沒說完，韓壽已是輕笑了一聲，放開她時，她的唇已是略略紅腫著，晶亮亮得泛著光。

蘇白芷的頭暈暈乎乎，韓壽嘴裡的酒香熏著她，她隱約覺得自己也要醉了。可是她分明滴酒未沾……蘇白芷扶著自己的額頭：淡定，蘇白芷。什麼場面妳不曾見過？妳可以的，妳一定可以的……

韓壽牽起她坐到了梳妝鏡前，按著她不動，細細地幫她卸去首飾。

蘇白芷透過梳妝鏡，仔細看他的眉眼，他略垂著頭，竟是前所未有的溫柔。

鏡中人，畫中人，她竟一時看呆了。

這廂韓壽已是將她身上最後一件首飾除去，手搭在她的喜服的扣子上。

長夜漫漫，韓壽的香色大餐剛剛開始，而蘇白芷充滿香氣的人生，漸漸拉開帷幕……

第二天，蘇白芷日上三竿才醒來。

韓壽緊緊地將她摟在懷裡，像是生怕她會跑了。

蘇白芷的唇角不由自主地上揚，此刻見他睡著便想使壞，拿著髮梢不住地撩撥他的鼻尖。韓壽手上的力氣緊了緊，嘴邊呢喃道：「阿九，別鬧。」

蘇白芷見他像個孩子一般蹙著眉頭，嘴角嘟著，越發想鬧他，手撩過他的胸口卻是停了停。

頭上的人呻吟了一聲，蘇白芷忙別開頭，抬頭時，便見韓壽早已沈了眸光，似笑非笑地看著她。

「你醒啦？」蘇白芷抿唇一笑，正想逃跑，韓壽卻是一把抓住她的手。

「妳方才在勾引我？」韓壽抬了她的下巴，在她的唇上嘬了一口。

「沒有！」蘇白芷趕忙辯解。「方才有蚊子！」

「蚊子！」韓壽噗哧一笑。這個人，什麼時候說起假話來這樣不上檯面。

他隨即指著自己的嘴巴，耍賴道：「這兒方才也停了隻蚊子！」

「你，你這個人就是個登徒子！」蘇白芷抗議道。

頭上那人又是喑啞一笑，再一個天旋地轉，蘇白芷已然在韓壽的身下。

韓壽埋在她的耳邊，認認真真道：「阿九，我只做妳的登徒子。」

蘇白芷成婚後，反倒比婚前還更忙。對內做好當家主母，對外做好御香坊的東家，時不時，應太后之約前去促膝長談。

到隔年時，京師裡第二家瑞昌香料行正式開了業。

不偏不倚，正是開在金玉滿堂隔壁。

於是，一場買玉贈香、買香贈玉的活動徹底拉開了序幕。

忙得正火熱時，從朝中傳來消息，說是大周特地派了香使來大齊，想同大齊的調香師比試比試，作為御香坊坊主的蘇白芷毫無意外，成為大齊調香師的代表。

上一回鬥香傷筋又動骨，險些將小命都搭進去了，嚴格說起來，能贏不只靠實力，還靠了運氣。

幸好這一年同沈君山偶爾鬥香，這調香的功夫漸漸長了許多，可這心裡還是沒有底氣，若是這回敗了，丟的可不是瑞昌的臉，而是整個大齊的。

自接到消息之後，蘇白芷便潛心調香，沈君山成了她最好的軍師。

每日裡忙到深夜，韓壽見了便格外心疼，每夜讓小廚房熬了雞粥，若是晚了，便親自給她送去。

這一夜，他推開門，見蘇白芷仍是伏在案上看著秦仲文留給她的那本《香典》。他剛邁了步子，蘇白芷便抬了頭，揉了揉太陽穴道：「這麼晚了，怎麼還不睡？」

「孤枕難眠，空房難守。」韓壽笑道，放下雞粥站到了蘇白芷的背後，仔細地替她揉著穴位。

蘇白芷心裡愧疚，握著他的手。「只要過了這次的鬥香，我讓君山接手瑞昌的調香事宜，這樣我便可以多一些時間陪你了。」

「好。」韓壽邊揉邊說道：「這個月的帳目我都看過了，沒什麼大問題。各地的掌櫃都是韓家多年用的人，做事都是可靠的，妳若是得空便多休息，不必事事跟進的。」

「我也是多學些東西。這家大業大，若是太無知，豈不是會被人看低了去？」蘇白芷笑道。

「我家娘子如此能幹，全大齊也找不到比妳能幹的女子，誰還敢看低妳？」韓壽替她揉了肩膀，低聲道：「日日這麼操勞，咱們的兒子得抗議了……」

「哪裡來的兒子，又瞎說。」蘇白芷白了他一眼，拿過雞粥細細地喝了一口，韓壽的那雙手卻已經開始不老實，慢慢地往下滑。「當然要抗議，妳生生讓他遲了這麼多年才能出世。」

「無賴……」蘇白芷無奈地拉住他的手。「你也喝點粥吧，每日陪我到這麼晚。」

「嗯，好。」韓壽低聲笑，那一廂，卻已是欺身上來，封住了她的口。

蘇白芷軟了身子，韓壽大手一撈，蘇白芷的人已是騰空在他的懷裡。

睜開眼時，人已經落在了床上。

「喂……」蘇白芷低聲抗議道。

「不是喂，是登徒子！」韓壽一聲大笑，伏在蘇白芷的耳邊委屈道：「娘子，妳若是再餓著我，我可不幹了！」

蘇白芷眼一白，這廝，如今每到這時，便各種撒嬌。她若是不依，他就死纏爛打，一點不讓她有得空的時候看書。

也罷……

蘭麝細香聞喘息，綺羅纖縷見肌膚，此時還恨薄情無……

貪歡一晌。

過得幾日，大周果然派了香使前來。因著是兩國邦交，鬥香比賽並沒有那麼繁複，不過是將原本製的香鬥上一鬥罷了。

那香使眉目間有些像秦仲文，見了蘇白芷便像是開了話匣子一般，高興得不得了。

「妳便是蘇九姑娘嗎？我聽皇兄提及姑娘好多次。皇兄說，姑娘製的香極好，比我的好上千百遍，我磨了皇兄半年，皇兄才允許我來大齊同姑娘討教討教的。不過姑娘長得真好看，比皇兄畫的還好看。」

一來便是噼哩啪啦說了一串，蘇白芷愣了愣，那香使才不好意思地摸了摸腦袋道：「我是大周國皇帝的妹……十三弟，我叫秦原憶。」

蘇白芷仔細一看，差點破了功，這哪是弟弟啊，分明就是個女扮男裝的姑娘。不過人家既然要裝，她也不好點破，連忙笑道：「十三殿下謬讚了，不知周王陛下可好？」

「好！好得很，皇兄都要當爹了。」秦原憶喜孜孜道。

「恭喜周王陛下。」蘇白芷笑道：「不過這聲姑娘可莫要再叫了，蘇九已經嫁人，夫家姓韓。」

「啊，嫁人啦？」秦原憶看著極為失望，自己在一旁喃喃道：「怎麼就嫁人了，皇兄還總念叨著，那不是鐵定沒戲了？」

那聲音極小，蘇白芷也聽不著，只是見她自言自語的樣子極為可愛，忙推了推身旁的沈君山。

沈君山只當沒瞧見，蘇白芷介紹道：「十三殿下，這也是我們御香坊的調香師，沈君山沈公子。他調的香也是極好的。」

「妳什麼時候嫁人的？」秦原憶自己正想著，不知不覺便開了口。一抬頭，話便收在了半截。

眼前的人，一襲白衣，像極了偶遇凡塵的謫仙，嘴邊抿著輕笑，面色寡淡，可偏偏，便是一眼讓人挪不開眼。

她一向性子直爽，可這會兒卻是半個字說不出來，怕自己一開口便嚇走了眼前的謫仙，可又怕自己呆呆的模樣惹人笑話，忙上前招呼道：「沈公子，你好，我叫秦原憶。」

這一下，小女兒形態畢露。沈君山施施然作揖。「十三公主有禮。」

旁人只裝聾作啞，唯獨不識情趣的沈君山一語點破，秦原憶好不鬱卒。

蘇白芷見她臉都紅了，連忙岔開了話題，笑道：「十三殿下這邊請，香席已經備好，請十三殿下入座。」

這一場鬥香賽鬥得毫無懸念，挑戰者全程似是心不在焉，而身邊的沈君山如老僧入定，渾然未覺旁邊少女炙熱的目光。蘇白芷眼觀鼻、鼻觀心，只當自己是在品香。

場面異常和諧平靜，就連前來圍觀的聖上和太后都覺得這場鬥香賽代表了兩國的和平與融洽。

太后笑道：「香使覺得我大齊的香如何？」

「很好呀。」秦原憶認真回答道，將手頭的香品一推，起身道：「十三心服口服。皇兄說得對，我若是要成為調香大師還差得遠呢。這回來大齊，只當是來看看自己的短處的。太后娘娘，我這是第一次來大齊，想要四處去看看，不知道方不方便。」

好？」

「方便。」太后笑道：「我看香使同阿九挺投緣，不若讓阿九陪妳逛一逛這益州城，可

「那可太好了。」秦原憶來時，太后原本也就知道她是女兒身，這會兒這樣安排，正中她心意。她可是極為想知道，蘇白芷究竟有何等魅力能讓她那面癱一般的皇兄念念不忘的。

更何況……她瞟了一眼微微低頭的沈君山……若是這樣，便可日日見著他了吧？

「阿九，許久不見妳，妳來，坐到我身邊來。」梁太后見蘇白芷臉色不大好，喚她道：「怎得臉色這麼差？」

「不妨事。」蘇白芷笑道，誰知，剛剛起身走了兩步，便覺天旋地轉，想要勉力撐住時，人已經失去知覺。

蘇白芷在一陣舒心的香氣中甦醒，人已經在自家床上。睜開眼，日已黃昏，她略略側了身子，便見窗前的人，長身玉立，一身紫衣，既顯富貴又顯得挺拔。

薄暮微光下，韓壽的側臉曲線柔和，只是微抿的唇有著獨特的倔強。

許久不曾見過他這般認真的模樣，不由讓她想起初次見他時他的模樣。還有那日他在天牢裡，他抱著她，一遍遍地說——「蘇白芷，妳可知道我的心意？」

時光一過許多年，可這些日子裡，他卻一直在她身旁，從未遠去。

這真是奇妙的緣分。

心中那片最柔軟的部分隱隱觸動，蘇白芷就這麼支著頭，望著眼前的人。

在這樣安靜的時空裡，萬事萬物都似靜止，唯有歲月緩慢流淌。

「夫君……」蘇白芷輕聲喚道。

韓壽動了動，緩緩地走到了蘇白芷的身旁，那雙手，卻是忍不住的顫抖，終是將蘇白芷狠狠地摟在懷裡。

他在她的耳畔輕聲說道：「九兒，這一回，咱們的兒子真的抗議了。七個月之後，他就要讓妳我當上爹娘……九兒，我有沒有告訴過妳，我這般喜歡妳。」

「我也是。」蘇白芷埋在他的懷裡。

漫長的歲月裡，幸而有你，才不讓你我過得如此艱辛。

那一刻，蘇白芷竟是流淚滿面。

——全書完

番外　君心如山

「君山伯伯，今年那個漂亮姊姊還會來嗎？」韓紫菀小姑娘今年五歲，自能認人以來，便一直認定，娘親的好友沈君山伯伯比起自家的爹爹，更加儒雅、更加富有魅力。但凡有時間，她便會纏著孔方叔叔帶著她到君山伯伯的竹屋子玩。

她玩著君山伯伯前陣子才給她雕的一輛檀香木小馬車，一邊歪著腦袋、扳著手指算道：「前年的時候，那位姊姊來了六次，每回都是氣呼呼地走了。去年裡，她來了四次，基本上都是哭著走的。今年都到夏天了，她卻一次都沒來呢！君山伯伯，是您欺負她，她才哭的嗎？她是不是不來了？」

韓紫菀出生的時候，蘇白芷難產，差點連命都沒了。沈君山費了好大的力氣才將母女二人都救回來，所以韓紫菀睜開眼第一個見到的人不是爹，不是娘，反倒是沈君山。

便是第一面，沈君山心便軟了。想著這樣可愛的小生命，如自個兒的女兒一般，往後更是將她寵上了天。就連蘇白芷這親娘都看不下去，勸著沈君山趕緊娶妻生子，也生一個小魔王出來折磨他。

沈君山每回只是微笑，也不應承。

這一唸，便又是五年。

沈君山見她一個人絮絮叨叨了半天，停下了手中的香匙，摸了摸她的腦袋道：「是，是伯伯欺負她，她大約……真的不會來了。」

「哦……」韓紫菀咬著指頭，沈思道：「君山伯伯，我覺得那個姊姊滿好的。如果她要當您的娘子，紫菀也是喜歡的。」

「妳知道娘子是什麼意思？」沈君山失笑。

韓紫菀沈重地搖了搖頭，老老實實道：「不知道。」

這些話是娘同爹爹聊天的時候說的，她只是偶然聽到了。娘子，大約就是找個人陪著君山伯伯吧？娘有爹爹陪著，君山伯伯卻總是一個人，那些香料也不能陪君山伯伯說話呀……不過，她能陪著伯伯。韓紫菀瞬間眉開眼笑。「君山伯伯，若是您不喜歡那個姊姊當您的娘子，那我來當伯伯的娘子吧！」

「噗……」在一旁的沈之宸險些將喝進嘴裡的水全數噴出來。

這個小丫頭，每日來竹屋這兒便像是話癆一般停不了口，也不知道腦子裡面都想些什麼，總是語出驚人。

「妳這小丫頭，要嫁人還得等十幾年呢。」

沈之宸湊到韓紫菀身邊，韓紫菀連忙將那輛檀香木小馬車收好。

沈之宸哭笑不得。「妳這小丫頭怎麼這麼小氣，還小心眼兒。我還能搶了妳的不成？」

「你看小馬車已經看了一個月了。」韓紫菀嘟嘴道。「之宸哥哥若是想要，讓伯伯給你再做一輛便是了。」

「妳當那小馬車是想做就做的呀。」沈之宸嘟囔道，自己二叔是將這丫頭寵上天了，那麼名貴的檀香原木料就做了這麼一輛小馬車，光是剩下的廢料都價值萬金，他也真是捨得。

「那……我分你玩？」韓紫菀思索了片刻，小心翼翼地把小馬車放在桌上，叮囑道：「你可別玩壞了……」

這到底是大方還是吝嗇呀？沈之宸搖頭嘆息，伸出手又抓了下韓紫菀的小辮子。

韓紫菀一個不防，回神時自己漂亮的小辮子便散開了。她連忙跳下椅子去追沈之宸，怎奈腿短人小，沈之宸已經衝出院子，韓紫菀嘴一癟，回頭看向沈君山，「哇」一聲，哭了。

直到沈君山將沈之宸抓回來，罰著他又抄了幾遍《藥典》，韓紫菀才在沈之宸面前挑了挑眉、吐了吐舌頭，順道扮了個鬼臉。

開玩笑，她可是自小便跟著父親後頭學兵法的。最重要的一條，就是「苦肉計」，最該牢記的，便是「兵不厭詐」！憑著這幾條，她逃過了多少次娘親的責罰！

沈之宸揚了揚拳頭，韓紫菀全然不怕，抵著鼻子做了個豬的樣子，轉頭蹬著小短腿跑到沈君山的面前，拉著他的手道：「君山伯伯，給紫菀梳辮子吧！」

秦原憶站在竹屋的院子外，便見到這樣的一幅場景。橘橙的夕陽光照下，沈君山側著頭，全神貫注地對付著手中的頭髮，嘴邊抿著溫暖的笑，如這柔和的夕陽光照，既不灼人，卻又溫暖。

可是他從未這樣對她笑過，他可以客氣卻生疏，而他的客氣常常讓她冷到了骨子裡。

那一年，蘇九因著身子不適，不能陪她遊覽大齊風光，爾後，只有沈君山一個人陪著她。她以為是上天佑她，給了她這麼好的機會。可最終證實，那並不是一個很好的開端。

往後的五年，她深陷其中無法自拔。

一見傾情，誤了終身。可這卻全不怪他，自始至終，是她一人自苦。

嘴裡的苦澀漸漸翻上心頭，她這才推開院門。

「咿呀……」如許久叩不開的心扉，近乎蒼老腐朽。

沈君山抬起頭愣了愣，倒是韓紫菀不怕生，高興地迎上來牽住她的手道：「漂亮姊姊，妳可算來啦。」

沈之宸停下手中的筆，暗自嘆了一聲，連起身對韓紫菀道：「妳不是一直嚷著要吃萬福樓的桂花糕？我帶妳吃去。」

我不想吃啊……

韓紫菀心裡叫了一聲，見沈之宸擠眉弄眼，不情願地嘟著嘴道：「還要水晶肘子、四喜丸子、酒蒸雞……」

想要支開她，是需要本錢的。

她爹爹每次支開她，後來不都補上了好些東西？

見沈之宸沈著臉點了點頭，韓紫菀瞬間眉開眼笑，跟著沈之宸往外走。

園子裡頓時清靜了許多，唯有風吹竹林，沙沙作響。

沈君山這才上前，低低喚了聲：「十三公主。」

相識五年，他終究不肯喚她一聲「原憶」，唯獨去年……

唯獨去年他氣急之時，低低說了句：「秦原憶，妳是堂堂一國公主，我不過一介草民，配不上妳。妳這又何苦？」

如今，最傷人的拒絕，不過是一句「我配不上妳」。

「上次的事，對不起。」秦原憶低聲說道：「我不該那樣……」

她試探了一個男人的底線，她妄想打開他的心扉去看他內心深處的那個人，可最終，知道又如何？不過兀自難過罷了。

前年，她無意間看到他屋中的那些畫軸，漫山紅梅間一個白衣女子唯有模模糊糊的背影，她便知道他心裡住著一個人。

所有的畫軸上，全是同樣的場景，同樣的女子。不知他在心中，描摹了多少遍。

她一怒之下，將所有的畫軸全燒了。

他到時，那些畫軸只剩下灰燼，他卻只淡淡地說道：「這樣也好。」

從此，再不見他提筆作畫，他的屋中，再也沒有任何一幅畫。

她以為他會震怒，他會吼她，甚至，質問她為何如此，可偏偏他仍是如此淡然處之，讓人挫敗。

不過是想讓他如待常人一般待她，能同她分享喜怒哀樂，如此而已。

漸漸地，她開始觀察他，當所有的迷思串成一條線，她竟是被自己的想法嚇到。因為心中有他，所以瞭解，所以懂得去觀察、去窺探。

她做的最錯的事情不過如此。

那日她對他用了藥，他被迷了心智之時，她便扮作蘇白芷的模樣，在房裡靜靜等著他。

便是那一句顫抖的「九兒」徹底洩漏了他的心意。

到最後，她在他懷裡，竟是分不清他喊的，到底是「九兒」還是「秋兒」，可從來都不是「原憶」。

終究沒將生米做成熟飯。一個公主的驕傲，容不得她如此卑賤。

就此，倉皇而逃。

君心如山，嘆是有情，還似無情。

「是君山無禮了。」沈君山淡淡道。

其實，在秦原憶轉身離開時，他便醒了，聞香識人，當時他雖迷迷糊糊，可還有一絲清醒，每個人身上的香味都是不同的，而蘇白芷只有一人，旁人模仿不得。

「半年不見，你還好？」秦原憶拂了桌面，依然是一塵不染，他的生活從來都是井然有序，連同他的心，旁人進不去，他也不出來。

這一句話，她知道是自己多問了，只是今日來，她也不知該說什麼。

兩人怔怔地立了半晌，秦原憶這才像是剛想起此行的目的，將握在袖中的喜帖遞給沈君山。「這一次來是想告訴你，我快成親了。」

大紅的喜帖極為喜慶，沈君山接過，顯然沒料到會有這樣的結果，只是臉上的驚詫一閃而過，連忙道：「恭喜十三公主。」

「謝謝……」秦原憶囁嚅道，後半句的話卻怎麼也說不下去。

終究是到了放棄的時候。這消失的半年，她逼著自己去忘記，鬱鬱寡歡又有何用？不愛，終究是不愛。她用了五年才明白，可眼前的人，她心心念念了五年，到如今，身上的那一塊角落，仍是隱隱作痛。

「你能不能替我染一件嫁衣香？」她勉強笑道：「我聽說，蘇九姊姊出嫁時，那嫁衣上的香便是你調的，你能不能也幫我染一件？不用同蘇九姊姊一樣，只要是你染的便成。」

「十三公主……」

「你別忙著拒絕。我知道，你從來不幫人染嫁衣。可咱們認識了五年，你從來不曾送我禮物。若我嫁人，只怕再不能來大齊，這香，只當是送我的離別之禮，可好？」

「只怕君山做不了。」沈君山委婉地拒絕道，終是不忍看秦原憶臉上失望的表情，垂了眸子。

秦原憶袖中暗自攥緊的拳頭漸漸鬆開，最後，反倒鬆了口氣。來之前，她便已經料想到這個結果——她特地找了蘇白芷，問起這事兒時，蘇白芷便說道：「若是君山，與其留了嫁衣香給妳做念想，不如徹底斷了妳這想頭，讓妳睹物思人，也難做到。看似無情，實則卻是為妳考慮。十三，算了。」

「最懂你的人，果然不是我。」

秦原憶笑著拿了一座檀香木雕道：「這是我認識你的第一年便開始雕刻的，我的小像。中間斷斷停停，刻了這麼多年總算是刻好了，雖是手工不好，可也是我。」

那時便想早些送給他，即使他現在不喜歡她，可日日看著這雕像想著，總有一日也會愛上。可終究她是錯了。

「你若不收，我可要生氣的。」秦原憶笑了笑，將那雕像擺在桌上，轉身之時，臉上的笑卻僵了。

離去之前，她終是忍不住，背對著他，低聲說道：「沈君山，你不要再等了，找個喜歡的人，好好過吧。」

眼淚不期然地便掉下來。

「那個人已經成親了，你陪她一輩子，便是賠了一輩子。你不要犯傻了！你不愛我不要緊，我放得下，可你呢？沈君山，你又何必？」

「君山伯伯，那個姊姊還會來嗎？」韓紫菀搬了個凳子坐著，見沈君山手裡握著一管小笛子，認認真真地在試音。

「嗯，不會來了。那個姊姊嫁人了，很快會有小娃兒，就跟紫菀一樣可愛。」沈君山笑道。

「哦。又要變成其他人的娘子啦？之宸哥哥說，嫁人了便是別人的娘子了。」韓紫菀抬頭看屋裡的博古架上，不起眼的位置放著個雕像，上面的姊姊笑得咧開了嘴，看著可漂亮。

「姊姊可真漂亮呢！」韓紫菀說道。

沈君山微微一笑，試了試笛子的音，倒是清越得很。韓紫菀這才高興地走到沈君山身邊，道：「我的笛子做好了嗎？君山伯伯，您教我吹您常吹的那首可好？」

「好！」沈君山揉了揉她的腦袋，沈之宸出門見了這場景，嗔怪韓紫菀道：「怎麼又鬧二叔？二叔這幾日身子不爽利，妳就別累著二叔了。妳要學笛子，我教妳吧！」

「不礙……」沈君山正想說不礙事，喉嚨一乾，便又是一陣劇烈的咳嗽。

韓紫菀這次不抗議了，乖乖地拉著沈之宸的手道：「還是哥哥教我便好，伯伯您好好休息。」

前幾日她半夜醒來，便聽到娘親唉聲嘆氣地跟爹爹說，君山伯伯身子一日差過一日。若是要救他，必得請到君山伯伯的師父才成。她私下裡問過沈之宸這個張聖手上哪裡去找，可是沈之宸只知道嘆氣，也不告訴她。

韓紫菀心裡很難過，君山伯伯是個好人，她不想看著君山伯伯如此難過。

那時候，她並不知道，死亡，究竟是什麼意思。

「紫菀好好學，學好了，吹給伯伯聽。」沈君山笑著摸摸她的腦袋，韓紫菀用力點了點頭。

一個月後，韓紫菀的笛子便學得像模像樣了。為了早點吹給沈君山聽，她可是下了苦功夫。

當著眾人的面，她一個音都沒吹錯，可是沈君山已經只能臥病在床，斜斜地倚靠著。韓紫菀吹完後，自己坐到了沈君山的床沿，讓沈君山摸她的腦袋以示獎勵。

沈君山難得開懷大笑，從床頭摸出自己用了多年的紫玉笛給韓紫菀道：「這笛子給妳，可別打破了。」

韓紫菀看了一眼蘇白芷，蘇白芷點了頭算是許可了，她這才敢接過來，炫寶一般出門去找沈之宸了。

蘇白芷心裡難過，看了看周圍，這才注意到博古架上的雕像，嘆氣道：「她在你後頭跟了五年，我看你這樣，對她也不是沒有半分情義的。若是能在一起，想來也是不錯的。」

「不好。」沈君山笑道：「她足足小了我十歲有餘，還年輕得很，可我這身體，說不準什麼時候就……我可不想耽誤了誰。」

「你胡說什麼！」蘇白芷斥道：「你自個兒就是個大夫。救活了這麼多人，我的命都是你救回來的，若是一命換一命，菩薩看在你救了這麼多條命的分上，也會讓你長命百歲的。」

「正因為我是大夫，才知道自己的身子。」沈君山笑道：「妳也知道，我小的時候中過毒，我師父那年便斷定我活不過二十五的，妳看，我還賺了這麼多年。」

「你如今不過二十九，你還沒娶妻……」蘇白芷哽咽道：「我一定會找到張聖手來救你的。」

「阿九，我怕是沒告訴過妳……」沈君山停頓了片刻，方才道：「師父在我回沈家那年便去世了。」

這世上再沒有人能救他。

那年他回沈家，告訴沈研自己的病已經好了，不過是不想其他人為他擔憂。反正注定要死，何必讓他們白擔心這麼多年，開開心心過了便是了。更何況，他最不想的，便是一直內疚於心的沈君柯難過。

不承想，沈君柯竟是比他先走一步。

上天已是待他不薄，讓他有生之年遇見了宋景秋，成了一次親。縱然是場假婚禮，畢竟也是愛過了。如今，還能看著她快快樂樂地活著，已是恩賜。

還有遠在晴煙的那個人。

日子越來越短，他突然想念起那個時而驕傲得似乎要睥睨眾生，偶爾犯了小脾氣卻從來不哭、只恨恨用眼睛瞪著他的那個人。

有時候他會在想：她在幹什麼呢？是不是如她想的那般，同夫君好好地在一塊兒，生一群孩子，歡快地在草原上奔馳？

恰如此時的阿九。

他終究只能做個守候的人，可是，這段守候這般短暫。

他垂了眸子，有瞬間的失神——近來是怎麼了？她什麼時候，竟是悄悄在他的心裡留下了影子？

「沈君山，你這麼疼紫菀，你一定要等到她出嫁、生子。還有之宸，你答應了沈君柯要照顧他的。」蘇白芷泣不成聲，捏著帕子掩面出門。

沈君山只聽到門外隱隱壓低的啜泣聲，閉上眼，心裡竟似空了一般，唯獨那哭聲在心裡迴盪，敲擊著人的心，心酸得不行。

他無力而頹然地靠在床頭，漸漸聽到門外又多了個人，韓壽的聲音低低傳來，似是在勸慰。「九兒，別哭，我們去尋天下最好的大夫來給沈兄醫治……」

上一世看她流淚，每回想要替她抹去臉上的淚水，可偏偏，身上背著個身分的阻礙。而如今，他想看她幸福，偏生，她又哭了。而這一回，陪在她身邊的依然不是他。

幸好，如今她身邊的人不是他。

而遠在他鄉的那個人呢？

等過了幾天，陽光甚好時，他覺得身上又活絡了許多，便起了身。

許久不曾作畫，他特地喚來沈之宸將筆墨紙硯都備全了，又遣開了沈之宸。拿了上好的香墨，這一回，總算是隨了心意去作畫。

漫山開去的紅梅，紅紅火火好看得緊，有個白衣的女子在梅林裡穿行，似誤入梅林的仙子一般。可這會兒，女子再不是背影示人，而是真真切切一張絕美的容顏，眉目間全是掩不住的入心的笑。

可是一畫完，那女子的眉目卻換了模樣。

他一點點撫過那畫像，有一絲的驚詫：那人的面目變了。不是宋景秋，也不是蘇白芷，而是——

「秦原憶……」他緩緩地唸著這幾個字，一遍又一遍。

他看著畫面許久，終於等到墨跡乾了。手指最後撫過一次畫像，輕輕笑了幾聲。

為什麼，他看到自己最心底的人時，總是晚上幾步？

上一世是，這一世，依舊是。

好在，每個人都能活得好好的。

好啊，好啊！

他微笑著，取過了火盆，想要燒開，卻終究忍住了。

沈之宸回來時，沈君山正要將沈君柯那條洗到泛白的帕子丟進火盆，沈之宸一驚，連忙道：「二叔，爹統共就留了這麼一件東西下來，可燒不得啊！」

「也罷。」沈君山道：「你便留著這帕子吧，只是別讓你娘看到。」

蘇白禾這些年也不好過，沈君柯死後，她便時常精神恍惚，若是再讓她看到這帕子，只怕會發瘋。

沈之宸點了點頭道：「我知道，這帕子……是大娘的。小的時候李嫂便告訴過我，爹爹曾經娶妻。我見過爹爹常常暗地裡畫大娘的像，我想，爹爹定不是外面的人所說的那樣背信棄義。」

沈君山摸了摸沈之宸的頭，半晌不說話，隨後才道：「你爹的遺願是希望此後沈家人再不入官場。我走後，你便離開京師吧，讓沂源帶你回藥廬，好好學習醫術。」

「我答應你，二叔。」沈之宸哽咽道。

沈君山的病情惡化得很快，到最後，每幾日才醒過來一小會兒。韓紫菀每日守在沈君山身邊，等他醒時，便陪著他說話。

蘇白芷在一個明媚的午後，接到沂源傳來沈君山病重的消息，她匆匆趕到時，一向天不怕、地不怕的韓紫菀已然啜泣不止。

沈君山依是那樣安靜地躺著，全然不似重病的人，嘴邊，仍是掛著抹淺笑，似是這麼多年來，歲月不曾在他臉上留下任何痕跡。

見了她來，他低低地說了一句。「阿九，妳來啦。」

蘇白芷點了點頭，上前握住他的手，冰冰涼涼的，沒了溫度。

她艱難地笑道：「外頭的梅花都開了，我採了些做蜜漬梅花，等你身子好一些，便能吃了。」

「好。」沈君山笑道。「妳做的蜜漬梅花是最好吃的，外頭誰也做不好，真是可惜了，沒能早些認識妳。」

只是可惜了，早些認識妳的時候，沒能和妳多說說話，於是變作了一生的遺憾……

好在，這一世認識妳，我放下了。

「君山伯伯，我給您吹笛子聽好不好？」韓紫菀拿了紫玉笛，才吹上幾個曲調，便漸漸走了音。至最後，全然失了調子，卻仍是斷斷續續地響著。

沈君山只是淺笑著，望著她。「傻丫頭。」

蘇白芷笑著接過她手中的笛子道：「你看這丫頭，怎麼吹成這樣了？還是我來……」

輕輕柔柔的調子一起，沈君山慢慢閉上了眼。身上的力氣漸漸被抽離，在恍恍惚惚之間，他似乎又回到那個大紅燈籠高掛的晚上，他接過媒婆手中的喜綢。

他想著，這次他再也不是代他人娶妻。

那一頭，接的是他沈君山的新娘。他喜上心頭，三拜天地後，龍鳳喜燭初燃，蓋頭挑開，那人眉目含羞，低低地喚他一聲：「夫君。」

沈君山嘴角終於漾開一絲笑——秦原憶的臉就在跟前。

臨死，有知己相送，有美人相伴，猶在夢裡。

——願與卿結百年好，生生世世不相離。

那笛聲越來越遠，似是遠方有人輕聲在唱。

……相思相見知何日？此時此夜難為情。

入我相思門，知我相思苦，長相思兮長相憶，短相思兮無窮極，早知如此絆人心，何如當初莫相識……

沈君山的眼睛漸漸合上，在昏死過去時，他恍惚聽到一個人伏在他跟前大聲哭道：「沈君山，你今兒個要是敢死，老娘就是追到碧落黃泉，也定要追回你！」

「欸，沈君山，你說你，誰能比你懶。睡了一個月了，你還睡著。我每日裡都來看你，你這人卻是對我笑都不笑一下，好沒禮貌！

「欸，沈君山，你還不醒嗎？外頭的桃花都開了。你是不是等桃花謝了、桃子熟了再醒呢？你這人看著好，心底裡卻是最壞的。我可討厭你這樣的人了，嘴上說一套，心裡卻是想著另外一套……欸，你真不醒啊？好吧！我明兒個來看你。

「欸，沈君山，你怎麼還睡著啊！桃子真的熟了。你聽我吃的聲音，『喀哧』，脆吧？我告訴你，你要是再不醒，我就不理你了喲！」

「欸，沈君山，你要是再不醒，我可真要嫁人了。上一回我逃婚，皇兄狠狠打了我一頓，這一回我真的找不到藉口了！」

「欸，沈君山……你怎麼還不醒……」

耳邊是誰在一日日地聒噪。每日裡，不停不停地喚著他的名字。

又是誰，這樣哭個不停，哭得讓人腦瓜兒疼。

沈君山掙扎著想要睜開眼，可是那如夢魘一般的力量壓著他。

他的手心被溫暖而柔軟的掌心包著，耳邊那個日日聒噪他的人啜泣道：「沈君山，我知道你不愛我。我是存了私心想要留下你來，可是你不快活。那一日，你若是走了，定然不會像今天這般痛苦。你不死不活地在這兒，我也不死不活地在這兒等著你。皇兄說，你是不留戀這兒了，所以不願意醒來看到我們……如果我再不出現，你是不是就會醒來了？好，往後我再不來……」

別走……沈君山不知自己為何這般想醒來，可是他告訴自己，不能讓她走，決計不能。

可是他再掙扎，依舊贏不了那夢魘。

握著他手的那個人停了啜泣，自嘲道：「原來你真的不喜歡我哦！沈君山，我答應你，往後我再不來，我今日便去尋個人嫁了。這一世我都不來尋你，只要你能醒過來，我求你，醒過來就好！」

耳邊的人漸漸遠去。

沈君山漸漸放棄掙扎，耳邊的聲音慢慢清晰起來。又有兩個陌生而熟悉的腳步聲走進來，兩人攀談道。

甲：「十三公主殿下方才又哭著跑出去了。」

乙：「沒得法子，公主殿下每日都來，哪一回不是紅著眼睛走的。也不知這位公子什麼時候能醒，白白耗著咱們公主這麼一年。」

身邊一陣窸窣的聲音，甲驚訝道：「咦，公子今日的面色似乎紅潤了許多，公主殿下若是知道了，該高興的！」

「可別說了。」乙壓低了聲音道：「公主殿下將他帶回來時，他就已經是這般要死不活的模樣。聽說要不是咱們國師施了巫術，這位啊，早就走了。剛開始的時候，公主殿下看著他面色紅潤一分，便高興地去找國師，哪一回不是失望而歸。」

「也對啦……」甲聽著頗為鬱悶。「我今兒個聽國師對公主說，若是公子這幾日再不醒，怕就再也醒不來了。」

「真是可惜了……」乙應道。「公主殿下一年前逃婚，也是為了這位公子吧？都跟皇上吵了多少回，太后娘娘為了公主，也險些氣病了，公主殿下仍舊不依不撓，非要守著這位公子。哎！」

兩人皆是重重嘆了口氣。

片刻後，沈君山覺得有人抬了他的身子，不知是給他餵了什麼湯藥，味道奇怪得很。等他喝完，那兩人又走了，屋子裡頓時又安靜了下來。

不知是不是那藥的作用，沈君山覺得自己的四肢都開始發熱，到最後，手指頭竟是有了些微的感覺，他猛力一掙，漸漸睜開了眼睛。

眼前的房間不是他所熟悉的擺設，帶著濃重的異域色彩。房間裡氤氳著淡淡的寧神香，讓他不自覺地便靜了神。

沈君山靜靜地觀察著房裡的陳設，反覆思索著到底發生了什麼事情。

他不是死了嗎？

韓紫菀悲切的哭聲猶在耳畔，蘇白芷勉力吹響斷斷續續的笛聲似乎還在迴盪，可是他怎麼在這裡？

還有那最後的一個夢，他挑了眼前人的蓋頭，她低聲地喚了他一句「夫君」。

屋子外窸窸窣窣的人聲，他試著站起來，雖然頭暈得緊，可是下地時，他頓生了一種踏實的感覺。扶著屋裡的陳設，他勉力出了房門，炙熱的陽光一下灑在他的臉上，他趕忙用手去擋，而後，一點點地張開五指。

那種熱，真真切切地灼著皮膚。

他還活著，在他以為自己必死無疑的時候。

一個面盤圓潤、長著兩顆小虎牙的姑娘提了個食盒子往裡走，低頭蹙眉道：「喂，你擋著我的路了！喂，你這人怎麼說不聽呢！」

他虛弱地靠在牆上，不由得自嘲道：「不是我不願意走，是我……走不動……」

不過走了兩步，他是真的累了。

「咦？你這個人的聲音我怎麼沒聽過……」那姑娘匆匆抬頭，在看到他臉的瞬間，先是一聲尖叫，片刻後，整個聲音揚在上空。「公、公、公、公主殿下！沈、沈、沈、沈公子醒了！」

「公子啊，你給我們說說，你跟咱們公主是怎麼認識的唄。」那位長著虎牙的姑娘叫香草，此刻托著下巴，眼巴巴地望著沈君山。

「這個啊，為什麼不問妳們公主呢？」沈君山笑著倚在榻上。

自香草看到他後，他醒來的事情在半天時間裡，傳遍了整個大周皇宮。他這才發現，大周皇宮裡的姑娘同大齊皇宮裡的宮女，那是有大大的不同的。

大齊皇宮裡的宮女，個個低眉順目，大氣都不敢出。可大周宮裡的姑娘，雖說也是宮女，可是說話大膽。也不過半天的時間，來看他的宮女不知有多少。雖說一個個都是以伺候他的名義進屋來看他一眼，可哪個不是充滿了好奇。

有幾個，甚至直截了當地當著他的面問道：「公子，你會娶我們公主嗎？」

這個充滿驃悍女子的國度啊。

也是從香草的嘴裡，他才知道，自己是一年前被秦原憶從大齊帶到大周的。

之前他就略有耳聞，大周歷來有巫蠱之術，能讓死者回生，也能掌他人生殺大權，從前也只是耳聞而已，沒想到自己卻受了益。

整整一年，他昏睡了整整一年，可醒來，秦原憶卻不見了。

「我們公主不肯說！」香草癟嘴抱怨道：「你們倆都是一個樣子的，話說到一半不讓人聽全了，平白地逗別人。」

「妳們公主……提起過我嗎？」沈君山又問。

「哪沒啊！」香草眼睛一亮，笑道：「公主殿下最愛說的就是她在大齊時候的事情。那時候她才從大齊回來，總在我們跟前說，大齊有個調香師，咱們整個大周的男子都比不上。她說這話的時候，旁邊還站著大齊許多王侯子弟，氣得他們都說要去大齊找你拚命！你曉得公主殿下說什麼？」

「嗯？」沈君山側頭問。

香草彎了眼睛笑道：「我們公主說，她自個兒就能一槍挑翻他們全部人，何須公子上場！」

沈君山眼前不由浮現秦原憶意氣風發的模樣，不由得會心一笑。

那的確是生龍活虎的秦原憶，帶著繽紛的色彩，活得比誰都自在快活。

他也算久病方癒，大部分時間還是在床上度過，偶爾醒來時，卻總不見秦原憶的身影，好幾回他想問，可丫鬟們支支吾吾地便帶過去了。

直到有一日，有個一身黑衣、一身王者之氣的男子出現在他的跟前。

他連想都不用想，便猜到這大約是秦原憶口中那個無所不能、英勇無雙的皇兄，秦仲文。

「你就是沈君山？」他一進來，就這樣地盯著他看了半晌，久久之後笑道：「蘇九和韓壽多次跟我提起你。」

「他們可還好？」沈君山問道。

「好得不得了！蘇九姑娘前些日子又得了個兒子。」秦仲文答了句，自顧自地給自己倒了杯水，道：「你知道不知道，你是怎麼醒來的？」

「大周之國，巫蠱之術果真奇妙。」沈君山淡淡應道。

秦仲文冷笑一聲，徒自搖頭。「巫蠱之術再是奇妙，有人收益，必有人受損。你曉不曉得，為了救你這條命，十三求了國師，自減十年壽命？」

沈君山定定看著他。

「你曉不曉得，為了你，她拒婚十數次，逃婚三次，被太后禁足整整半年。全大周上下的男子，無一人再敢娶她。今天，大約是全大周最後一個願意娶她的人，準備要娶她。」

沈君山沈默。

「你自己決定吧！」秦仲文淡淡道。

門吱呀一聲響了，秦仲文的腳步聲漸去。

桌面上，有一封燙金封面的大紅喜帖，上頭大大地寫著「永結秦晉之好」，他顫顫巍巍地打開那喜帖，兩個熟悉的名字躍然紙上：晉越，秦原憶。

晉越，一年前是他，一年後，依舊是他。

想必是真的愛著十三，所以一直不離不棄？

他應該覺得慶幸嗎？

沈君山啞然失笑。

在失神了片刻之後，他終於掙扎著起身，換衣服，收拾行李。

香草入屋的時候，他已經將包裹整理完畢。

「公子你這是要去哪裡？」香草不可思議地望著他。

「回家啊，回大齊。」

沈君山的笑，依舊讓人如沐春風，可漸漸地，他發覺不對勁。香草臉上全是憤怒，一觸即發。

「沈公子，你這個人真是壞透了！」香草憋了半晌，終於說出這句話。

「我……我怎麼了？」沈君山莫名。

香草伸手一指沈君山的心，罵道：「你這個人有心嗎？公主殿下為了你吃了這麼多的苦，足足哭了幾天幾夜，可是你醒了轉頭就要走。你是鐵石心腸還是怎麼？你真眼睜睜看著公主嫁給別人？如果是這樣，我現就替公主把你打死了了事！」

香草橫眉豎目，沈君山卻是將包裹往身上一揹，眉目含笑地望著香草。「香草，妳家公主此刻在何處？」

片刻後，他低了聲音小心翼翼地問：「若我去搶親，妳說，妳家公主是幫我，還是幫晉越？」

「啊……」直性子的香草一下子腦子沒轉過彎來。「又逃婚啊？」

半個月後，去往大齊的路上。

「欸，沈君山，算上這次，我都逃婚四次了。如果你不娶我，整個大周的男人都不會再要我的！」

坐在馬車裡的沈君山閉目養神，渾然未動。

秦原憶撇了撇嘴，這人，怎麼什麼時候都是這副模樣。

那日她坐在新房裡，分明吉時將至，只消戴上鳳冠，蓋頭一披，她就可以走出房門，踏上花轎。

當時，她也問了自己，會後悔嗎？

當時她告訴自己，不會。

怎麼會後悔？當時她想，那日她在沈君山的床前起誓，只要他醒來，她就同他永不復相見。她要尋個良人嫁了。

更何況，晉越同她自小一起長大，兩人如兄弟一般……不，她的意思是，兩人知根知底，晉越定然不會欺負她。
她是下定了決心，往後要忘了沈君山，從頭開始，重新做人，全心全意，只對自己的相公好。
那日，她就不該還喚來香草，問沈君山的病情。
那個吃裡扒外的丫頭啊，竟然帶了沈君山到她的婚房裡，直接將她敲暈了帶出來了。
想到暴跳如雷的母后，和陰沈著臉的皇兄，秦原憶背後不禁一片濕冷。
逃婚四次，這是不是創了大周之最……最能逃婚公主？
看著眼前的始作俑者，她索性伸手去捏他的鼻子。
可捏了半晌，那人仍舊一動不動。
秦原憶失望地放了手道：「你這人真是好沒意思。我想回家了。」
「不准！」閉著眼睛的人眼也不睜，果斷否決！
「憑什麼？我不服！你問都不問我一聲就把我搶出來了！」秦原憶抗議道。
那安然落坐的人唇邊帶笑，還擊道：「妳把我從大齊帶回大周的時候，可也沒問過我一聲，直接就把我搶過來了；也沒問過我一句，就把我救回來了。妳剝奪了我死的權利，還想我送妳回家？」
秦原憶一愣。「欸，哪有你這樣的人，我救了你，你還怪我！」
「我哪裡怪妳了。」沈君山的唇都彎了，一手卻是撈過秦原憶在懷裡，低聲問道：「我問了妳好幾回，妳都不告訴我。為什麼後來，妳怎麼都不肯見我，我去見妳時，妳又跟見了鬼一樣。」

那一日，他就站在她的跟前，她卻突然崩潰了，拿著妝奩全部砸在他的身上，哭著說：「你怎麼在這裡，趕緊出去！走啊！」

她的表情，像是見到了什麼洪水猛獸。

沈君山至今不明白，自己到底哪裡駭人，讓她這般害怕。

他內心不由有些受傷。

秦原憶翻了個白眼。「我不告訴你。」

半晌，她又戳了戳沈君山的胸口。「沈君山，你真的願意跟我在一塊兒嗎？為什麼呢？你不是最討厭我嗎？你不是說，讓我尋個好人家嫁了嗎？你是不是哄我的？要麼你別哄我了，哄久了如果你再不要我，我就真嫁不出去了……」

她碎碎唸了半晌，沈君山的胸口都快被戳出洞來了，終於忍無可忍地一把將她抱在懷裡，將她的雙手牢牢地扣在他的身後，悶聲道：「因為妳實在太吵了。我怕妳這麼話癆，全天下除了我，再沒人能忍受得了妳。」

外頭的風輕輕吹著，通往大齊的路，筆直而一望無際。

沈君山噙著笑看著前方，懷裡的人依舊碎碎唸著，他終於咧了嘴。

「十三，有沒有人告訴妳……」

「欸？」懷裡的人掙扎地露出了腦袋，一臉羞紅。

「沒什麼。」

我只想告訴妳，其實妳很美，美過任何一個人。

「欸！沈君山！」懷裡的人，又在低聲抗議……

吉時良緣 百里堂 著 全套二冊

老天爺給了她這個大好機會！
看她怎麼收拾惡姊姊、壞小三，
然後甩掉爛男人，
讓自己活得精彩痛快——

文創風 100 上

說什麼名門閨秀生來好命的，其實都是假象！
她沈梨若沒爹疼、沒娘愛，處處吞忍才能在沈家大院艱難求生，
本以為嫁了風度翩翩的良人，就能從此擺脫悲慘人生，
哪知道手帕交和夫婿偷來暗去，還勾結她的貼身婢女陷害她——
她含恨嚥下毒酒，一縷芳魂飄啊飄～～
再睜開眼看見的卻不是奈何橋，而是五年前還未出閣時的光景！
天可憐見，讓她的人生可以重來一回，
前世欺她、侮她、輕慢她的人，這一世她都不會再忍讓，
這一次她要拋棄那些溫順軟弱，勇敢追求嚮往的自由！
為了離家出走大計，她偷偷攢錢打算開鋪子營生，
卻三番兩次遇到這奇怪的大鬍子男插手管閒事，
加上一大堆亂七八糟的陰謀算計，搞得她頭都昏了。
唉，這一世的日子，好像也沒有那麼平順好過……

文創風 101 下

上天可真是和沈梨若開了個大玩笑！
一心想挑個普通平凡的良人度過一生，這挑是挑好了，
結果樣貌普通的夫君新婚之夜才知是個傾城的絕色美男 ?!
而且原以為出身小戶人家竟成了高門大戶，讓她心情跌到谷底。
實在不是她愛拿喬或不知足，
她真的怕了那些花癡怨女又來和她搶條件優秀的夫君啊！
而且她明明選擇了和前世相反的道路，身分、際遇都大不同了，
命運卻還是讓她和前世仇人兜在一起，麻煩接二連三找上門。
瞧他們神仙眷侶的生活不順眼，真要跟她鬥是嗎？
要知道她可不是當初那個任人擺佈的軟柿子了！
況且如今的她不必單打獨鬥，
和他相攜手，她有信心面對即將襲來的狂風暴雨——

绝色煙柳

一半是天使 著

全套三冊

她要穿著美麗的外衣，
智慧機巧地為自己推轉命運之輪……

文創風 079 上

既然天可憐見，讓她重生一回……
她再不是那個任人欺凌的懦弱女子，
纖纖若柳、絕色之姿成了她的掩飾，
堅強的心志才是她扭轉命運的後盾……

文創風 080 中

姬無殤，這個天底下她最該防的男人，
時時刻刻放在心底怕著又躲著男人，
居然開口要跟她交易，
她竟傻得與虎謀皮……

文創風 081 下

願得一心人，白首不相離……
這是她唯一所願，
卻無法奢望她唯一所愛的男人能承諾實現……

天才廚藝美少女遇上天下最挑剔刁嘴的美少年

重生的試煉．穿越的新鮮
人情的溫暖．溫柔的情意
精緻烹煮的美食佳餚，佐以專一的愛情調味，
引得你食指大動、會心一笑……

食全食美 全套八冊

真情流露派寫作大手／尋找失落的愛情

文創風 092 **1**

她對愛的癡傻竟換來寧氏全族遭到滅門之禍。
既然老天爺讓她重生，她定要好好的活一回！
從此，她不再是那個不解世事、爹疼娘寵的嬌嬌女，
她求爹答應教她廚藝，憑著過目不忘及異常靈敏的味覺，
她肯定能成為世上獨一無二的名廚。
她要避開前世所有的禍端，守護所有的親人。
她要看清楚所有人的真面目，不再受人欺瞞。
但容瑾這男人卻是她看不明白的，遇上他，她就上火……

文創風 093 **2**

這個寧汐，是長得像個精緻的娃娃似的，模樣討喜，
但她不饒人的小嘴和倔強的性子，他領教得可多了！
哼！她想山高水遠不必再見，他偏不如她的願，
要知道少了她在眼前晃，他生活可就太平淡無聊了……

文創風 094 **3**

這容瑾自大自傲，說話又毒辣，可實在太俊美了，
他只要淺淺一個微笑，都會令少女心神蕩漾。
不過迷戀他的少女之中可不包括她。
但看著他運用聰明才智地將鼎香樓炒得火紅，
她心生佩服之餘，覺得他的毒辣似乎沒那麼難忍了……

文創風 095 **4**

容瑾的出身、絕美的容貌、睿智才情……
看得愈多，就愈明白他真有高傲狂妄的資格。
她配不上出身高貴的他，可他老是來撩撥她的心，
連夜探香閨這種事他都做得出來，她根本拿他沒轍……

文創風 096 **5**

在他心裡，這寧汐什麼都好，就是太招人喜歡的這點不好！
迷了他就算了，還迷了一堆男人，
惹得他老大不痛快，吃不完的飛醋！
看來他下一步要籌劃的就是怎麼樣儘快娶她進門……

文創風 097 **6**

寧汐知道大皇子想要的是她身上所具有的神奇異能，
她不想嫁入皇室當妾，更不想容瑾為了她衝動惹禍。
如果能平安地度過這次的危難，她願意早點嫁給容瑾……

文創風 098 **7**

不能怪他性子急，娶妻這事他是一天也不想忍了！
心愛的女人遭人覬覦的感覺真是糟透了。
只要寧汐還沒娶進門，他就名不正、言不順，
無法大方地行使他作為丈夫的權益！

文創風 099 **8** 完

這次容瑾真的無法低頭了，瞧他把她寵成什麼樣？
他全然地對她坦白，她卻藏著自己的秘密，
還是關於另一個男人的，這下更是氣極了！
婚後最大的爭執於是展開，冷戰就冷戰吧……

輕鬆好笑、令人噴飯之宅鬥大家／棠茉兒

肥妃不好惹

文創風 089 上

這個王妃實在當得很憋屈，
王爺討厭她、妃妾排擠她、下人不甩她，
不過這些都不打緊，
眼下最急的是——
她得盡快減肥成功才行！

穿回古代、還成了皇長子睿親王的王妃，這些離譜的事她都能勉強接受，
但……她上輩子究竟是造了什麼孽，做什麼這樣嚴懲她啊？
這位叫若靈萱的王妃右邊眼瞼上有個紅色胎記，像被人打了一拳似的，
而且不僅醜，還長得肥……是很肥！人要吃肥成這樣，也實在太過分了些，
有這副肥到走幾步路就喘的身子，她還能成啥事啊？
別說王爺夫君厭惡她、整個王府中沒人將她這王妃放在眼裡，
就連她自個兒攬鏡自照，都很想一把掐死自己算了！
難怪連她底下的幾個小妃妾們都不怕她，還害她掉入湖中，丟了性命，
看來，當務之急得先努力減肥才成，否則她逃命都逃不遠了，能奈對方何？
接著她得要好好露兩手，讓所有人知道，她可不是當初那隻任人欺侮的病貓！

文創風 090 中

古代的妻妾爭鬥
對她而言雖然是沒啥可看性及威脅性，
但一不小心誤入陷阱的話，
可也是會被折磨得掉一層皮呢！
瞧她，不僅是皮，連肉都掉了好幾圈……
嗯？這也算是因禍得福吧？

蛤？林側妃吃了她代人轉交的糕點後，就中毒暈死過去了？
由於糕點是林側妃的親姑姑林貴妃送的，沒道理害自個兒的姪女，
所以她堂堂王妃倒成了唯一的加害者，理由不外是妻妾間的爭寵吃醋，
呿，這簡直是笑話！一來，她若要下毒，會親自出馬讓人有機會指證嗎？
這種搬不上檯面的小兒科手段，根本是在侮辱她若靈萱的智慧嘛！
二來，她壓根兒不愛王爺夫君，喜歡的另有其人，哪來的因妒生恨啊？
他高興愛誰就去愛誰，她求之不得，最好他能答應和離，那就再好不過了，
偏偏這裡不是她說了算，他要關押她候審，她也只能乖乖就範，
慘的是，林貴妃趁王爺外出時，派人來帶她進宮「問話」，對她大動私刑，
嗚～～她該不會莫名其妙命喪宮中吧？她這也太坎坷了點吧？

文創風 091 下

古代生活太乏味，
她不找點事來做做可要無聊死啦！
唔，如今呢是肥也減了，
妃妾們的迫害事件也一一解決完，
接下來不如邊開店調劑身心，
邊挑選下一任夫婿好了……

若靈萱萬萬沒想到，自個兒瘦下來、臉上的紅疤又治好後，竟會美成這樣！
這下可好，不僅夫婿君昊煬看她的眼神愈來愈曖昧兼複雜，
就連小叔君昊宇對她的愛意也是愈來愈藏不住，害她一時左右為難，
沒想到老天像是嫌她不夠忙似的，連皇叔君狩霆也來插一腳，對她頻頻示好！
唉唉，她以前又肥又醜時就遭人排擠陷害了，再這麼下去還焉有命在？
嘖，不管了不管了，她決定先把感情放兩邊，賺錢擺中間，
倘若能在古代開間肯德基及麻將館，讓百姓們嚐嚐鮮，有得吃又有得玩，
到時銀子肯定會大把大把地滾進來，唉唷喂，光想她都快開心地飛上天啦！

宅鬥界新天后／不游泳的小魚傳授宅鬥、宮鬥終極奧秘！

望門閨秀 全套七冊

嫡女出口氣　姊妹站起來——

百年大族、詩禮傳家，但宅門裡可不是風平浪靜；
她一個小小姑娘，上鬥祖母、姨娘，下鬥不長眼的僕人，
還要小心不懷好意、摸不清底細的姊妹，更要護住母親平安，
唉，大小姐真的好忙啊……

文創風 083 **2**

這紈袴公子非她心中良人，
況且她還沒過門，
他府裡小妾已經好幾房，
但她既然是他明媒正娶的妻，
就得聽她的，讓她好好整治侯府——

文創風 082 **1**

她這嫡長女怎能過得比庶女還不如？
該她的，自然要拿回來；
怎知人太聰明也不對，
竟然因此受人青睞，
兩位世子突然搶著求娶她？！

文創風 084 **3**

本以為嫁給葉大公子不是個好歸宿，
還沒培養感情，
就得先處理妾室、婆婆，
但他成了丈夫卻乖巧得很，
事事以她為重，簡直是以妻為天……

文創風 087 6

俗話說小別勝新婚，
葉成紹才離開多久，她便思念得緊，
可他在兩淮辛苦，
她也不能在京城窩著，
也是要為兩人將來盤算一下……

文創風 088 7 完

做個大周的皇太子是挺不錯，
但若這皇太子過得不如意，
也不必太眷戀；
此處不留人，自有留人處，
天下可不只大周才有皇太子可當啊……

文創風 085 4

人說在家從父、出嫁從夫，
但她還沒確定丈夫的真心，
可是不從的；
不過只要他心中只有自己，
那什麼都好說了……

文創風 086 5

相公的身分是說不得的秘密，
知情的和不知情的，都緊盯著他倆，
這要怎麼生活啊？
不如遁到別院去逍遙，
順便賺點錢……

文創風 071 4

相公生得俊美無比又腹黑無敵，
她孫錦娘也不差，
宅鬥速速上手，如今更能使計設陷阱，
一步步靠近幸福將來……

文創風 073 5

才剛過一陣子舒心日子，
陰謀詭計又接連而來，
當真是應接不暇，
不過他們小倆口也不能任人欺凌，
如今也要將計就計，反將一軍……

文創風 077 6

王府掩藏了十幾年的秘密，
終於一一水落石出，但傷害依舊，
因此她更堅定地要愛，
愛相公、愛家人，
用愛反擊一切陰謀！

文創風 078 7 完

終於能見到相公站起來，
玉樹臨風、英姿凜凜，
教她這個做妻子的多驕傲，
等了這麼多年，經歷各種離別，
他們總算能看見
最終的幸福日子……

文創風 115

棄婦當嫁 下

國家圖書館出版品預行編目資料

棄婦當嫁 / 魚音繞樑著. --
初版. -- 臺北市 : 狗屋, 2013.09
冊 ; 公分. --（文創風）
ISBN 978-986-328-135-1（下冊：平裝）. --

857.7 102016271

著作者 魚音繞樑
編輯 黃暄尹
校對 黃鈺菁 黃亭蓁
發行所 狗屋出版社有限公司
地址 台北市104中山區龍江路71巷15號1樓
電話 02-2776-5889～0
發行字號 局版台業字845號
法律顧問 蕭雄淋律師
總經銷 知遠文化事業有限公司
電話 02-2664-8800
初版 102年9月
國際書碼 ISBN-13 978-986-328-135-1
原著書名 《重生之弃妇当嫁》，由晉江文學城（www.jjwxc.net）授權出版

定價250元
狗屋劃撥帳號：19001626
網址：love.doghouse.com.tw E-mail：love@doghouse.com.tw